막간

Between the Acts

막간

버지니아 울프

정명희 옮김

솔

울프 전집을 발간하며

왜 지금 울프인가? 1941년 3월 28일 양쪽 호주머니에 돌을 채워 넣고 우즈 강에 투신 자살한 작가 버지니아 울프의 전집을 이역만리 한국에서 왜 지금 내놓는가?

20세기 초라면 울프에 대한 모더니스트로서의 위상 정립 작업이 필요했을 수도 있다. 또한 1980년대라면 1970년대 이후 서구에서 활발하게 진행된 페미니즘 논의와 연관시켜 페미니스트로서의 위치 설정 작업이 필요하다고 할 수도 있다. 울프는 누가 뭐래도 페미니스트이다. 울프의 페미니즘은 비록 예술이라는 포장지에 곱게 싸여 있기는 하지만 나름대로 격렬한 것이다. 그럼에도 불구하고 페미니즘은 절대로 울프 문학의 진수도 아니며, 전부는 더더욱 아니다.

그녀의 문학은 한마디로 말해서 인간주의 문학이다. 사랑을 설파한 문학, 이타주의利他主義를 가장 소중히 여긴 고전 중의 고전이 그녀의 문학이다. 모더니즘, 페미니즘, 사회주의와 같은 것들은 그녀가 목적지를 향해 나아가는 도중에 잠깐씩 들른 간이역에 불과하다. 궁극적인 목적지는 인본주의라는 정거장이었다. 그동안 그녀는 모더니즘의 기수라는 훤칠한 한 그루의 나무로, 또는 페미니즘의 대모代母라는 또 한 그루의 잘생긴 나무로 우리의 관심을 지나치게 차지하여 우리가 크고도 울창한 숲과 같은 이 작가의 문학 세계를 제대로 보지 못하는 경향이 없지 않았다. 이제는 바야흐로 이 깊은 숲을 조망할 때가 온 것으로 믿는다. 지금 우리가 울프를 다시 읽어야 하는 이유가 여기에 있다.

이 전집이 울프를 바로 이해하는 데 도움이 되고, 나아가 읽는 이의 정서를 순화하는 데 작은 도움이 되었으면 한다.

울프 전집 간행위원회

차례

여름밤, 그들은 이야기하고 있었다, 정원으로 창문이 나 있는 커다란 방에서 하수도에 관하여 말이다. 주 의회는 마을에 물을 끌어오기로 약속했지만 그렇게 하지 않았다.

헤인즈 부인은 신사[1] 농부의 부인이며, 거위처럼 긴 얼굴에 눈은 마치 도랑에서 통째로 삼킬 무언가를 본 것처럼 튀어나온 여자였는데, 감정을 꾸며서 말했다.

"이런 밤에 그런 주제를 이야기하다니요!"

그러곤 침묵이 흐르고, 암소가 기침을 했다. 그러자 어렸을 적에 암소는 절대로 아니고, 단지 말들을 무서워한 것은 참으로 기묘하다고 그녀가 말했다. 하지만, 아이 때 유모차를 탄 상태에서 커다란 짐마차 말이 그녀 얼굴 바로 가까이 스치고 지나간 일이 있었다. 그녀 가문은 리스키어드 가까이에서 수 세기 동안 살아왔어요, 그녀는 팔걸이의자에 앉은 늙은 남자에게 말했다. 묘지의 무덤들이 그것을 증명하지요.

1 이 작품에서 신사는 단순히 남자를 부르는 정중한 말이 아니라 신사 계급의 사람을 일컫는다. 마찬가지로 숙녀 또한 귀부인 계급을 지칭한다.

밖에서 새 한 마리가 킥킥거리며 웃었다. "나이팅게일인가요?" 헤인즈 부인이 물었다. 아니요, 나이팅게일은 그렇게 멀리 북쪽으로 오지 않아요. 낮 새예요, 아마 자는 중에도 낮에 먹은 것과 철철 넘치는 즙, 벌레들, 달팽이들, 섞인 모래에 은근히 기뻐하며 웃는 게지요.

팔걸이의자에 앉은 늙은 남자—올리버 씨는 은퇴한 인도의 행정관이었다—는 그들이 하수도를 위해서 선택한 장소는, 그가 바르게 들었다면 로마의 길이 있던 곳이라고 했다. 그는 말했다, 비행기에서 보면 분명히 표시가 나서 당신은 여전히 볼 수 있어요, 브리튼들이 만든 상처, 로마 사람들이, 엘리자베스 시대의 장원들이, 그리고 나폴레옹 전쟁 때 밀을 기르기 위해서 언덕을 쟁기로 갈아 일구었을 때 쟁기가 만든 상처 자국 말이에요.

"하지만 기억 못하시잖아요……" 헤인즈 부인이 말했다. 못하죠, 그건 기억 못하죠. 하지만 그는 정말로 기억했고 그들에게 그것이 무언지 말하려 했다, 그때 밖에서 소리가 나고, 아들의 아내인 이자가 머리를 땋아늘이고 들어왔다, 그녀는 공작무늬가 희미해진 실내복을 입고 있었다. 그녀는 백조가 헤엄쳐오듯이 들어왔다, 그러곤 제어당하고 멈추었다, 거기에 사람들이 있는 데다가 불빛이 강렬한 것을 발견하고 놀랐다. 그녀는 몸이 좋지 않은 작은아들과 앉아 있었다고 사과했다. 무슨 이야기들을 하고 있었지요?

"하수도를 논의하고 있었단다," 올리버 씨가 말했다.

"이런 밤에 그런 주제를 이야기하다니요!" 헤인즈 부인이 다시 큰 소리로 말했다.

하수도에 대해서 그가 무슨 얘기를 했을까, 혹은 정말 무엇에 관해서든지 말이다. 이자는 신사 농부인 루퍼트 헤인즈 쪽으로 머리를 기울이면서 의아해했다. 그녀는 그를 바자에서, 그리고 테니스 파티에서 만났다. 그는 그녀에게 컵과 라켓을 건네주었다. 그것이 전부였다. 그러나 세파에 찌든 그의 얼굴에서 그녀는 언제나 신비함을 느꼈다, 그리고 그의 침묵에서 열정을 느꼈다. 테니스 파티에서 그녀는 이와 같은 것을 느꼈고, 그리고 바자에서도 그랬다. 이제 세 번째로 무언가 있다면 더 강하게, 그것을 다시 그녀는 느꼈다.

"기억하지요," 늙은 남자가 끼어들었다, "내 어머니는……" 어머니에 관해서 그는 기억했다, 그녀는 아주 건장했고, 차통茶滂을 잠가 두었지만, 바로 그 방에서 그에게 바이런 책 한 권을 주었다. 어머니가 그에게 바이런 작품들을 준 것은 60년도 더 전 일이라고, 그는 그들에게 말했다. 그는 멈추었다.

"그녀는 밤처럼 아름답게 걸었다," 그는 인용했다.

그리고 다시,

"그래서 우리는 달빛에 의지해 더 이상 배회하지 않으리라."

이자는 머리를 들었다. 말들이 두 개의 원, 완전한 원을 만들어 그녀 자신과 헤인즈를 띄웠다, 마치 흐름 따라 내려가는 두 마리의 백조처럼 말이다. 그러나 눈처럼 하얀 그의 가슴은 더러운 좀개구리밥 덩어리가 에워싸고 그녀 또한, 물갈퀴 있는 발에 증권 중개인인 남편이 얽혀들었다. 세 모퉁이가 진 의자에 앉아서 검게 땋은 머리채를 늘어뜨리고, 그녀는 낡은 실내복 속에 덧베개처럼 된 몸을 흔들었다.

헤인즈 부인은 자신을 배제하고 그들 사이에 맴도는 감정을 의식했다. 그녀는 기다렸다, 교회를 떠나기 전에 오르간 선율이 잦아들기를 기다리듯이 말이다. 옥수수 들판에 있는 빨간 교외 주택, 집으로 가는 차에서 그녀는 개똥지빠귀가 나비의 날개를 쪼듯이 그것을 부수리라. 10초의 시간이 중재하게 두었다가 그녀는 일어섰고, 멈추었고, 그러곤 마치 마지막 선율이 사라지는 것을 들은 것처럼 자일스 올리버 부인에게 손을 내밀었다.

그러나 이자는, 헤인즈 부인이 일어나는 순간에 같이 일어나야 했지만 계속 앉아 있었다. 헤인즈 부인은 탐내어 달려드는 거위 같은 눈으로 그녀를 노려보았다. "제발, 자일스 올리버 부인, 친절을 베풀어 나의 존재를 인정해주세요……" 그녀는 그렇게 할 수밖에 없었고, 마침내 낡은 실내복을 입고 양쪽 어깨에 땋은 머리를 늘어뜨린 채 의자에서 일어났다.

포인츠 홀은 이른 여름 아침 빛에서 보면 중간 크기의 집이었다. 안내서에 언급되는 집들 중에 오르지는 않았다. 아주 소박했다. 하지만 회색 지붕에 익벽翼壁이 바른 각도로 펼쳐지고, 흐끄무레해 보이는 이 집은, 유감스럽게도 목초지에 낮게 위치한 관계로 둑의 나무들이 집 위에 있어서 연기가 떼까마귀들 둥지 위로 감고 올라갔지만, 살고 싶은 집이었다. 차를 몰고 지나가면서 사람들은 서로에게 말했다. "저 집이 시장에 나올 때가 있을는지 모르겠어?" 그러곤 운전기사에게 말했다. "누가 저기에 살지?"

운전기사도 몰랐다. 올리버 가문이 1세기도 훨씬 전에 이곳을 샀지만, 그들은 워링, 엘비, 매너링이나 버넷 같은 가문들과는 관계가 없었다. 오래된 가문들은 모두 서로간에 결혼하고, 죽어서도 담쟁이덩굴 뿌리처럼 서로 얽혀서 교회 묘지 담 아래 누워 있었다.

단지 120년 약간 더 전부터 올리버 가문은 그곳에 거주했다. 여전히, 중심 계단을 올라가면 — 뒤에는 단지 사다리에 불과한, 하인들을 위한 다른 계단이 있다 — 초상화가 있었다. 반쯤 올라가면 한 발 길이의 노란 문직紋織이 보이고, 꼭대기에 이르면 작은 파우더를 바른 얼굴, 진주를 두른 거대한 머리장식이 눈에 들어온다. 평범한 여자 조상이다. 예닐곱 되는 침실들이 복도에서 펼쳐진다. 집사는 군인이었고, 여주인의 하녀와 결혼했다. 유리 상자 아래에는 워털루 들판에서 총알을 막았던 시계가 있었다.

이른 아침이었다. 이슬이 잔디에 맺혀 있었다. 교회 시계가 여덟 번을 쳤다. 스위딘 부인은 침실 커튼을 젖혔다. 색이 바랜 흰 무명이어서 아주 맘에 들게도 초록색 안감을 댄 듯이 밖에서 창문을 물들였다. 그녀는 늙은 손을 문고리에 얹고, 창문을 활짝 젖히고, 거기에 서 있었다, 늙은 올리버 씨의 결혼한 여동생이었는데, 과부였다. 그녀는 언젠가 자신의 집을 장만할 작정이었다. 아마도 켄싱튼, 어쩌면 큐에, 그러면 그녀가 정원 덕을 볼 수 있게 말이다. 그러나 그녀는 여름 내내 계속 머물렀다, 그리고 겨울이 유리창에 축축한 눈물을 뿌리며 물받이를 죽은 이파리들로 막을 때면, 그녀는 말했다. "바트, 왜 그들은 집을 북향으로 우묵한 곳에 지었죠?" 오빠는 말했다, "분명히 자연에서 벗어나기 위해서지. 네 마리 말이 집안 마차를 진흙창 사이로 끌 필요는 없지 않겠어?" 그러곤 그는 그녀에게 위대한 18세기 겨울에 관한 유명한 이야기를 해주었다, 그때는 한 달 내내 집이 눈에 갇혔다. 그리고 나무들이 넘어졌다. 그래서 매년 겨울이 오면 스위딘 부인은 해스팅즈로 낙향했다.

하지만 지금은 여름이었다. 그녀는 새 소리에 일어났다. 그들이 어찌나 노래를 해대는지! 여러 명의 합창단 소년들이 설탕 입힌 케이크를 공격하듯이 새벽을 공격해댔다. 그대로 들을 수밖에 없어서 그녀는 제일 좋아하는 읽을거리를 집으려 손을 뻗쳤다. 역사의 개요였다. 그러곤 피커딜리 거리가 만병초 숲이었던 것을 생각하면서 3시와 4시 사이의 시간을 보냈다. 전체 대륙은, 그녀가 이해하길, 그때는 해협으로 나뉘지 않고 하나였나, 코끼리 같은 몸통에, 물개 같은 목을 하고, 융기하고, 파동치고, 천천히 뒤틀며, 아마도 짖어대는 괴물들이 거주했으리라, 그녀는 이해했다. 이구아노돈, 맘모스, 마스토돈이리라. 창문을 확 열어젖히며, 추측건대 우리는 누구의 자손일까, 그녀는 생각했다.

문이 열렸을 때, 쟁반 위에 푸른색 찻잔을 가지고 들어오는 그레이스를, 원시림의 김이 나는 초록색 관목 숲에서 나무를 통째로 뒤엎으려 하는, 으르렁거리는 가죽을 뒤집어쓴 괴물로부터 분리하는 데 실제 시간에서는 5초가 걸렸지만 마음의 시간에서는 언제나 훨씬 더 오래 걸리는 법이었다. 당연히, 그레이스가 쟁반을 내려놓고 "안녕히 주무셨어요, 부인" 하고 말했을 때, 그녀는 움찔했다. 반은 늪지의 야수에게, 반은 날염된 무늬의 작업복을 입고 흰 앞치마를 두른 하녀에게로 각각 나누어진 시선을 얼굴에 느꼈을 때, 그레이스는 "배티" 하고 그녀를 불렀다.

"어찌나 새들이 노래를 해대는지!" 스위딘 부인이 되는대로 말했다. 창문은 이제 열려 있고, 새들은 분명 노래하고 있었다. 정중한 개똥지빠귀가 잔디를 가로질러 뛰어갔다, 분홍빛 도는 고무로 된 코일이 부리에 감기어 있었다. 그 광경을 보며 과거를 상상 속에 계속 재구성하고 싶은 유혹을 느꼈지만, 스위딘 부인은 멈추었다, 그녀는 과거나 미래로 날아가서 순간의 경계를 증대하는 데 빠져들었다. 때로는 비스듬히 내려가는 복도들이나 샛길들을 따라가면서 말이다, 하지만 그녀는 어머니, 바로 그 방에서 자신을 꾸짖는 어머니를 기억했다. "루시, 멍청히 입 벌리고 서 있지 마라, 아니면 바람이 바뀔 거야……" 얼마나 자주 어머니는 그녀를 꾸짖었던지, 바로 그 방에서…… "하지만 아주 다른 세계였어," 오빠가 일깨워 주듯이 말이다. 그래서 그녀는 아침 찻잔을 대하고 앉았다. 여느 늙은 숙녀처럼 말이다, 높은 코에, 여윈 뺨, 손에는 반지를 끼고, 다소 추레하지만 늙은 나이에 당당하게 착용한 일상적인 장신구들, 그녀 경우에는 가슴에 금빛으로 번득이는 십자가를 포함했다.

유모들은 조반 후에 테라스에서 위아래로 유모차를 밀고다녔다, 그들은 밀면서 얘기했다. 정보를 둥글게 뭉쳐서 구성하거나 서로에게 생각들을 건네는 것이 아니라, 혀 위의 사탕처럼 말들을 굴렸는데 그것은 투명해질 정도로 얇아지면서 분홍색, 초록색, 그리고 달콤함을 방출했다. 오늘 아침의 달콤함은 이랬다. "요리사가 어떻게 아스파라거스 관련해서 그를 꾸짖었는지, 그녀가 벨을 울렸을 때 내가 어떻게 말했는지, 혹은 어떻게 그것이 블라우스와 잘 어울리는 아름다운 의상인지." 그리고 유모차를 밀면서, 달콤함을 굴리면서 그들이 테라스를 위로 아래로 산보할 때 그것은 벌목꾼에 대한 어떤 이야기로 이어졌다.

유감스럽게도 포인츠 홀을 지은 사람은 집을 우묵한 곳에 세웠다, 꽃밭과 야채 정원 너머에 높은 땅이 있었는데 말이다. 자연이 집을 지을 곳을 제공하였지만, 인간은 우묵한 곳에 집을 지었다. 자연은 반 마일 정도 길이의 평평하고 넓은 땅 조각을 제공하고는, 갑자기 나리 연못으로 내리막이었다. 테라스는 아주 넓어서 커다란 나무들 중 하나가 전체 그림자를 평평하게 드리울 수 있을 정도였다. 그곳에서는 위로 아래로, 위로 아래로, 나무 그늘 아래에서 산보할 수 있었다. 두세 그루의 나무가 함께 가까이 자랐고, 그러곤 간격이 있었다. 그들 뿌리가 잔디를 뚫고 나오고, 그 뿌리들 사이에는 잔디로 된 초록색 폭포와 쿠션이 있었고, 그곳에서 봄에는 바이올렛이나 여름에는 야생의 보라색 난초가 자랐다.

애미가 벌목꾼에 대해서 무슨 말인가를 했고, 그때 메이블은 손을 유모차에 얹은 채, 달콤함을 꿀꺽 삼키고는 날카롭게 돌아섰다. "그만 좀 파헤쳐," 그녀가 날카롭게 말했다. "빨리 따라와, 조지."

작은 소년은 뒤처져서 잔디를 파헤치고 있었다. 그때 유모차 속의 캐로가 주먹을 덮개 너머 밖으로 뻗었고 털투성이 곰이 밖으로 홱 움직였다. 애미는 몸을 굽혀야만 했다. 조지는 파헤쳤다. 꽃들은 뿌리가 이루는 각들 사이에서 타듯이 피어 있었다. 얇은 막들이 차례로 찢겨졌다. 그것은 연한 노란색으로 벨벳의 엷은 막 아래에 부드러운 빛으로 타올랐고, 눈 뒤에 있는 동공을 빛으로 채웠다. 모든 내면의 어둠은 잎내음 나고, 땅내음 나는, 노란빛의 집회장이 되었다. 그리고 나무가 꽃들 너머에 있었다, 잔디, 꽃과 나무가 전부였다. 무릎을 꿇고 엎드려 파헤치면서 그는 꽃 전체를 잡았다. 그때 고함과 뜨거운 숨결, 그리고 거친 회색 털 다발이 그와 꽃들 사이로 돌진해왔다. 공포로 비틀거리며 위로 펄쩍 뛰어오른 그는 다리를 움직이고, 팔을 휘두르면서, 끔찍하게도 눈조차 없는 여윈 괴물이 그를 향해 오는 것을 보았다.

"얘야, 좋은 아침이구나," 공허한 목소리가 부리 모양의 종이에서 그에게 소리 질렀다.

할아버지가 나무 뒤에 숨어 있다가 그에게 덮친 것이었다.

"아침 인사 하렴, 조지, '좋은 아침이에요 할아버지' 하렴." 메이블이 할아버지 쪽으로 밀면서 그를 재촉했다. 하지만 조지는 입을 벌리고 서 있기만 했다. 조지는 바라보며 서 있었다. 그때 올리버 씨가 삐죽한 코 모양으로 세웠던 종이를 구기면서 제 모습으로 나타났다. 아주 키가 큰 늙은 남자였다, 번득이는 눈매에, 주름진 뺨, 그리고 머리에는 머리털이 하나도 없었다. 그는 돌아섰다.

"뒤따라와!" 그는 고함쳤다. "이 짐승아, 뒤따라와!" 그러자 조지가 돌아섰고, 유모들은 털투성이 곰을 잡으며 돌아섰다, 그들 모두 꽃들 사이를 뛰어가다 펄쩍 뛰어오르는 아프가니스탄 사냥개인 소랩을 보려고 돌아섰다.

"뒤따라와!" 늙은 남자는 고함쳤다, 마치 그가 연대를 지휘하는 것처럼 말이다. 유모들에게는, 그 나이의 늙은 남자가 여전히 고함쳐서 저런 짐승이 말 듣게 할 수 있다는 것이 아주 인상적이었다. 아프가니스탄 사냥개가, 사과하듯이, 비트적거리며 기어서, 돌아왔다. 그리고 늙은 남자 발 아래 움츠렸을 때, 개의 목 둘레로 줄을 쑥 씌웠다, 늙은 올리버가 언제나 가지고 다니는 올가미였다.

"이런 야생 짐승…… 이런 나쁜 짐승." 그는 몸을 굽히면서 투덜거렸다. 조지는 개만 쳐다보았다. 털투성이 옆구리가 숨을 빨아들였다 내뱉었다 하고 있었고, 코에는 거품 한 방울이 있었다. 그는 울음을 터뜨렸다.

늙은 올리버는 몸을 일으켰다, 혈관이 부풀었고, 뺨이 상기되었다, 그는 화가 났다. 그가 종이로 만든 작은 게임은 실패했다. 소년은 울보였다. 그는 고개를 끄덕이며, 어슬렁어슬렁 걸어갔다, 구겨진 종이를 펴고는, 칼럼에서 자신의 대사를 발견하려 하듯이, "울보, 울보" 하고 중얼거렸다. 그러나 산들바람이 커다란 종이를 부풀려 펼쳤다, 귀퉁이 너머로 그는 경치를 내려다보았다. 흐르는 듯한 들판, 히스 관목과 숲. 틀에 끼우면 이들은 그림이 되리라. 그가 화가라면, 그는 여기에 이젤을 고정시키리라, 이곳에서 전원은 나무들로 가두어져 그림처럼 보였다. 그러곤 산들바람이 잦아들었다.

"대러디어 씨는 프랑을 안정시키는 데 성공했다……" 그는 칼럼의 읽던 자리를 찾아서 읽었다.

자일스 올리버 부인은 숱이 많은 헝클어진 머리를 빗으로 빗어내렸다. 머리 문제를 주의깊게 생각해봐도, 그녀는 싱글 커트를 하거나 단발을 한 적이 없었다, 그리고 아주 빽빽하게 돋을새김을 한 은색 브러시를 들어올렸는데 그것은 결혼 선물이었고 호텔에서 객실 담당 하녀들을 감동시키는 데 요긴하게 쓰였다. 그녀는 그것을 들고 삼면으로 접히는 거울 앞에 섰다, 그래서 다소 섬세하지 않은, 하지만 잘생긴, 세 개로 분리된 얼굴의 변형을 볼 수 있었다, 또한 거울 밖, 테라스 조각, 잔디밭, 그리고 나무 꼭대기들이 보였다.

거울에 비치는 두 눈 속에서 그녀는 세파에 찌들고, 말이 없지만 낭만적인 데가 있는 신사 농부에게 그녀가 밤새 느꼈던 것을 보았다. 그녀의 눈 속에서 "사랑에 빠졌다"는 것을 볼 수 있었다. 그러나 거울 밖, 세면대 위, 화장대 위, 은상자들과 칫솔들 사이에는 다른 사랑이 있었다, 증권 중개업자인 남편에 대한 사랑 말이다. "내 아이들의 아버지," 그녀는 허구가 편리하게 제공하는 상투적인 문구에 빠져들며 덧붙였다. 내면의 사랑은 눈 안에 있고, 외적 사랑은 화장대 위에 있었다. 그러나 거울 너머, 문 밖에, 잔디밭을 가로질러 유모차, 두 명의 유모, 그리고 어린 아들 조지가 뒤처져서 오는 것을 본 지금 그녀 안에 움직이는 이것은 무슨 감정인가?

그녀는 돋을새김을 한 머리빗으로 창문을 톡톡 두드렸다. 하지만 그들은 너무 멀리 있어서 듣지 못했다. 그들 귓전엔 나무들이 윙윙거리고, 새들이 짹짹 울어대는 소리만 들렸다. 침실에 있는 그녀에게는 들리지 않고, 보이지 않지만, 정원에서 전개되는 생명의 움직임들이 그들을 온통 몰두시키고 있었다. 초록색 섬 위에 고립되어서, 아네모네 울타리에 갇혀서, 주름잡힌 실크로 된 덮개에 덮여서, 순수한 섬이 그녀 창문 아래에서 떠돌았다. 단지 조지만이 뒤처졌다.

그녀는 거울 속의 눈으로 돌아갔다. "사랑에 빠졌어." 틀림없었다, 어젯밤 방에서 그의 육체적인 존재가 그녀에게 그렇게 영향을 미칠 수 있었기 때문이었다. 그녀에게 찻잔을 건네며, 테니스 라켓을 건네며, 그가 한 말들이 그녀 내부의 어딘가에 그렇게 부착될 수 있었기 때문이었다, 그래서 그 말들은 얽혀 윙윙 울리며 진동하는 전선처럼 그들 사이에 놓여 있었다. 그녀는 언젠가 해뜰 녘 크로이든에서 본 적 있는 비행기 프로펠러의 무한히 빠른 진동에 적합한 단어를 거울속 깊숙이에서 더듬어 찾았다. 더 빨리, 더 빨리, 더 빨리, 윙 하고, 휙 하며 도는 소리가 나고, 윙윙거리다, 마침내 모든 연타하는 행위가 하나의 타격이 되어 비행기가 멀리 멀리 솟구쳐 날아갔다……

"우리가 알지 못하는 곳으로, 우리가 가지 않는 곳으로, 알지도 못하고 관심도 없는 곳으로." 그녀는 콧노래 불렀다. "주위를 에워싼, 눈부시게 빛나는 조용한 여름 속으로, 날아서 돌진해간다……"

각운은 "에어air"였다. 그녀는 빗을 내려놓았다. 그녀는 전화기를 집어들었다.

"삼, 사, 팔, 파이콤비." 그녀는 말했다.

"올리버 부인입니다…… 오늘 아침에 어떤 생선이 있죠? 대구요? 할리벗이요? 혀넙치? 가자미?"

"우리를 여기서 묶는 것을 그곳에서는 잃는다." 그녀는 중얼거렸다.

"혀넙치를 살만 발라 주세요. 점심에 맞춰서 부탁합니다." 그녀는 큰 소리로 말했다. "푸른 깃털을 가지고…… 대기중에 올라서는 날아간다…… 그곳에서는 우리를 여기서 묶는 것을 잃는다……" 그 말들은 자일스가 의심할 경우를 대비해서 회계 장부처럼 제본을 한 책에 쓸 가치가 없었다. "실패," 그녀를 표현하는 단어였다. 예를 들어, 그녀는 상점에서 자신이 찬탄하는 옷을 들고 나온 적이 한번도 없었다, 그녀 몸매 또한 상점 윈도우의 어두운 색 바지감 두루마리에 비추었을 때 만족스럽지 않았다. 허리는 굵고, 수족은 크고, 단단히 현대식으로 유행을 따른 머리를 제외하고 그녀는 전혀 사포[2]나 주간 신문들을 장식하는 아름다운 젊은 남자들 사진 중 하나처럼 보이지 않았다. 그녀는 자신의 과거 모습을 보았다. 리처드 경의 딸이고, 자신들이 오닐이며 아일랜드 왕들의 자손인 것을 너무도 자랑스러워하는 윔블든의 나이 든 두 숙녀의 조카딸이었다.

어리석고 아첨 잘하는 숙녀는, 자신이 한때 "집 안의 중심"이라고 불렀던 곳의 문지방, 서재의 문지방에 멈추어 서서, "부엌 다음으로 서재는 언제나 집에서 가장 좋은 방이지," 하고 언젠가 말했다. 그러곤 문지방을 가로질러 들어서면서, "책들은 영혼의 거울들이지," 하고 덧붙였다.

이 경우는 변색되고 더럽혀진 영혼이었다. 왜냐하면 기차가 영국의 심장부, 바로 이 외진 마을에 닿으려면 세 시간이 넘게 걸리기 때문에, 누구든 있음직한 마음의 굶주림을 피하려 하지 않고, 노점의 책방에서 책 하나 사들지 않고 그렇게 먼 여행을 감행하지는 않았다. 그래서 숭고한 영혼을 반사하는 거울은, 또한 권태로운 영혼을 반사했다. 주말 방문객들이 놓고가는 다양하게 뒤섞인 범죄소설[3]들을 보면서, 누구든 거울이 언제나 여왕의 고통이

2 기원전 600년경 그리스의 여류시인.

3 특히 빅토리아조 후기에 유행한 폭력소설들.

나 해리 왕의 영웅주의를 반사하는 척할 수는 없었다.

유월 아침 이렇게 이른 시각에 서재는 비어 있었다. 자일스 부인은 부엌에 가봐야만 했다. 올리버 씨는 여전히 테라스를 거닐고 있다. 스위딘 부인은 물론 교회에 있었다. 일기 전문가가 예견한 대로, 가볍지만 변덕스런 산들바람이 빛과 그림자를 던지면서 노란 커튼을 펄럭였다. 불이 잿빛이 되다가는 빨갛게 탔다, 남생이잎벌레는 창문의 낮은 유리를 두드렸다, 두드리고, 두드리고, 두드렸다, 만약 어느 인간도 결코 오지 않는다면, 절대로, 절대로, 절대로 오지 않는다면, 책에는 곰팡이가 슬고, 불은 꺼지고, 남생이잎벌레는 유리창에서 죽으리라고 반복하면서 말이다.

아프가니스탄 사냥개의 성급한 안내를 받으면서, 늙은 남자가 들어섰다. 그는 신문을 다 읽었다. 그는 졸렸고, 그래서 발 아래 아프가니스탄 사냥개를 거느리고 사라사 무명천으로 씌운 의자에 털썩 주저앉았다. 코를 앞발에다 얹고, 엉덩이를 들어올린 개 모습은 돌로 된 개, 죽음의 영역에서조차 주인의 잠을 지키는 십자군의 개처럼 보였다. 하지만 주인은 죽지 않았다, 단지 꿈을 꾸고 있었다, 광채가 얼룩진 거울에서 보듯이 자신을, 헬멧을 쓴 젊은 남자를 나른하게 보고 있었다, 폭포가 떨어진다. 하지만 물은 없다, 언덕은 주름잡은 회색 직물 같았고, 모래에는 늑골들이 널려 있고, 햇빛 비치는 곳에는 구더기가 파먹은 수소, 바위 그늘에는 야만인들이 있으며, 그의 손에는 총이 들려 있다. 꿈꾸는 손은 꽉 쥐었지만, 진짜 손은 팔걸이 위에 놓여 있었다. 이제 혈관은 단지 고동색 도는 액체로만 부풀어오른다.

문이 열렸다.

"제가 방해되었나요?" 이자는 사과했다.

물론 그녀는 그랬다—젊음과 인도를 파괴했다. 하긴 그의 잘못이었다, 그녀는 자신의 생명줄을 아주 정교하게, 아주 멀리 끈질기게 늘렸다. 실제로 그는 그녀가 방을 어슬렁어슬렁 걸어다니는 것을 바라보면서, 그녀가 지속해주는 것에 감사했다.

많은 늙은이들은 단지 인도밖에 없었다—클럽에 있는 늙은이들, 저민 거리 너머 방에 사는 늙은이들 말이다. 줄무늬 드레스를 입은 그녀는 책장 앞에 서서 중얼거리며 자신을 지속시켜주었다. "황무지는 달빛 아래 어두웠고, 재빠른 구름들은 저녁의 마지막 창백한 빛을 들이마셨다…… 생선을 주문했어요," 그녀는 돌아서면서, 큰 소리로 말했다. "생선이 싱싱할지 그렇지 않을지는 제가 장담할 수 없지만 말이에요. 하지만 송아지 고기는 비싼데다가 집안 사람들 모두가 쇠고기와 양고기는 질색을 하고…… 소랩," 그들 앞에 꼼짝 않고 서서 그녀는 말했다. "이 녀석이 뭘 하고 있죠?"

그는 결코 꼬리를 흔들지 않았다. 그는 절대로 가족이라는 인연을 인정하지 않았다. 그는 움츠리지 않으면, 물었다. 이제 야생의 노란 눈이 그녀를 응시했고, 그를 응시했다. 그는 그들 둘 다를 노려보아 당황케 할 수 있었다. 그때 올리버가 기억해냈다.

"네 어린 녀석은 울보더구나." 그는 비난조로 말했다.

"아" 그녀는 한숨지었다, 가정생활 속으로 엮여드는, 머리카락처럼 가는 무수한 인연의 줄이 그녀를, 사로잡힌 풍선처럼, 팔걸이의자에 꼭 묶었다. "무슨 일이 있었죠?"

"내가 신문을 가지고 말이다……" 그는 설명했다.

그는 신문을 들어 그것을 구겨서는 코 위에 부리로 만들었다. "그래서," 그는 나무 뒤에서 아이들에게로 달려들었다.

"그랬더니 그 애가 울부짖었어. 걔는 겁쟁이야, 네 아이가 그래."

그녀는 상을 찌푸렸다. 그는 겁쟁이가 아니었다, 그녀 자식은 그렇지 않았다. 그리고 그녀는 가정, 소유욕, 모성이라면 진저리가 났다. 그 또한 그것을 알았고, 그래서 그녀를 괴롭히려고 일부러 그랬다, 시아버지는 늙은 야수였다.

그녀는 딴 곳을 쳐다보았다.

"서재는 언제나 집에서 가장 좋은 방이다," 그녀는 인용했고, 책을 훑어보았다. 책들은 "영혼의 거울"이었다. 『페어리 퀸』[4]과 킹레이크의 『크리미아』[5], 키츠[6]와 『크로이처 소나타』[7]. 그들은 반사하면서 거기 있었다. 무엇을? 그녀 나이—세기의 나이[8]—서른아홉에 그녀를 위한 어떤 처방이 책에 있을까? 그녀는 그녀 세대의 다른 이들처럼 책을 피했다. 하지만 쑤시고 아픈 이 때문에 약국에서 그들 중 하나가 치료제를 포함하지 않을까 해서 금박으로 된 표가 붙어 있는 초록색 병들을 훑어보는 사람처럼, 생각해보았다, 키츠와 셸리[9], 예이츠[10]와 던[11]을 말이다. 행여 시가 아니라면, 전기는 어떨까. 가리발디[12]의 전기. 팔머스톤 경[13]의 전기. 행여 한 사람의 인생이 아니라면, 한 나라의 일대기. 『덜함의 고대풍습』[14], 노팅검의 고고학 학회 회보. 아니, 일대기가 전혀 아

4 에드먼드 스펜서(1552~1599)의 작품.

5 알렉산더 킹레이크가 크리미아(흑해 북쪽의 반도, 우크라이나 공화국의 한 주, 이곳에서 영국, 프랑스 그리고 터키는 1853~1856년까지 러시아에 대항해서 싸웠다) 전쟁에 관해서 쓴 책.

6 존 키츠(1795~1821), 낭만주의 시인.

7 레프 톨스토이(1828~1910)의 작품.

8 1939년이어서, 20세기의 나이 "39"와 그녀 나이가 동일하다는 의미.

9 퍼시 비시 셸리(1792~1822), 낭만주의 시인.

10 윌리엄 버틀러 예이츠(1865~1939), 아일랜드의 시인, 극작가.

11 존 던(1573~1631), 형이상학파 시인.

12 가리발디(1807~1882), 이탈리아의 애국자.

13 팔머스톤 경(1784~1865), 세 번째이자 마지막 팔머스톤 자작, 영국의 수상이었으며 자유당원.

14 윌리엄 허친슨이 1785~1794년에 걸쳐 세 권으로 쓴 『*The History and Antiquities of the County Palatine of Durham*』을 말한다.

니라면 과학은. 에딩턴[15], 다윈[16] 혹은 진스[17].

그들 중 어느 것도 그녀의 치통을 멈추지는 못했다. 그녀 세대에게 신문은 책이었다. 시아버지가 『타임스』지를 떨어뜨리자, 그녀는 그것을 집어들어서 읽었다. "초록색 꼬리를 가진 말……" 환상적이었다. 다음은 "화이트홀의 근위병이……" 낭만적이네. 그러곤 말 위에 말을 치쌓으면서 그녀는 읽었다. "기병들이 그녀에게 말 꼬리가 초록색이라고 말했다, 하지만 그녀는 그 말이 단지 평범한 말인 걸 알게 되었다. 그러자 그들은 그녀를 막사 방으로 끌고 가서 침대 위에 던졌다. 그러곤 기병들 중 한 명이 그녀 옷 일부를 벗겼고, 그녀는 소리 지르며 그의 얼굴 주위를 때렸다……"

이것은 실제였다. 너무도 생생해서, 그녀는 마호가니로 된 문 위로 화이트홀에 있는 아치, 아치를 통해서 막사 방, 막사 방 안의 침대, 그리고 침대 위의 소녀가 소리 지르며 기병의 얼굴 주위를 때리는 것을 보았다, 그때 문(왜냐하면 실제로 그것은 문이니까)이 열리면서 스위딘 부인이 망치를 들고 들어왔다.

그녀는 마치 그녀의 낡은 정원 신발 밑바닥이 유동체인 것처럼 옆걸음질해서 다가왔다, 그리고 앞으로 나오면서, 입술을 오므리고, 오빠를 곁눈질하며, 미소 지었다. 한마디도 그들 간에 오가지 않았다, 그녀는 구석 찬장으로 가서 망치를 다시 놓았는데, 그것은 허락받지 않고 가져갔던 것이었다, 못 한 움큼이랑 말이다. 그녀는 못이 하나 가득인 주먹을 폈다.

"씬디 — 씬디," 그녀가 찬장 문을 닫을 때, 그가 투덜거렸다.

여동생 루시는 그보다 세 살 어렸다. 이름은 씬디 혹은 신디 둘

15 아서 에딩턴(1882~1944), 천문학자이며 상대성이론에 기여했다.

16 찰스 다윈(1809~1892), 진화론 주창자.

17 제임스 진스(1877~1946), 영국의 천체 물리학자.

다로 철자할 수 있는데, 루시의 약자였다. 그들이 어렸을 적에 그는 이 이름으로 그녀를 불렀다. 그때 그녀는 그가 낚시질할 때면 뒤를 총총걸음으로 따라와, 기다란 풀줄기 하나를 돌리고 돌리고 돌려 엮어, 들판의 꽃들을 단단한 작은 다발들로 만들었다. 한번은 그가 그녀에게 낚싯바늘에서 물고기를 빼게 했던 것을 그녀는 기억했다. 피가 그녀에게 충격을 주었다—"아!" 그녀는 소리 질렀다—아가미가 피로 가득했기 때문이다. 그리고 그는 "씬디!" 하면서 투덜거렸다. 망치를 원래 있던 한쪽 선반에, 못을 원래 있던 다른 쪽 선반에 놓고 찬장 문을 닫을 때, 그 아침 들판의 유령이 그녀 마음속에 되살아났다, 그는 여전히 낚시 도구를 찬장에 보관했고, 찬장에 관한 한 여전히 아주 유별났기 때문이다.

"헛간에 플래카드를 박았어요." 그의 어깨를 약간 툭툭 치면서 그녀는 말했다.

말은 마치 종소리의 첫 번째 울림 같았다. 첫 번째 종소리가 울리면 두 번째 종소리를 듣게 되고, 두 번째가 울린 뒤에는 세 번째 종소리를 듣는다. 그래서 이자가 스위딘 부인으로부터 "헛간에 플래카드를 박았어요."라고 말하는 것을 들었을 때, 그녀가 다음에 무슨 말을 할지 알았다.

"야외극을 위해서요."

그리고 그가 말하리라,

"오늘인가? 맹세코, 잊었었네!"

"날씨가 좋으면 그들은 테라스에서 상연할 거예요……," 스위딘 부인이 이어서 말했다.

"그리고 비가 오면, 헛간에서." 하고 바솔러뮤가 이어갔다.

"그런데 어떨까요? 비가 올까요, 개일까요?" 스위딘 부인이 계속했다.

그러곤 연속되는 일곱 번째 동작으로, 그들 둘 다 창밖을 쳐다보았다.

일곱 해 동안, 매년 여름, 망치, 못들, 야외극 그리고 날씨에 대해서 똑같은 말들을 이자는 들어왔다. 매년 비가 올까 개일까, 그들은 말했고, 매년 이거거나 저거였다. 똑같은 종소리에 똑같은 종소리가 뒤따랐는데, 단지 올해 그녀는 종소리 아래에서 듣는다, "소녀가 소리를 질렀고, 그의 얼굴 주위를 망치로 때렸다."

찾을 때까지 지면을 넘기다가, 올리버 씨가 말했다, "예보에 따르면, 변덕스러운 바람, 맑고, 평균 기온, 때때로 비."

그는 신문을 내려놓았고, 그들 모두 하늘이 기상관측자의 말에 순종하는지 보려고 하늘을 쳐다보았다. 확실히 날씨는 변덕스러웠다. 정원은 초록색이었다가, 다음 순간에는 잿빛이었다. 해가 났다, 주체할 수 없이 기쁜 황홀경에서 모든 꽃들, 모든 이파리들을 껴안았다. 그러다 마치 인간 고통을 구경하는 것을 삼가는 듯이 해는 얼굴을 가리고, 깊은 동정심에서 물러갔다. 구름이 옅어졌다 두터워졌다 하면서 변덕을 부렸고, 균형과 질서가 결여됐다. 그들이 순종하는 것은 그들 나름의 법칙인가, 아니면 법칙이 없는가? 어떤 것은 단지 작은 다발의 하얀 머리카락이었다. 어떤 것은 높이 위에, 아주 멀었는데 금빛의 설화석고로 굳어졌고, 불멸의 대리석으로 만들어졌다. 그 너머는 파랬다. 순수한 파란색, 검은색에 가까운 파란색, 한번도 여과된 적이 없는 파란색이어서 표기할 수 없었다. 그것은 태양빛, 그림자 혹은 비처럼 세상에 떨어진 적이 없었지만, 언제나 지구라는 색깔 있는 작은 공을 완전히 무시했다. 어떤 꽃도, 어떤 들판도, 어떤 정원도 그것을 느낄 수 없었다.

그것을 바라보면서 스위딘 부인의 눈이 흐려졌다. 이자는 그녀

시선이 거기서 신, 옥좌에 앉은 신을 보았기 때문에 고정되었다고 생각했다. 그러나 다음 순간 정원에 그림자가 떨어질 때 스위딘 부인은 고정된 시선을 풀어 낮추면서 말했다.

"아주 불안정해. 비가 올까 걱정이야. 기도할 뿐이지," 그렇게 덧붙이고서 그녀는, 십자가를 만지작거렸다.

"그리고 우산을 준비해야지," 그녀 오빠가 말했다.

루시는 얼굴을 붉혔다. 그가 자신의 신앙에 일격을 가했다. 그녀가 "기도한다"고 말했을 때, 그가 "우산"을 덧붙였다. 그녀는 손가락으로 십자가를 반쯤 가렸다. 그녀는 움츠러들었고, 위축되었다, 하지만 다음 순간에 그녀는 탄성을 질렀다.

"아, 저기 사랑스런 아이들이 오네!"

유모차가 잔디밭을 가로질러 지나갔다.

이자도 쳐다보았다. 이 노부인, 그녀는 얼마나 천사 같은 이인지! 그렇게 아이들을 맞이하다니, 그 광대함과 저 노인네의 불경에 대항해서 그녀의 메마른 손과 웃는 눈을 들어올리다니! 바트와 날씨에 도전하다니 얼마나 용감한지!

"저 녀석은 보기 좋군," 스위딘 부인이 말했다.

"저들 체중이 느는 것은 놀라워요," 이자가 말했다.

"아침을 먹었지?" 스위딘 부인이 물었다.

"부스러기까지요," 이자가 말했다.

"그리고 아기는? 홍역 증세는 없나?"

이자는 고개를 저었다. "나무를 만지시게," 나무를 두드리며 그녀가 덧붙였다.

"말해줘요, 바트," 스위딘 부인이 오빠에게 돌아서면서 말했다,

"그것의 기원이 뭐죠? 나무를 만져라…… 앤티어스[18], 그가 흙을 만졌던가요?"

시선을 고정시키기만 했으면, 그녀는 아주 똑똑한 여자가 되었으리라고 그는 생각했다. 하지만 이 일이 저 일로 이끌었고, 저 일은 다른 일로 이어졌다. 이 귀로 들어간 것은 저 귀로 나갔다. 그리고 칠십이 넘은 뒤에 일어나듯이, 모든 것은 하나의 되풀이되는 질문으로 순환했다. 그녀 질문은 켄싱튼, 혹은 큐에 살까? 하는 것이었다. 하지만 매년, 겨울이 오면, 그녀는 어느 것도 하지 않았다. 그녀는 해스팅즈에 집을 빌렸다.

"나무를 만져라, 흙을 만져라, 앤티어스," 그는 흩어진 조각들을 함께 맞추면서 중얼거렸다. 렁프리에르[19]가 그 문제를 해결할까 혹은 백과사전. 하지만 그의 질문에 대한 답은 책에 있지 않았다. 루시의 두개골 안은, 자신 것과 아주 유사하게 생겼는데, 어째서 기도할 수 있는 존재가 있는지? 그가 추측건대, 그녀는 그것에 머리털이나 이빨이나 발톱을 입히지 않았다. 그가 추측건대, 그것은 차라리 하나의 힘이거나 광채였으며 개똥지빠귀와 벌레, 튤립과 사냥개, 그리고 자신 같은 혈관 부풀은 늙은이도 통제했다. 그것은 추운 아침에 그녀를 침대에서 끌어내어, 진흙길을 지나 예배하러 가게 했으며, 그것의 대변인이 스트리트필드였다. 제의실에서 담배를 피우는 좋은 친구였다. 천식 있는 나이 든 분들에게 조금씩 설교를 베풀고, 끊임없이 무너지는 첨탑을 헛간에 박은 플래카드를 수단으로 끊임없이 수선하면서, 그도 어떤 위안

18 라틴 이름으로 앤티어스Antaeus, 그리스 신화의 인물, 그리스어로는 안타이오스Antaios, 포세이돈Poseidon(바다의 신)과 가이아Gaia(대지의 여신)의 아들로 그의 지역을 지나가는 여행자를 죽여서 그들 해골로 신전을 지어 포세이돈에게 바쳤다. 헤라클레스가 그에게 힘을 주는 원천인 어머니, 땅에서 들어올려 살해했다.

19 존 렁프리에르(1765~1824), 영국의 고전학자, 그의 『*Classical Dictionary*』(1788)는 신화와 고전 역사에 대한 참고도서이다.

이 필요했다. 그는 생각했다, 살아있는 인간에 주어야만 하는 사랑을 그들은 교회에 주었다…… 그때 테이블을 손가락으로 톡톡 두드리면서, 루시가 말했다.

"그것의 기원, 기원이 뭐예요?"

"미신," 그가 말했다.

그녀는 얼굴을 붉혔고, 그가 다시 그녀의 믿음에 일격을 가했을 때 그녀가 들이쉬는 작은 숨소리조차 들렸다. 그러나 오빠와 누이동생, 육친의 살과 피는 장애가 아니라, 안개[20]였다. 어느 것도 그들의 애정을 변화시키지 않았다. 논쟁이든, 사실이든, 진실이든 말이다. 그녀가 보는 것을 그는 보지 못했고, 그가 보는 것을 그녀는 보지 못했다, 영원히 말이다.

"씬디," 그는 투덜거렸다. 그리고 말다툼은 끝났다.

루시가 플래카드를 박은 헛간은 농가 뜰에 있는 커다란 건물이었다. 그것은 교회만큼이나 오래되었고, 똑같은 돌로 지어졌지만, 첨탑이 없었다. 쥐들과 습기로부터 보호하기 위해 귀퉁이의 원뿔형 회색 돌 위에 세워졌다. 그리스에 갔다온 사람은 언제나 그 건물이 신전을 생각나게 한다고 말했다. 대다수, 그리스에 가본 적이 없는 사람들도 여전히 그 건물을 숭배했다. 지붕은 빨간 오렌지색으로 풍화되었고, 내부는 해가 줄기져 들어오는 고동색의 텅 빈 홀이었고, 옥수수 냄새가 났으며, 문이 닫힐 때는 어둡지만, 마차들을 들이느라, 끝에 있는 문을 열어놓을 때는 눈부시게 밝았다. 기다란 낮은 마차들은, 바다의 배들 같았는데, 바다가 아니라, 옥수수에 대담히 맞서다가, 저녁이면 건초로 더부룩해져서 돌아왔다. 마차가 지나가는 길에는 풀덤불이 굴렀다.

20 울프 작품에서 안개mist는 사람들 간을 연결하는 이미지로 자주 사용된다.

이제 벤치들이 헛간 마루를 가로질러 놓였다. 비가 오면 배우들은 헛간에서 연기하리라. 무대를 만들기 위한 널판이 한쪽 구석에 한데 쌓여 있었다. 비가 오건 개이건, 관중들은 여기서 차를 마시리라. 젊은 남자들과 여자들—짐, 아이리스, 데이빗, 제시카—은 대관식에서 남은 빨갛고 하얀 종이 장미 화환들로 지금도 바빴다. 자루의 씨앗과 먼지가 그들을 재채기하게 했다. 아이리스는 앞이마에 손수건을 동여매었다. 제시카는 짧은 바지를 입었고, 젊은 남자들은 셔츠 바람으로 일했다. 창백한 옥수수 껍데기가 그들 머리에 꽂히고, 나무 가시가 손가락에 박히기 일쑤였다.

"늙은 플림지"[21](스위딘 부인의 별명이었다)가 헛간에 다른 플래카드를 못질했군. 첫 번째 것은 바람에 날려갔거나, 못 박힌 것이면 언제나 찢어버리는 마을 바보가 찢었겠지, 그러고 난 뒤, 어떤 울타리 그늘 아래에서 플래카드를 보며 낄낄거리며 웃고 있겠지. 스위딘 부인이 뒤에 웃음 자국을 남긴 것처럼, 일꾼들 또한 웃었다. 작은 흰머리 다발은 날리고, 마치 카나리아처럼 혹 달린 발톱이 있는 듯이 마디진 신발에, 발목께 주름져 있는 까만 스타킹을 신은 늙은 소녀를 보며, 당연히 데이빗이 눈짓했고, 그에게 기다란 종이 장미들을 건네주면서, 제시카는 되받아 눈짓했다. 그들은 속물이었다, 세상 한구석에 너무 오래 머물러 있어서 약 300년의 습관적인 행동들이 지울 수 없이 인쇄되어 있었다. 그래서 그들은 웃었다, 하지만 존경했다. 만약 그녀가 진주를 걸었다면, 그들은 진주들이었다.

"뛰어다니는 늙은 플림지," 데이빗이 말했다. 그녀는 스무 번은 들락날락했고, 마침내 커다란 물병에 담긴 레모네이드와 샌드위

21 플림지Flimsy: '얇은', '빤히 들여다보이는' 뜻을 가진 형용사인데, 육체를 가진 인간으로서의 견고한 특성을 자주 잃고, 공기로 만들어진 존재처럼 허구의 세계를 넘나들며 현실감이 떨어지는 그녀의 특성에서 유래하는 별명이라 할 수 있다.

치 한 접시를 그들에게 가져왔다. 제씨가 화환을 들어올렸고, 그는 망치질을 했다. 암탉이 길을 잃고 들어왔고, 소들이 줄지어 문가를 지나갔고, 그러곤 양치기 개, 그 다음엔 소 치는 사람 본드가 와서 멈추었다.

그는 젊은이들이 한쪽 서까래에서 다른 쪽으로 장미들을 매다는 것을 찬찬히 보았다. 평민이건 신사계급이건, 누구에 대해서건 그는 거의 상관하지 않았다. 조용히, 조소하듯이 문가에 기대선 그는 잎들을 다 떨군 채 강 위로 굽은 시들은 수양버들 같았고, 눈에는 물결의 변덕스러운 흐름을 지니고 있었다.

"하이—허!" 그는 갑자기 소리 질렀다. 그것은 아마도 소에게 쓰는 언어리라, 왜냐하면 문가로 머리를 들이밀었던 얼룩덜룩한 암소가, 뿔을 낮추고, 꼬리를 휙 흔들면서 천천히 걸어갔던 것이다. 본드가 그 뒤를 따라갔다.

"그것이 문제야," 스위딘 부인이 말했다. 올리버 씨가 미신 항목 아래 "나무를 만져라"라는 표현의 기원을 뒤지며 백과사전을 찾는 동안, 그녀와 이자는 생선을 논했다, 멀리서 오는데, 그것이 싱싱할지.

그들은 바다에서 너무 멀리 있었다. 100마일은 떨어졌다고 스위딘 부인이 말했다. 아니 어쩌면 150마일. 그녀는 계속해 말했다. "그러나 조용한 밤이면 파도 소리를 들을 수 있다고 그들은 정말로 말하지. 폭풍우 다음에 파도가 부서지는 소리를 들을 수 있다고 말이야…… 나는 그 이야기가 좋아," 그녀는 깊이 생각에 잠겼다. "한밤중에 파도 소리를 듣고서 그는 말에 안장을 얹고 바다로 달려갔지. 그것이 누구였지요, 바트, 누가 바다로 말 타고 갔어요?"

그는 읽고 있었다.

"어렸을 적에 바닷가 집에 살았던 내가 기억하듯이, 한 동이 물에 넣어서 그것을 집으로 배달해주는 것을 기대할 수는 없지," 스위딘 부인이 말했다. "바닷가재 단지에서 꺼낸 싱싱한 바닷가재들, 요리사들이 내미는 막대기를 그것들이 얼마나 물던지! 그리고 연어. 비늘에 이가 있는 것을 보면 그것들이 싱싱한지 알 수 있지."

바솔러뮤는 고개를 끄덕였다. 그것은 사실이었다. 그는 기억했다, 바닷가 집을. 그리고 바닷가재도.

그들은 바다에서 망 가득히 고기를 가져왔었다, 하지만 이자는 보고 있었다, 기상 예보대로 변덕스러운, 가벼운 산들바람이 부는 정원을. 다시, 아이들이 지나갔고, 그녀는 유리창을 톡톡 두드렸고, 그들에게 키스를 보냈다. 정원의 윙윙거리는 소리에 아무도 주의를 기울이지 않았다.

"우리가 진짜 바다에서 100마일이나 떨어져 있나요?" 그녀는 돌아서면서 말했다.

"35마일밖에 안 돼," 시아버지는 말했다, 마치 그가 주머니에서 줄자를 잡아채 정확하게 잰 것처럼 말이다.

"더 되는 것 같아요," 이자가 말했다. "테라스에서 보면 땅이 영원히, 영원히 계속될 것 같아요."

"한때는 바다가 없었단다," 스위딘 부인이 말했다. "우리와 대륙 사이에는 바다가 전혀 없었어. 오늘 아침 책에서 그것을 읽었지. 스트랜드 거리에는 만병초가 있었고, 피커딜리 거리에는 맘모스가 있었지."

"우리가 야만인이었을 때지요," 이자가 말했다.

그러곤 그녀는 기억했다, 치과 의사는 그녀에게 야만인들이 뇌에 아주 숙련된 수술을 행할 수 있었다고 말했다. 야만인들도 의치가 있었다고, 그는 말했다. 파라오들 시대에 의치가 발명되었다고, 그가 말했다고 그녀는 생각했다.

"적어도 그렇게 치과 주치의가 제게 말했어요." 그녀는 결론지었다.

"지금 어떤 사람에게 가지?" 스위딘 부인이 그녀에게 물었다.

"똑같은 노부부요. 슬로운 거리에 있는 배티하고 베이츠 말이에요."

"그럼 배티 씨가 파라오 시대에 의치가 있었다고 네게 말했어?" 스위딘 부인이 곰곰 생각했다.

"배티요? 아, 배티가 아니고, 베이츠요." 이자가 바로잡아 주었다.

배티가 귀족들에 대해서만 이야기하던 것을, 그녀는 기억했다. 배티에게 공주 환자가 있었다고, 그녀는 스위딘 부인에게 말했다.

"그래서 그가 나를 한 시간도 훨씬 넘게 기다리게 했군. 게다가 어릴 적에는 그 시간이 얼마나 긴 것 같은지, 너도 알잖아."

"사촌들과 결혼하는 것이 치아에 좋을 수 없지," 스위딘 부인이 말했다.

바트는 손가락을 입 안에 넣어서 윗니들을 입술 밖으로 내밀었다. 그것은 의치였다. 그는 말했다, 하지만, 올리버 가문은 사촌과 결혼하지 않았어. 올리버 가문은 이삼백 년 이상 그들 가계를 추적할 수는 없었다. 하지만 스위딘 가문은 할 수 있었다. 스위딘 가문은 정복[22] 이전부터 거기에 있었었다.

"스위딘 가문은," 스위딘 부인이 시작했다. 그러다 그녀는 멈추었다. 그녀가 기회를 주면, 바트가 성인들에 대해서 다시 농담하리라. 그리고 그녀는 이미 두 번이나 농담의 대상이 되었다, 하나는 우산이고, 다른 하나는 미신이었다.

22 1066년에 정복자 윌리엄이 이끈 노르만인의 영국 정복.

그래서 그녀는 멈추고 말했다. "우리가 어떻게 이 이야기를 시작하게 되었지?" 그녀는 손가락을 세었다. "파라오들. 치과 의사들. 생선…… 아 그래, 네가 말했지, 이자, 생선을 주문했다고, 그리고 그것이 싱싱할지 걱정스럽다고. 그래서 내가 말했지, '그게 문제야……'"

생선이 배달되었다. 미첼네 소년이 팔을 구부려 그것을 잡고 오토바이에서 뛰어내렸다. 부엌문에서 말에게 설탕 덩어리를 먹이는 일도, 잡담을 나눌 시간도 없었다, 왜냐하면 배달이 늘었기 때문이었다. 그는 바로 언덕 너머의 비크리 씨 댁에도 배달해야만 했다. 또 그들 이름이 자신 이름처럼 토지 대장에 있는 웨이손, 로댐 그리고 파이민스터 댁에도 다 들려야 했다. 하지만 주방장—샌즈 부인, 친구들은 트릭시라고 부르는—은 그녀 50평생에 한번도 언덕 너머에 간 적도 없고, 가고 싶지도 않았다.

그는 그것, 살을 바른 혀넙치, 반쯤 투명한 뼈없는 생선을 부엌 테이블에 가볍게 내려놓았다. 그리고 샌즈 부인이 종이를 벗기기도 전에, 그는 아주 멋진 노란색 고양이를 찰싹 때리고는, 가버렸다. 고양이 녀석은 당당하게 바구니 의자에서 일어나, 생선을 휘감으며 테이블로 다가왔다.

약간 냄새가 나나? 샌즈 부인은 그것을 코에다 갖다 대었다. 고양이는 이리저리 테이블 다리에다가, 그녀의 다리에다가 자신을 비벼대었다. 서니를 위해서 한 조각을 남기리라—거실에서의 이름 성옌은 부엌에서는 서니로 변화를 겪었다. 고양이가 수행하는 가운데, 그녀는 그것을 식료품실로 들고 가서, 반쯤은 교회 같은 방의 접시 위에 놓았다. 왜냐하면 개혁[23] 이전에 이 집은

23 16세기의 종교개혁을 의미한다.

많은 이웃집들처럼 예배실이 있었다, 그리고 종교가 변하면서 예배실은 고양이의 이름처럼 변화하며 식료품실이 되었다. 주인어른(거실에서 그의 이름이지만, 부엌에서 그들은 그를 바티라고 불렀다)은 신사들을 때때로 식료품실로 데려왔다, 자주 요리사가 옷을 차려입지 않았을 때 말이다. 고리에 걸려 있는 햄이나, 푸른색 석판 위의 버터, 혹은 내일 저녁에 쓸 뼈 달린 고기를 보려는 것이 아니라, 식료품실에 연결되어 있는 지하실과 그곳에 조각한 아치를 보러 왔다. 두들기면 — 한 신사가 망치를 가져왔다 — 텅 빈 소리가 났다, 반향이 있었다, 틀림없이 예전에 누군가가 숨었던 감추어진 통로가 있다고, 그가 말했다. 그럴 수도 있었다. 그러나 샌즈 부인은 그들이 부엌에 들어와 하녀들 있는 데서 이야기하지 않기를 바랐다. 이야기는 그들의 어리석은 머리에 환상을 집어넣었다. 그들은 죽은 남자들이 통 굴리는 소리를 들었다. 그들은 나무 아래에서 흰 옷 입은 숙녀가 걷는 것을 보았다. 어두워지면 아무도 테라스를 건너려 하지 않았다. 고양이가 재채기를 하면, "귀신이 있었다!"

서니는 생선 저민 조각을 약간 얻었다. 그러고 나서 샌즈 부인은 계란으로 가득 찬 고동색 바구니에서 계란을 꺼냈는데, 어떤 것은 노란 솜털이 껍질에 달라붙어 있었다, 그러곤 반쯤 투명한 생선 조각들에 옷을 입히기 위해서 약간의 밀가루, 크러스트로 가득 찬 질그릇 단지에서 크러스트를 꺼냈다, 그러곤, 부엌으로 돌아와서, 그녀는 오븐 주위를 빠르게 움직였다, 재를 긁고, 불을 지피고, 불을 약하게 했는데, 그 소리들은 집 안에 이상한 반향을 불러일으켜서, 서재, 앉아 있는 방, 식당 그리고 육아실에서 그들이 무엇을 하고, 생각하고, 말하든지 간에, 그들은 알았다, 그들 모두 알았다, 아침, 점심 혹은 저녁 준비 하는 것을 말이다.

"샌드위치는……" 스위딘 부인이 부엌으로 들어오면서 말했다. 그녀는 "샌드위치"에 "샌즈"를 덧붙이는 것을 자제했다. 왜냐하면 샌즈와 샌드위치는 소리가 겹쳤다. "사람 이름 갖고 절대로 장난치지 마라." 어머니가 말씀하시곤 했다. 게다가 마르고, 심술궂고, 분명하게 완전한 빨강 머리에, 멋진 음식을 해낸 적이 없는 여자에게 트릭시라는 이름은 샌즈처럼 어울리는 이름이 아니었다. 사실이었다, 하지만 수프에 머리핀은 절대로 떨어뜨리지 않았다. 바트는 예전, 15년 전, 샌즈가 오기 전에, 제시카 쿡 시절에, 수저에서 머리핀을 집어올리면서 말한 적이 있었다. "빌어먹을, 도대체 이게 뭐야?"

샌즈 부인은 빵을 가져왔고, 스위딘 부인은 햄을 가져왔다. 한 사람은 빵을, 다른 이는 햄을 잘랐다. 이렇게 함께 손으로 일하는 것은 달래주었고, 결합시켰다. 요리사의 손은 자르고, 자르고, 잘랐다. 반면에 빵을 잡은 루시는 칼을 치켜들었다. 그녀는 생각에 잠겼다, 왜 신선하지 않은 빵일까, 신선한 것보다 자르기 좀더 손쉬워서일까? 이스트에서 알코올, 그러곤 발효, 거기서 취하는 것으로, 그래서 바커스[24]로, 그리고 그녀가 자주 그랬듯이, 이탈리아 포도밭의 자줏빛 램프들 아래 누워 있다, 엇비스듬히, 그렇게 생각들이 건너뛰었다. 그동안 샌즈는 시계가 똑딱똑딱 하는 소리를 들었고, 고양이를 보았고, 파리가 윙윙거리는 것을 주목하였다, 그리고 자신들은 헛간에서 종이 장미들을 거느라고 마침 좋은 시간을 보내면서, 부엌에서 일거리를 만드는 사람들에 반대하여 말해서는 안 되는 원한을, 그녀의 입술이 보여주듯이, 드러내었다.

"날씨가 좋을까?" 스위딘 부인이 칼을 멈춘 채 물었다. 부엌에서 그들은 늙은 어머니 스위딘의 공상에 비위를 맞춰주었다.

24 로마신화에 나오는 주신酒神.

“그럴 것 같은데요” 부엌 창문을 날카롭게 내다보고는 샌즈 부인이 말했다. 스위딘 부인이 말했다, “작년은 아니었지, 비가 왔을 때 — 의자를 들이느라고 우리가 얼마나 바빴는지 기억하오?” 그녀는 다시 잘랐다. 그러곤 샌즈의 조카, 푸줏간에서 도제로 일하는 빌리에 관해서 물었다. 샌즈가 말했다, “그 녀석은 애들이 해서는 안 되는 짓을 해요, 주인에게 건방지게 굴어요.”

“괜찮을 거요,” 스위딘 부인은 반은 소년을 의미하고, 반은 모서리를 잘라내어 삼각형으로 아주 멋지게 된 샌드위치를 의미하며 말했다.

“자일스 씨는 늦을지도 모른다네,” 샌드위치를 쌓아놓은 더미 꼭대기에 만족스럽게 얹으면서, 그녀가 덧붙였다.

왜냐하면 증권 중개인인 이자의 남편은 런던에서 오기 때문이었다. 결코 확실치 않지만 그가 새벽 기차를 탔더라도, 급행열차를 만나는 완행열차는 절대로 제시간에 도착하지 않았다. 그럴 경우 그것이 의미하는 것, 다시 말해 사람들이 기차를 놓쳤을 때, 그것이 샌즈 부인에게 의미하는 것은, 그녀가 무슨 하고 싶은 일이 있을지언정, 오븐 곁에서, 고기를 따뜻하게 하며, 기다려야 한다는 것임을 아무도 몰랐다.

“됐어!” 어떤 것은 멋지고 어떤 것은 그렇지 않은 샌드위치들을 살피면서, 스위딘 부인이 말했다, “내가 그것을 헛간에 가져가겠어.” 레모네이드는, 의심할 여지 없이, 부엌 하녀인 제인이 가지고 뒤쫓아 오리라고 그녀는 가정했다.

캔디시는 노란 장미를 옮기기 위해서 식당에 멈추었다. 노란색, 하얀색, 분홍빛 도는 빨간색 — 그는 그들을 배열하였다. 그는 꽃들을 사랑했으며, 그것들을 정렬하고, 그것들 사이에 적절하게, 칼 모양의 초록색 이파리나 하트 모양의 이파리들을 배치하였다. 그가 게임을 하고 술 마시는 것을 생각하면, 기묘하게도, 그는 꽃을 사랑했다. 노란 장미는 저기로 가야지. 이제 모든 것이 준비되었다 — 은색과 하얀색, 포크들과 냅킨들, 그리고 중앙에는 다채로운 장미들이 꽂힌 얼룩얼룩한 무늬의 단지가 있었다. 그래서, 마지막으로 한번 살펴보고, 그는 식당을 떠났다.

두 그림이 창문 맞은편에 걸려 있었다. 실제 삶에서 그들은 결코 만난 적이 없었다. 키 큰 숙녀와 말고삐를 쥐고 있는 남자였다. 숙녀는 올리버가 그림이 좋아서 산 것이었고, 남자는 조상님이었다. 그는 이름이 있었고, 손에 말고삐를 쥐고 있었으며, 화가에게 말했었다.

"빌어먹을, 나와 닮게 그리고 싶으면, 이파리들이 나무에 있을 때 그리시오." 나무에는 이파리들이 있었다. 그는 말했다, "버스터뿐만 아니라 콜린도 넣을 공간이 없을까?" 콜린은 그의 유명한 사냥개였다. 하지만 버스터밖에 들어갈 공간이 없었다. 화가가 아니라 일단의 무리를 향해서, 그는 말하는 것 같았다, 1750년경에, 자신의 발 밑, 같은 무덤에 묻히기를 원했던 콜린을 뺀 것은 정말로 부끄러운 일이라고 말이다. 하지만 그 밉살맞은 사람, 이름이 무엇인지 알 수 없는 목사는 그것을 허락하지 않았다.

그는 얘깃거리를 만든 사람이었다, 그 조상님 말이다. 하지만 숙녀는 그림이었다. 그녀는 노란 옷을 입고, 기둥을 지지대 삼아 기대서서 손에는 은화살을 들고, 머리에는 깃털을 꽂았는데, 시선을 위로 아래로, 곡선에서 직선으로, 푸른 나무숲 사이 오솔길과 은빛, 암갈색 그리고 장밋빛 그늘을 지나서 침묵으로 이끌었다. 방은 비어 있었다.

비었네, 비었어, 비었어. 말없이, 말없이, 말없이. 방은 시간 이

전에 존재하던 것을 노래하는 조가비였다. 설화석고 같고 매끄럽고 차디찬 꽃병이 집의 한가운데 서 있었다, 텅 빈 침묵의 고요한, 증류된 본질을 간직하고 말이다.

홀 건너편에 문이 열렸다. 한 목소리, 다른 목소리, 세 번째 목소리가 잔물결을 일으키며 졸졸 흐르듯이 들렸다. 무뚝뚝한 것—바트의 목소리, 떨리는 것—루시의 목소리, 중간 음조—이자의 목소리였다. 그들 목소리들은 격렬하게, 조급하게, 항의하면서, 홀을 건너 들렸다. "기차가 늦네요."라고 말하고, "따끈하게 간수하세요."라고 말하고, "아니, 아니야, 캔디시, 우리 기다리지 않겠어."라고 말하는 소리가 들렸다.

서재로부터 나오는 목소리들은 홀에서 멈추었다. 그들은 분명히 장애를 만났다, 바위였다. 완전히 불가능한가, 시골 한가운데서조차도, 혼자 있는 것이 말이야? 그것은 충격이었다. 그 다음에, 바위를 껴안고, 돌아서 흘렀다. 고통스럽다 해도, 필수적이다. 사교는 있어야만 했다. 서재로부터 나오면서 맨레사 부인과 담황색 머리에 비틀어진 얼굴의 모르는 젊은 남자와 갑자기 마주친 것은, 고통스럽지만, 기분이 좋았다. 도저히 도망칠 수 없었고, 만날 수밖에 없었다. 초대받지 않은, 예고없는 방문객들은 양과 소들을 근접하게 하는 똑같은 본능에 유혹되어 큰길에서 벗어나왔다. 하지만 그들은 점심 바구니를 들고 왔다. 여기 있어요.

"이정표에 있는 이름을 보았을 때 우리는 참을 수가 없었어요." 맨레사 부인이 낭랑하고 맑은 목소리로 시작했다. "그리고 여기는 친구예요—윌리엄 다지. 우리는 둘이서만 들판에 앉아 있으려 했어요. 한데 이정표를 보고는, 제가 말했죠, '우리 귀한 친구들에게 자리를 내달라고 왜 부탁하지 않을까.' 식탁 자리—그것이 우리가 원하는 전부예요. 음식은 있어요. 잔도 있어요. 우리는 아무것도 원하지 않아요, 단지 —" 명백히 사교였다, 그녀 부류와 같이 하는 것 말이다.

그리고 그녀는 장갑을 낀 손, 장갑 아래에는 반지들이 있어 보이는 손을 늙은 올리버 씨를 향해 흔들었다.

그는 그녀 손에 깊게 머리 숙여 인사했다. 일 세기 전이라면 그는 거기에 입맞추었으리라. 이렇게 반기고, 항의하고, 사과하고 다시 반기는 모든 소리 중에, 모르는 젊은 남자를 관찰하면서 이자벨라가 조달하는 침묵의 요소도 있었다. 그는 물론 신사였다, 양말과 바지를 보라. 총명하리라 — 타이에는 반점이 있고, 조끼 단추를 풀었고, 도시적이고, 전문직 종사자 같았는데, 정확히 말하면 주석 색깔의 안색에 건강해 보이지 않았다, 아주 신경이 과민해서, 이런 갑작스러운 소개에 경련이 일었고, 본질적으로 지독하게 자만심이 강해서, 그는 맨레사 부인이 마구 감정을 드러내는 것을 반대했다, 하지만 그녀 손님이었다.

이자는 적대감을 느꼈지만, 호기심이 일었다. 그러나 맨레사 부인이 모든 것을 말끔히 정돈하면서 "그는 예술가예요."라고 덧붙였을 때 그리고 윌리엄 다지가 "저는 사무실 직원이에요" — 그녀는 그가 교육청 혹은 서머셋 하우스[25]라고 말한다고 생각했다 — 라고 그녀를 정정했을 때, 그의 얼굴이, 분명하게 경련을 일으키고, 거의 사팔눈이 될 정도로 너무도 단단하게 졸라매는 매듭을 그녀는 정확히 알아냈다.

그러곤 그들은 점심을 먹으러 들어갔고, 맨레사 부인은 까딱도 하지 않고, 이 사소한 사교적인 위기를 이겨낼 수 있는 자신의 능력을 즐기면서 흥분으로 들끓었다, 이렇게 두 자리를 더 놓는 일

25 유서 등기소, 세무서 등이 있는 런던의 템즈 강변의 관청 건물.

에 대해서 말이다. 왜냐하면 그녀는 피가 통하는 육체에 대한 완전한 믿음이 있지 않던가? 그리고 우리 모두는 피가 통하는 인간이 아니던가? 살갗 아래, 우리 모두 피가 통하는 인간인데 사소한 일에 구애받는 것은 얼마나 어리석은가, 남자들 그리고 여자들도 말이다! 하지만 그녀는 남자를 선호했다, 명백하게.

"그러면 당신의 반지들이랑, 손톱 그리고 정말로 사랑스러운 작은 밀짚모자는 무엇 때문이죠?" 이자벨라는 맨레사 부인에게 소리 내지 않고 말했고 그래서 침묵이 대화에 분명하게 기여하게 하였다. 그녀 모자, 반지들, 장미처럼 붉고 조가비들처럼 부드러운 그녀 손톱을 모두 볼 수 있었다. 하지만 그녀의 인생 역사는 아니었다. 그것은 그들 모두에게 작은 부스러기들이고 파편들이었다, 공공연하게 그녀가 "빌"이라고 부르는—그것은 아마도 그가 그들보다 더 많이 안다는 신호이리라—윌리엄 다지를 아마도 제외하고는 말이다. 그들이 아는 약간은 이랬다, 그녀는 실크 잠옷을 입고 한밤중에 정원을 거닐었고, 큰 스피커가 재즈를 연주하게 했다. 그리고 칵테일 바가 있다는 것을, 물론 그들은 또한 알았다. 하지만 사적인 것은 전혀 몰랐다. 진정한 전기적인 사실들은 전혀 몰랐다.

그녀는 태즈메이니아[26]에서 태어났다, 하지만 이것은 단지 소문이 그랬다. 할아버지는 중기 빅토리아 시대에 어떤 떳떳하지 못한 스캔들 때문에 축출되었다, 신탁 재산을 유용했었나? 하지만 이자벨라가 유일하게 이야기를 들었을 때 이야기는 "축출되다"에서 더 나가지 않았다. 수다스러운 부인, 농장에 사는 브랜카우 부인의 남편이 현학적으로 "축출되다"라는 말에 이의를 제기하며, "국외로 추방하다"가 더 맞는 것 같다고 말했다, 하지만 적

26 오스트레일리아 남동의 섬.

절한 말이 아니었다, 말은 그의 입가에서 뱅뱅 돌 뿐, 생각나지 않았다. 그래서 이야기는 차츰 사라져갔다. 때때로 그녀는 주교인 아저씨를 언급했다. 하지만 그는 단지 식민지의 주교였던 것으로 생각되었다. 식민지에서 그들은 쉽게 잊고 용서했다. 또한 그녀의 다이아몬드들과 루비들은 랄프 맨레사가 아닌 다른 남편이 자신의 손으로 땅에서 파낸 것이라는 말이 있었다. 유태인인 랄프는 지주 계급의 이미지를 꼭 빼닮았는데, 도시 회사들을 감독하면서 — 그것은 확실했다 — 굉장히 많은 돈을 조달했다. 그리고 그들은 아이가 없었다. 하지만 조지 6세가 왕위에 있는데, 개인의 과거를 뒤지는 것은 확실히 구식이고, 촌스럽고, 곰팡이먹은 모피, 장식용 관옥, 카메오와 검은 테를 두른 메모지 느낌이 들지 않을까?

"내게 필요한 것은 코르크 따개가 전부라오." 맨레사 부인은 캔디시가 박제한 남자가 아니라 진짜 남자인 것처럼 애교를 부리면서 말했다. 그녀는 샴페인 한 병이 있었지만, 코르크 따개가 없었다.

"빌, 그림들을 봐요. 예기치 않은 멋진 게 있을 거라 하지 않았어요?" 그녀는 엄지를 치켜올리며 — 그녀는 병을 따고 있었다 — 계속 말했다.

그녀의 제스처, 전 존재가 저속했고, 소풍 차림으로는 지나치게 성적 매력을 드러내며, 지나치게 차려입었다. 하지만 얼마나 맘에 드는, 적어도 가치 있는 자질인가 — 왜냐하면 모든 이들이 느꼈다. 그녀는 직선적으로 말했다. "그녀는 그것을 말했고 그것을 했다, 나는 아니었다." 얼음을 깨뜨리는 배 뒤에서 뛰어오르는 돌고래처럼 예법의 파기에 뒤따라서, 불어 들어오는 신선한 바람을 유리하게 이용할 수 있었다. 그녀가 늙은 바솔러뮤에게 그의 군도群島, 그의 젊음을 회복시켜주지 않았던가?

이제 그녀는 바트에게 애교있게 윙크하며 계속했다. "당신 것들을 본 뒤에는 우리 것(그들은 산더미처럼 많았다)은 쳐다보지도 않을 거라고 제가 그에게 말했지요. 그리고 당신이 그에게, 뭔가 보여줄 거라고 약속했어요." 여기서 샴페인이 쉬잇 거품이 일었고, 그녀는 바트의 잔을 우선 채우겠다고 우겼다. 당신들 학식 있는 신사들이 모두 열심히 이야기하는 것이 무엇이지요? 아치? 노르만족? 색슨족? 누가 학교를 가장 나중에 졸업했지요? 자일스 부인이신가요?

이제 그녀는 이자벨라에게 젊음을 수여하며 애교있게 윙크했다. 하지만 그녀가 여자들에게 얘기할 때는 언제나 자신의 눈을 가렸다. 왜냐하면 그들은 공범자들이어서 꿰뚫어 보았기 때문이다.

샴페인과 애교있는 윙크로, 그렇게 계속 강타를 가하며, 자신이 — 그녀는 진짜 비밀스런 미소를 지었다 — 이 피난처 항구에 불어 들어온 자연의 야생아라는 요구를 그녀는 관철할 작정이었다. 런던에서 와보니 이곳은 그녀를 정말로 미소 짓게 했다, 하지만 이곳이 런던에 도전하는 것도 사실이다. 왜냐하면 그녀는 그녀 삶의 표본, 소문 조각들, 단지 쓰레기를 그들에게 제공하러 왔기 때문이다. 하지만 그녀는 그것에 그것이 갖는 가치를 주었다, 지난 토요일 그녀가 어떻게 그렇고 그런 사람 곁에 앉았었는지 말했고, 그리고 아주 일상적으로 세례명, 다음에는 별명을 덧붙였다, 그리고 그가 말했어요 — 단지 하찮은 사람이라면 그들이 그녀에게 뭐라고 했건 무에 괘념하겠는가 — 그것도 "내가 당신들께 말할 필요도 없지만, 절대 비밀로 말했어요." 그녀가 그들에게 말했다. 그리고 그들은 모두 귀를 기울였다. 그러곤 배 밖으로 가증스럽고도 활기찬 런던 삶을 던지듯이 손으로 제스처를 하면서 — 그러더니 — 그녀는 외쳤다. "여기 있어요!…… 그리고 내가 여기 내려왔을 때 맨 먼저 무엇을 했을까요?" 그들은 단지 어젯밤에 왔다, 6월의 시골길을 운전해 왔는데, 빌과 둘이서만 온 것을 미루어 알 수 있었다, 갑자기 만찬에 앉는 것이 방종하고 불결해서 런던을 떠났다. "제가 무엇을 했냐고요? 큰 소리로 말해도 될까요? 스위딘 부인, 허락하시죠? 그래요, 이 집에서는 무엇이든 말할 수 있어요. 저는 코르셋을 벗었어요." (여기서 그녀는 자신의 손으로 옆구리를 눌렀다 — 그녀는 건장했다.) "잔디에서 굴렀어요. 굴렀다구요 — 설마 믿으시겠죠……" 그녀는 거짓없이 웃었다. 그녀는 몸매 걱정을 포기했고, 그래서 자유를 얻었다.

"저건 진짜인데," 이자는 생각했다. 정말 진짜야. 시골에 대한 그녀 사랑도 그랬다. 랄프 맨레사가 도시에 머물러야만 할 때 자주 그녀는 혼자서 내려왔다, 낡은 정원 모자를 쓰고, 마을 여인네들에게, 소금물에 절여 저장식품 만드는 법이 아니라 착색한 밀짚으로 하찮은 바구니 엮는 방법을 가르쳤다. 즐거움이 그들이 원하는 것이라고, 그녀는 말했다. 그녀를 방문하면, 그녀가 "호이티 트 도이티 트 레이 도……" 하고 요들 부르는 것을 자주 들었다.

그녀는 완벽하게 선한 부류였다. 그녀는 늙은 바트로 하여금 자신이 젊다고 느끼게 해주었다. 잔을 들었을 때, 곁눈질로 그는 정원에서 하얀 것이 번쩍 하는 것을 보았다. 누군가가 지나가고 있었다.

설거지만 맡은 하녀가 접시들이 나오기 전에 나리 연못 곁에서 뺨을 식히고 있었다.

바람에 날려온 씨앗에서 자생하는 나리들이 그곳에는 언제나 있었고, 초록색 접시 같은 이파리 위에 빨갛고 하얗게 떠돌았다. 연못의 물은 수백 년 동안 우묵한 곳으로 스며들었고, 쿠션 같은 까만 진흙 위에 4~5피트 깊이였다. 두꺼운 접시 같은 초록빛 물 아래에서, 그들이 중심인 세계에서 매끄럽게, 물고기가 헤엄쳤다, 금빛이거나 하얗게 얼룩얼룩하거나, 검은빛, 혹은 은빛으로 줄이 있었다. 그들은 물속 세계에서 조용히 기동 연습을 했다, 하늘이 만들어주는 푸른색 구획 아래에서 균형을 잡거나, 잔디가 흔들리면서 만드는 너울거리는 그림자 테두리 가장자리로 조용히 쏜살같이 달려갔다. 물길 위에 거미들은 섬세한 발자국을 남겼다. 낟알이 떨어져서 나선형으로 강하하고, 꽃잎이 떨어져 물에 잠겨 가라앉았다. 이에 보트 모양을 한 몸체들 함대가 멈추어서, 균형을 잡고, 장비를 갖추고, 무장을 갖추더니, 이내 물결이 흔들려 일면서 그들은 갑자기 움직여 사라졌다.

그 깊은 중앙에, 그 검은 심장부로, 귀부인이 몸을 던졌다. 10년 전에 물웅덩이 바닥을 훑었고, 넓적다리뼈를 찾아냈다. 슬픈지고, 그것은 양의 것이지 귀부인의 것이 아니었다. 그리고 양은 영혼이 없었기 때문에 유령도 없었다. 하지만 하인들은 우겼다, 그들은 유령이 있어야만 했고, 그 유령은 귀부인이며, 부인은 사랑 때문에 몸을 던졌다. 그래서 그들 중 누구도 밤에는 나리 연못 곁으로 걸어가려 하지 않았다. 단지 해가 빛나고, 신사 계급들이 테이블에 앉아 있는 때만 갔다.

꽃잎이 떨어지고, 하녀는 부엌으로 돌아갔고, 바솔러뮤는 포도주를 홀짝홀짝 마셨다. 소년처럼 행복하게, 늙은 남자로는 무모하게 느꼈다, 드물지만, 기분좋은 감각이었다. 숭배하는 숙녀에게 무엇인가 할 말을 마음에서 더듬어 찾으면서, 그는 편리한 첫번째 것을 선택했다. 양의 넓적다리 이야기였다. "하인들은 유령이 있어야만 한답니다," 그는 말했다. 부엌 하녀들은 익사한 귀부인이 있어야만 했다.

"저도 그래야만 해요!" 자연의 야생아, 맨레사 부인이 외쳤다. 그녀는 갑자기 점잔을 뺐다. 랄프가 전쟁터에 있을 때 그녀가 그를 보지 않고는 살해될 수 없다는 것을 알았다고, 그녀는 말했고, 이것을 강조하기 위해서 빵 한 조각을 떼었다, 그러면서 "제가 어디에 있든지, 무엇을 하든지 말이에요."라고 그녀는 덧붙였다, 손을 흔들어서 다이아몬드가 햇빛에 번득였다.

"나는 그렇게 느끼지 않아요," 스위딘 부인은 머리를 흔들면서 말했다.

"아니죠," 맨레사 부인이 웃었다. "당신은 안 그렇죠. 당신들 누구도 아니죠. 아시다시피 저는 수준이 같아요……" 그녀는 캔디시가 물러가기를 기다렸다, "하인들과 말이에요. 저는 전혀 당신들처럼 그렇게 성장하지 않았어요."

그녀는 자신의 젊음을 시인하면서 우쭐했다. 바른 건가 아니면 잘못된 건가? 감정의 샘물이 그녀의 진흙 속에서 부글부글 넘쳤다. 그들은 그들의 샘을 대리석 덩이로 묻었다, 양의 뼈들은 그들에게는 양의 뼈이지, 익사한 얼민트루드 귀부인의 잔재가 아니었다.

"그러면 당신은 어떤 캠프에 속하시오? 어른이요, 아니면 자라지 않은 이요?" 바솔러뮤가 모르는 손님에게 향하며 말했다.

이자는 입을 열었다, 다지가 입을 열어서 그녀가 그를 파악할 수 있기를 희망하면서 말이다. 하지만 그는 응시하면서 앉아 있었다. "선생님, 다시 한 번 말씀해주세요," 그가 말했다. 그들 모두 그를 쳐다보았다. "저는 그림을 보고 있었어요."

그림은 아무도 바라보지 않았다. 그림은 그들을 침묵의 길로 이끌어갔다.

루시가 침묵을 깨뜨렸다.

"맨레사 부인, 당신께 청이 있어요, 오늘 오후에 위급한 경우가 생기면, 노래 좀 부르시겠어요?"

오늘 오후? 맨레사 부인은 소스라치게 놀랐다. 야외극 날인가요? 오늘 오후라고는 꿈에도 생각지 못했다. 오늘 오후인 줄 알았으면—그들은 결코 쓸데없이 끼어들지 않았을 터인데. 그리고 물론 다시 한 번 종소리가 울렸다. 이자는 첫 번째 종소리를 들었고, 그리고 두 번째, 그리고 세 번째를 들었다. 비가 오면, 헛간에서 하리라. 날씨가 좋으면, 테라스지. 그렇다면 날씨가 어떨까, 비가 올까, 개일까? 이제 그들 모두 창문 밖을 내다보았다. 그때 문이 열렸다. 캔디시가 말했다, 자일스 씨가 오셨어요. 자일스 씨는 금방 내려오신답니다.

자일스가 왔다. 머리글자 알엠RM이 비틀어져 멀리서 소관小官처럼 보이는 은도금을 한 큰 차를, 그는 문간에서 보았다. 뒤에 차를 세우면서 그는 방문객이라고 결론지었고, 옷을 갈아입으러 방으로 올라갔다. 감정의 압력에 홍조나 눈물이 표면으로 올라오듯이, 관습의 유령이 표면으로 떠올랐다. 그렇게 차는 그가 훈련받은 것을 건드렸다. 그는 갈아입어야만 했다. 그러곤 그는 플란넬 바지에 황동 단추가 달린 푸른 코트를 입고, 크리켓 경기자처럼 보이면서 식당으로 들어갔다, 비록 그가 몹시 화났지만 말이다. 기차에서, 오늘 아침 신문에서, 그는 읽지 않았던가? 열여섯 명의 남자가 총에 맞았고, 다른 이들은 감옥에 갇혔다, 바로 저기 너머, 만 건너, 그들을 대륙에서 분리하는 평평한 지대에서 말이다. 하지만 그는 옷을 갈아입었다. 그가 들어갔을 때 손을 흔드는 루시 고모가 바로 그를 갈아입게 만들었다. 그는 사람들이 옷걸이에 코트를 걸듯이, 자신의 불만을 그녀에게 본능적으로 걸었다. 루시 고모는 어리석었으며 제멋대로이다. 대학을 나온 후, 그가 도시에서 직업을 갖기로 선택했기 때문에, 그녀는 팔고 사면서 평생을 보내는 남자들에 대해 경악, 경악을 표했다. 쟁기인가? 유리구슬인가? 혹은 증권과 주식인가? 아주 기묘하게도 영국 사람처럼 입고 살기를 소망하는 야만인들—왜냐하면 그들은 벌거벗은 채로 아름답지 않은가?—에게 판다고? 그녀 말은 십 년간 그를 괴롭힌 문제에 대해서 경솔하고 악의에 찬 말이었다. 왜냐하면 그는 아무런 특별한 재능도, 자본도 없었으며 아내와 맹렬하게 사랑에 빠져 있었다. 그는 테이블 너머로 그녀에게 끄덕 하고 인사했다. 그에게 선택권이 주어졌다면 그는 농사짓는 일을 선택했으리라. 하지만 그에게는 선택권이 주어지지 않았다. 그래서 이 일이 저 일로 이어졌고, 일들이 밀집해서는 납작하게 짓누르고, 물속의 고기처럼 꼼짝 못 하게 했다. 그래서 그는 주말에 왔고, 갈아입었다.

"안녕하세요?" 그는 두루 말했고, 모르는 손님에게 고개를 끄덕여 인사했고, 그를 싫어했으며, 뼈 발린 혀넙치를 먹었다.

그는 맨레사 부인이 숭배하는 모든 것의 바로 전형이었다. 머리는 곱슬거리고, 턱은 대부분이 그렇듯이 흐르기는커녕 단단했으며, 코는 짧지만 곧았고, 눈은, 물론, 그 머리털에는 푸른 눈이었다, 그리고 마지막으로 전형을 완벽하게 하면서, 표현에는 무엇인가 맹렬하고, 길들지 않은 것을 담고, 그녀가 마흔다섯 살이지만, 낡은 배터리를 갱생하라고 자극했다.

"그는 내 남편이다," 이자벨라는 다양한 색의 꽃다발 건너로 끄덕여 인사하며 생각했다. "내 아이들의 아버지," 그 오래된 상투적인 어구가, 작동했다, 그녀는 자랑스러움, 애정, 그리고 다시 그가 자신을 선택한 데 대한 자랑스러움을 느꼈다. 아침 거울속의 모습과 어젯밤 신사 농부가 그녀에게 관통시킨 욕망의 화살 다음에, 말쑥한 도시의 신사가 아니라, 사랑 그리고 증오의 크리켓 선수인 그가 들어왔을 때 그녀가 얼마만큼이나 느끼는지 발견한 것은 충격이었다.

스코틀랜드에서 그들은 처음 만났다, 낚시질하면서 — 그녀는 한쪽 바위에서, 그는 다른 쪽 바위에서 — 말이다. 그녀의 낚싯줄이 엉켰고, 그녀는 포기했다. 그리고 다리 사이에 물살이 급하게 흐르는데 낚싯줄을 던지고, 또 던지는 그를 지켜보았다. 마침내 가운데가 굽은 두꺼운 은덩이 같은 연어가 튀어올랐고, 잡혔고, 그녀는 그를 사랑했다.

바솔러뮤도 그를 사랑했고, 그의 분노를 알아차렸다 — 무엇에 대해서지? 그러나 그는 손님을 기억했다. 낯선 이들 면전에서 가족은 가족이 아니었다. 자일스가 들어왔을 때, 그는 모르는 손님이 바라보고 있는 그림 이야기를 다소 힘겹게, 그들에게 해야만 했다.

그는 말과 함께 있는 남자를 가리켰다. "저 분은 나의 조상님이라오. 그에게는 개가 있었고, 개는 유명했어요. 그 개는 역사에 자리잡고 있다오. 그는 개가 자신과 함께 묻히기를 바란다고 기록을 남겼지요."

그들은 그림을 바라보았다.

"저는 그가 '내 개를 그려'하고 말한다고 언제나 느껴요," 루시가 침묵을 깼다.

"그러면 말은 어땠지요?" 맨레사 부인이 말했다.

"말은," 바솔러뮤는 안경을 쓰면서 말했다. 그는 말을 바라보았다. 궁둥이와 뒷다리가 맘에 들지 않았다.

하지만 윌리엄 다지는 여전히 숙녀를 바라보고 있었다.

"아, 당신은 예술가시로군." 그 그림이 좋아서 샀던 바솔러뮤가 말했다.

다지는 그것을 부인했다, 30분쯤인가 그 정도 간격에 두 번째로 말이다, 이자는 주의했다.

맨레사 같은 선한 부류의 여자가 무엇 때문에 이런 잡종을 거느리고 다닐까? 자일스는 자문했다. 그리고 그의 침묵이 대화에 기여했다. 좀더 정확히 말하면 다지가 머리를 흔들었다. "저는 저 그림이 좋아요." 그것이 그가 말할 수 있는 전부였다.

"그래요 당신이 맞답니다." 바솔러뮤가 말했다. "어떤 남자인지 그 사람 이름은 잊었지만 어떤 기관과 관련 있는 남자예요, 우리들 같은 후손들, 타락한 후손들에게 무료로 충고하고 다니는 남자가 말하길…… 말하길……" 그는 멈추었다. 그들은 모두 숙녀를 바라보았다. 그러나 그녀는 그들 머리 너머를 보며, 아무것도 바라보지 않았다. 그녀는 그들을 초록색 오솔길 아래 침묵의 심장부로 이끌었다.

"조슈아 경이 그린 것이라고 말했나요?" 맨레사 부인이 돌연히 침묵을 깨뜨렸다.

"아니, 아니에요." 다지가 급하게, 하지만 작은 목소리로 말했다.

"왜 그는 두려워하지?" 이자벨라는 자문했다. 그는 불쌍한 견본이었다. 자신만의 믿음을 방어하기를 두려워했다. 그녀가 남편을 두려워하는 것처럼 말이다. 자일스가 의심하지 않도록 회계장부처럼 제본한 책에 그녀는 시를 쓰지 않았던가? 그녀는 자일스를 바라보았다.

그는 생선을 다 먹었다. 그들이 기다리지 않도록 빨리 먹었다.

이제 버찌 타르트[27] 차례였다. 맨레사 부인은 씨를 세고 있었다.

"땜장이, 재단사, 군인, 선원, 약제사, 농부…… 바로 저예요!" 그녀는 버찌씨가 자신이 자연의 야생아라는 것을 확증해준 것을 즐거워하면서 외쳤다.

"당신, 그것도 믿으세요?" 늙은 신사는 정중하게 그녀를 놀리면서 말했다.

"물론, 물론 저는 그래요!" 그녀는 외쳤다. 이제 그녀는 다시 궤도에 올랐다. 그녀는 이제 다시 완벽하게 선한 부류였다. 그리고 그들 또한 즐거웠다. 이제 그들은 그녀를 뒤따라서 침묵의 심장부로 이끄는 은색과 암갈색의 그림자를 떠날 수 있었다.

"저는 아버지가 그림을 사랑하셨어요." 다지는 자신 가까이 앉아 있는 이자에게 작은 목소리로 말했다.

"아 저도 그래요!" 그녀는 외쳤다. 혼란스럽게, 앞뒤가 맞지 않게, 그녀는 설명했다. 그녀는 어렸을 때, 그르렁거리는 기침을 앓을 때면, 목사였던 아저씨 댁에 머물렀다, 아저씨는 성직자용 모자를 쓰시고, 아무것도 하지 않았다, 설교조차도 하시지 않았지만, 정원을 거닐면서, 소리 내어 말씀하시면서, 시를 지으셨다.

"사람들은 그가 미쳤다고 생각했지요." 그녀는 말했다. "저는 아니었어요……"

그녀는 멈추었다.

"땜장이, 재단사, 군인, 선원, 약제사, 농부……" 늙은 바솔러뮤가 수저를 놓으면서 말했다, "나는 도둑인 것 같은데요. 우리, 커피는 정원에서 들까요?" 그는 일어섰다.

이자는 중얼거리면서 자갈길을 가로질러 의자를 끌었다. "가본 적 없는 땅의 어느 어두운 동굴로, 바람이 스치고 지나가는 숲

27 과일로 만든 파이.

으로, 이제 우리 갈까나? 혹은 별에서 별로 빨리 지나가, 달의 미로에서 춤출까? 혹은……"

그녀는 접는 의자를 잘못된 각도로 잡았다. 새긴 눈이 있는 의자 틀이 뒤집혔다.

"아저씨가 당신에게 가르쳐주셨던 노래들인가요?" 그녀가 중얼거리는 것을 들으면서, 윌리엄 다지가 말했다. 그는 의자를 펴서 바로 새긴 눈에 가로장을 고정하였다.

텅 빈 방에서 이야기하다가 누군가가 커튼 뒤에서 들어선 것처럼, 그녀는 얼굴이 화끈 달아올랐다.

"당신이 손으로 무슨 일인가를 하고 있을 때면 혹시, 허튼 소리를 하시지 않나요?" 그녀는 더듬거렸다. 한데 하얗고, 섬세하며, 모양 좋은 손으로 그는 무슨 일을 하지?

자일스는 집으로 돌아가서 의자를 더 가져왔고 그것들을 반원형으로 놓았다, 그래서 전망과 옛날 담이 만드는 안식처를 나눌 수 있도록 말이다. 왜냐하면 집에 연속해서 담이 건축된 것은 우연과도 같은 행운이었다, 그것은 아마도 해 드는 높은 땅에 다른 건물을 더하려는 의도였으리라. 하지만 자금이 부족했고, 계획을 포기해서, 벽, 단지 벽만이 남아 있었다. 후에, 다른 세대가 과일나무들을 심었고, 그것은 머지않아 빨간 주황색의 풍화된 벽돌들을 가로질러 넓게 가지를 펼쳤다. 만약 거기서 여섯 단지의 살구잼을 만들 수 있으면, 샌즈 부인은 좋은 해라고 불렀다—과일은 절대로 디저트가 될 만큼 달지 않았다. 아마도 살구 세 개는 모슬린 주머니에 봉할 만했으리라. 하지만 그것들은 있는 그대로 한쪽 뺨은 홍조를 띠고 다른 쪽은 초록색으로 너무도 아름다웠다. 샌즈 부인은 그들을 노출된 채로 내버려두었고 장수말벌이 구멍을 팠다.

땅은 경사져 올라갔고, 그래서 피기스의 안내서(1833)를 인용하면, "주변 시골의 훌륭한 전망을 내려다보았다…… 볼니 수도원 성당의 첨탑, 러프 노튼 숲, 그리고 다소 왼쪽으로 높은 곳에, 호그벤의 폴리, 그렇게 불렸다, 왜냐하면……"

안내서는 여전히 진실을 말했다. 1830년은 1939년에도 진실이었다. 집도 더 지어지지 않았고, 마을도 더 커지지 않았다. 호그벤의 폴리는 여전히 유명했다. 아주 평평하고, 논으로 분할된 땅은 이 점에서만 변했는데 트랙터가 어느 정도 쟁기를 대신했다. 말은 사라졌지만, 소는 남았다. 피기스가 이제 여기에 있다면, 피기스는 똑같은 것을 말했으리라. 여름에 손님이 있으면, 그들은 거기에 앉아 커피를 마시면서 언제나 그렇게 말했다. 그들만 있을 때는 아무 말도 하지 않았다. 그들은 전망을 바라보았고, 그들이 아는 것을 바라보았다, 그들이 아는 것이 어쩌면 오늘은 다르지 않을까 보려고 말이다. 대부분 똑같았다.

"그것이 전망을 너무도 슬프게 만들어요." 스위딘 부인이 자일스가 그녀에게 가져다준 접는 의자에 몸을 굽히면서 말했다. "그리고 너무도 아름답게 하지요. 우리가 사라진 다음에도 그들은 저기에 있을 거예요." 그녀는 먼 들판에 놓여 있는 엷은 안개 조각을 향해 끄덕였다.

자일스는 의자를 갑자기 당겨서 적소에 놓이게 맞추었다. 그렇게 해야만 그는 자신의 노여움을 나타낼 수 있었다, 앉아서 커피와 크림을 마주하고 전망을 바라보는, 시대에 뒤진 늙은 사람들에 대한 격정을 말이다, 저 너머에서 유럽 전체가 ……처럼 격노하고 있는데, 그는 메타포를 구사하지 못했다. 단지 "고슴도치"라는 무력한 말만이, 총들이 가득하며, 비행기들이 공중을 맴도는 유럽에 대한 그의 비전을 설명하였다. 어느 순간일지라도 총들이 땅을 이랑지게 긁으리라, 비행기들이 볼니 수도원 성당을 작은 파편들로 산산조각 내고 폴리를 폭파하리라. 그 또한 전망을 사랑했다. 그리고 전망을 바라보는 루시 고모를 비난했다. 무엇을 하는 대신에 그러고 있지? 그녀가 했던 일은 이제는 사망한 시골 유지와 결혼한 것이었다. 그녀는 아이 둘을 낳았는데, 하나는 캐나다에, 다른 하나는 결혼해서 버밍햄에 있다. 그가 사랑하는 아버지는 비난에서 면제했다, 자신으로 말할 것 같으면, 한 가지 일에 다른 일이 잇달았고, 그래서 그는 시대에 뒤진 늙은 사람들과 전망을 바라보며 앉았다.

"아름다워요." 맨레사 부인이 말했다, "아름다워요……" 그녀는 웅얼거렸다. 그녀는 담배에 불을 붙였다. 산들바람이 그녀의 성냥을 꺼버렸다. 자일스는 손을 우묵하게 해서 다른 것을 켰다. 그녀 또한 면제했는데—왜 그러는지, 그는 말할 수 없었다.

"당신이 그림에 관심이 있으니까," 바솔러뮤가 조용한 손님에게 향하며 말했다, "왜 우리가 종족으로서 무관심하고, 무책임하며, 무감각한지, 나에게 말해주구려"—샴페인은 드물게 세 단어를 겹쳐서 슬슬 나오게 하였다—"그 고귀한 예술로 갑시다, 그래서 말인데, 맨레사 부인, 당신이 이 늙은이 무례를 용서한다면, 셰익스피어를 외우시나요?"

"셰익스피어를 외운다고요!" 맨레사 부인이 항의하듯 말했다. 그녀는 짐짓 점잔을 뺐다. "존재할 것인가, 사라질 것인가, 그것이 문제로다. 더 고귀한 것인가…… 계속하세요!" 그녀는 곁에 앉아 있는 자일스를 팔꿈치로 슬쩍 찔렀다.

"아주 멀리 사라져 이파리들 사이에서 당신이 결코 알지 못했던 것을 완전히 잊는 것이……" 이자는 남편을 곤경에서 도와주려고 생각나는 첫 번째 말들을 제공했다.

"권태로움, 고통 그리고 초조……" 윌리엄 다지가 두 돌 사이의 무덤에 담배 끝을 묻으면서 덧붙였다.

"자, 보세요!" 바솔러뮤가 넷째 손가락을 높이 치켜올리며 탄성을 질렀다. "증명해주지요! 어떤 샘들이 건드려지고, 어떤 비밀스런 서랍이 보물을 보여주는지, 만약 제가 말하길" — 그는 손가락들을 더 들어올렸다 — "레이놀즈! 시종 무관장! 크롬!"

"왜 '늙었다'고 지칭하세요?" 맨레사 부인이 끼어들었다.

"우리는 말이 없어요, 우리는 말들이 없다니까요." 스위딘 부인이 항의했다. "눈 뒤에는 있는데, 입술에는 없어요, 그뿐이에요."

"말이 없는 생각이라, 그럴 수가 있을까?" 그녀 오빠가 깊이 생각했다.

"완전히 제 한계 밖이네요!" 맨레사 부인이 머리를 흔들면서 외쳤다. "지나치게 재기가 넘치네요! 제 마음대로 할 수 있을까요? 저는 잘못인 줄 알아요. 하지만 저는 하고 싶은 것을 할 수 있는 나이, 또 그런 모습에 이르렀어요."

그녀는 은으로 된 작은 크림 단지를 들어서 부드러운 액체가 커피 속으로 호사스럽게 굽이쳐 흐르게 했다. 거기에 그녀는 고동색 설탕을 한 숟가락 가득 더했다. 감각적으로, 규칙적으로 그녀는 혼합물을 빙빙 저었다.

"좋을 대로 하세요! 마음껏 드세요!" 바솔러뮤가 탄성을 질렀다. 그는 샴페인 기운이 사라지는 것을 느꼈고, 마지막 친절한 기운이 사라지기 전에 최대한 이용하려고 서둘렀다. 마치 침대로 가기 전에 불 켜진 방을 한번 마지막으로 쳐다보는 것처럼 말이다.

야생아는 다시 한 번 늙은 남자의 관대한 물결에 둥실 떠서, 커피 잔 너머로 자일스를 쳐다보았고, 그와 공모하는 것처럼 느꼈다. 실 한 오라기가 그들을 하나로 묶었다. 보였다, 안 보였다, 가을 해 뜨기 전 떨리는 칼날 같은 풀잎을 하나로 묶는, 이제는 보였다, 저제는 안 보였다 하는, 그런 실들처럼 말이다. 그녀는 그를 단지 한 번, 크리켓 시합에서 만났다. 그때 그들 사이에는 진정한 우정의 잔가지와 이파리가 출현하기 이전 이른 아침의 실 한 오라기가 자아졌다. 그녀는 마시기 전에 보았다. 보는 것은 마시는 일의 일부였다. 왜 감각을 낭비해, 그녀가 묻는 것 같았다, 왜 무르익고, 녹아내리며, 감탄스런 이 세상에서 짜낼 수 있는 한 방울이라도 낭비하겠는가? 그러곤 그녀는 마셨다. 이제 그녀 주변 대기는 감각으로 엮어졌다. 바솔러뮤가 그것을 느꼈고, 자일스가 그것을 느꼈다. 그가 말이었다면, 얇은 갈색 가죽이 씰룩씰룩했으리라, 마치 파리가 앉은 것처럼 말이다. 이자벨라도 경련을 일으켰다. 질투심, 분노가 그녀 피부를 꿰뚫었다.

"자, 이제," 맨레사 부인이 말했다, 컵을 내려놓으며, "이 여흥에 관해서 말인데요, 이 야외극, 우리가 가서 부딪치려 하는 것 말이에요." 그녀는 그것 또한 장수말벌이 구멍을 판 살구처럼 무르익은 것처럼 보이게 했다, "얘기해주세요, 어떤 것이 될 건가요?" 그녀는 돌아섰다. "제가 듣지 않았나요?" 그녀는 귀기울였다. 그녀는 테라스가 덤불로 내려가는 곳, 아래 덤불 사이에서 웃음소리를 들었다.

나리 연못 너머 땅은 다시 내려앉았고, 그렇게 땅이 경사진 곳에, 덤불과 가시나무가 한데 무리지어 있었다. 그곳은 언제나 그늘졌고, 여름에는 햇살로 얼룩얼룩했고, 겨울에는 어둡고 축축했다. 여름에는 언제나 나비들이 있었는데, 표범나비들이 휙 날아갔고, 큰멋쟁이나비는 마음껏 즐기며 떠다녔고, 배추흰나비는 젖

짜는 아가씨 모양 덤불 주위를 욕심없이 배회했고, 거기서 평생을 보내는 데 만족했다. 나비잡기는, 매 세대마다, 그곳에서 시작되었다, 바솔러뮤와 루시, 자일스, 조지에게는 바로 엊그제 시작되었다, 그날 작은 초록색 그물에, 그는 배추흰나비를 잡았다.

탈의실에 적합한 장소였다, 명백하게, 테라스가 연극을 위한 적절한 장소인 것처럼 말이다.

"적당한 곳이야!" 라 트롭 양이 처음 방문해서 장소를 보았을 때 탄성을 질렀다. 그때는 겨울이었다. 그때 나무들은 이파리가 없었다.

"저곳이 야외극을 위한 장소군요, 올리버 씨!" 그녀가 외쳤다. "나무들 사이를 들락날락하며……" 그녀는 일월의 맑은 빛에 헐벗은 채 서 있는 나무를 향해서 손을 흔들었다.

"저기는 무대, 이곳은 관중, 그리고 이 아래 덤불 사이는 배우들을 위한 완벽한 탈의실."

그녀는 언제나 일을 조직하느라 야단법석이었다. 하지만 그녀는 어디서 나타났을까? 이름으로 보아 그녀는, 추정컨대 순수 영국인은 아니었다. 어쩌면 영국 해협 제도 출신인가? 단지 그녀 눈과 어떤 모습은 언제나 그녀에게 러시아 피가 흐르지 않나 빙햄 부인을 의심하게 했다. "깊이 파인 저 눈, 매우 각이 진 저 턱"은 그녀에게 — 그녀가 러시아에 갔다 오지는 않았다 — 타타르 사람을 상기시켰다. 그녀가 윈체스터에서 차를 파는 가게를 했다가 실패했다고 소문이 났다. 그녀는 배우였었다. 그것은 실패했다. 그녀는 방 네 개짜리 집을 샀고 여배우와 거기서 살았다. 그들은 말다툼을 했다. 실제로 그녀에 대해서 거의 알려진 것이 없었다. 외견상으로 그녀는 가무잡잡하고, 건장하고, 땅딸막하게 생겼으며, 작업복을 입고 들판을 활보하고 다녔다, 때로는 입에 담배를 물고, 때로는 손에 채찍을 들고 다소 강한 언어를 사용했다. 그렇다면 어쩌면, 그녀는 전혀 숙녀가 아니지 않을까? 어쨌든 그녀는 일을 조직하는 데 열정적이었다.

웃음이 사그라졌다.

"그들이 연기를 할 건가요?" 맨레사 부인이 물었다.

"연기하고, 춤추고, 노래하고, 모든 것을 조금씩 다 하죠," 자일스가 말했다.

"라 트롭 양은 굉장히 정력적인 숙녀랍니다," 스위딘 부인이 말했다.

"그녀는 모든 이들을 무엇인가 하게 하지요," 이자벨라가 말했다.

"우리 역할은 관중이랍니다. 그것 또한 아주 중요한 역할이죠." 바솔러뮤가 말했다.

"또한, 우리는 차를 제공하죠," 스위딘 부인이 말했다.

"우리가 가서 도와야 하지 않나요? 버터 바른 빵을 자를까요?" 맨레사 부인이 말했다.

"아니요, 아닙니다, 우리는 청중이에요." 올리버 씨가 말했다.

"어느 해인가 우리는 「개머 걸튼의 바늘」[28]을 상연했어요." 스위딘 부인이 말했다. "어느 해는 우리가 극을 썼어요. 대장장이의 아들은 — 토니인가, 토미인가? — 가장 아름다운 목소리를 가졌었지요. 그리고 십자로에 사는 엘지는 얼마나 흉내를 잘 내던지! 우리 모두를 사로잡았어요. 바트, 자일스, 그리고 늙은 플림지, 바로 저를 말이에요. 사람들은 재능이 있어요, 많이요. 문제는 그것을 어떻게 끄집어내느냐? 하는 것이죠. 바로 그 부분에서 그녀는

28 영어로 씌어진 최초의 희극 중 하나이다. 작가는 1553년에 케임브리지를 다녔던 윌리엄 스티븐슨으로 추정하지만 확실치 않다.

아주 똑똑해요, 라 트롭 양 말이에요. 물론, 영국 문학 전체에서 선택할 수 있지요. 하지만 어떻게 선택할 수 있겠어요? 비 오는 날이면 가끔 저는 계산을 시작하지요. 제가 읽은 것과 읽지 않은 것을요."

"그리고 책들을 마룻바닥에 늘어놓지," 그녀 오빠가 말했다. "이야기 속의 돼지처럼, 아니 당나귀였던가?"

그녀는 그의 무릎을 가볍게 톡톡 치면서 웃었다.

"건초와 순무 사이에서 선택하지 못하고 굶어 죽었던 당나귀죠," 이자벨라가 고모와 남편 사이에—무엇이건—중재하면서 설명했다, 남편은 오늘 오후 이런 종류의 이야기를 싫어했다. 책은 펴 있지만, 어떤 결론에도 이르지 않고, 그는 청중 속에 앉아 있었다.

"우리는 앉아 있어야 해요."—"우리는 청중이랍니다." 오늘 오후에 말들은 문장에 길게 누워 있기를 멈추었다. 그들은 일어서서 위협하기 시작했고 당신을 향해서 주먹을 휘둘렀다. 오늘 오후에 그는 마을 사람들의 연례 야외극 상연을 보러 온 자일스 올리버가 아니었다, 그는 바위에 묶여서, 형언할 수 없는 공포를 수동적으로 보도록 강요되었다. 그의 얼굴이 그것을 드러내었고, 이자는 무슨 말을 할지 몰라 갑작스럽게, 반은 의도적으로, 커피잔을 넘어뜨렸다.

윌리엄 다지가 잔이 떨어지는 것을 잡았다. 그는 그것을 한동안 쥐고 있었다. 그것을 뒤집었다. 단도가 교차하는 것 같은 희미한 푸른색 표시로 보아서, 이것이 영국제이고, 아마도 노팅햄에서, 1760년 즈음으로 거슬러올라가 만들어진 것을 그는 알았다. 단도들을 고려해서, 이런 결론에 이르는 그의 표정이, 걸쇠에 코트를 걸듯이 격노할 또 다른 편리한 구실을 자일스에게 주었다.

그는 아첨꾼에다, 알랑쇠이고, 자신의 분별력에 맞는 보통의 남자는 아니었다. 지분거리다 홱 잡아챘으며, 감각을 켜는 이였다, 집어들어 선택하고, 꾸물거리고 빈둥거렸다. 여자에게 똑바른 사랑을 가진 남자가 아니었다—그의 머리는 이자 머리에 가까웠다. 하지만 그는—그가 공개적으로 말할 수 없는 이 말에, 그는 자신의 입술을 오므렸다, 그의 작은 손가락 위에 도장이 새겨진 반지가 더 붉게 보였다. 왜냐하면 곁의 살이 의자 팔걸이를 움켜쥐면서 하얘졌기 때문이다.

"아, 얼마나 재미있을까요!" 맨레사 부인이 맑은 목소리로 외쳤다. "조금씩 모두라니. 노래, 춤 그러곤 마을 사람들 자신이 연기하는 연극. 단지," 여기서 그녀는 머리를 한쪽으로, 이자벨라에게 돌렸다, "제가 확신컨대 그녀가 썼겠죠. 당신이 쓰지 않았나요, 자일스 부인?"

이자는 얼굴을 붉히며 부인했다.

"저로 말하면, 솔직히 말해서, 저는 두 마디도 연결하지 못해요. 어떻게 그럴 수 있는지 모르겠어요, 제 혀로는 굉장한 수다쟁이인데, 일단 펜을 잡으면……" 그녀는 얼굴을 찡그리면서, 마치 펜을 잡은 것처럼 손가락들을 고정시켰다. 하지만 그녀가 그렇게 작은 테이블 위에서 잡은 펜은 절대로 움직이기를 거부했다.

"그리고 제 글씨체는 너무도 크고 너무도 꼴사나워서……" 그녀는 다시 얼굴을 찡그리면서 보이지 않는 펜을 떨어뜨렸다.

아주 섬세하게 윌리엄 다지는 잔을 접시 위에 얹었다. 마치 그가 이 일을 한 섬세함을 언급하며, 글 쓰는 데 똑같은 기술을 귀속시키듯이 맨레사 부인이 말했다. "자, 그로 말할 것 같으면 아름답게 쓴답니다, 모든 글자가 완벽하게 생겼어요."

그들 모두 다시 그를 쳐다보았다. 당장에 그는 손을 주머니에

넣었다.

이자벨라는 자일스가 하지 않은 말을 추측했다. 그래, 그가 말한 대로라면 잘못되기라도 했나? 왜 서로를 비판하지? 우리가 서로를 알까? 여기서, 지금은 아니었다. 하지만 어디선가, 이 구름, 이 외피, 이 의심, 이 먼지 — 그녀는 각운을 기다렸다, 실패했다. 하지만 어디선가 분명히 하나의 태양이 빛나고 모든 것은 의심할 여지 없이, 명백하리라.

그녀는 흠칫했다. 다시 웃음소리가 들렸다.

"그들 소리를 들은 것 같아요." 그녀는 말했다. "그들이 준비를 하는군요. 그들이 덤불에서 분장하고 있어요."

라 트롭 양은 자작나무들이 기대서 있는 사이를 이리저리 왔다갔다하며 걸었다. 한 손은 깊이 재킷 호주머니에 찌르고, 다른 손에는 대판 양지 한 장을 쥐었다. 그녀는 거기에 씌어 있는 것을 읽고 있었다. 그녀는 갑판을 왔다갔다하는 지휘관의 표정이었다. 까만 팔찌들이 은빛 나무껍질을 감고 돌며 기대서 있는 우아한 나무들은 배의 길이만큼이나 떨어져 있었다.

비가 올 것인가, 개일 것인가? 해가 나왔다, 후갑판 위에 선 사령관답게 적절한 태도로 그녀는 눈을 가리면서 야외에서 일을 감행하기로 결정했다. 의심은 끝났다. 그녀는 모든 무대 도구들을 헛간에서 덤불로 옮겨야만 한다고 명하였다. 끝났다. 그리고 그녀가 모든 책임을 지고 개일까, 비가 올까를 투표하며 왔다갔다하는 동안, 배우들은 가시나무들 사이에서 분장하였다. 그래서 웃음소리가 났다.

옷이 잔디밭에 널려 있었다. 마분지 왕관들과 은종이로 만든 검들, 6페니짜리 행주들인 터번들이 잔디밭에 놓여 있거나 덤불

위에 내던져 있었다. 그늘에는 빨간색과 자주색의 물웅덩이들이 있었고, 햇빛은 은빛으로 번쩍였다. 옷들이 나비를 유혹했다. 빨간색과 은색, 푸른색과 노란색은 따뜻한 달콤함을 발산했다. 큰 멋쟁이나비들은 행주에서 탐욕스럽게 풍부함을 흡수했고, 배추흰나비들은 은종이에서 얼음처럼 찬 기운을 마셨다. 훨훨 날며, 맛보며, 돌아오며, 그들은 색깔들을 시음했다.

라 트롭 양은 왔다갔다하는 것을 멈추고 경관을 살펴보았다. "이건 만들어졌어……" 그녀는 중얼거렸다. 왜냐하면 다른 연극이 언제나 그녀가 막 쓴 연극 뒤에 놓여 있었기 때문이다. 그녀는 눈을 가리면서 바라보았다. 나비들이 맴돌고, 빛은 변화하고, 아이들은 뛰어놀고, 엄마들은 웃었다. "아니, 모르겠어," 그녀는 투덜거렸고, 다시 왔다갔다했다.

"왕초 행세" 그들은 그녀를 은밀히 그렇게 불렀다. 그들이 스위딘 부인을 "플림지"라고 부르듯이 말이다. 그녀의 갑작스러운 태도와 단단한 모습, 두터운 발목과 튼튼한 신발. 그녀는 빠르게 결정하고는 쉰 목소리로 갑자기 외쳐댔다. 이 모든 것이 "그들을 화나게 했다." 개별적으로 누구도 이리저리 명령받는 것을 좋아하지 않았다. 하지만 작은 무리를 지어서 그들은 그녀에게 간청했다. 누군가가 이끌어야만 했다. 그러면 그들 또한 그녀 탓을 할 수도 있었다. 만약 비가 쏟아진다면?

"라 트롭 양!" 이제 그들은 큰 소리로 그녀를 불렀다. "이것에 대한 생각은 뭐죠?"

그녀는 멈추었다. 데이빗과 아이리스는 축음기에 각기 한 손을 얹고 있었다. 그것은 숨겨야 하지만, 청중에게 들릴 만큼 충분히 가까이 있어야 했다. 그래, 그녀가 지시하지 않았던가? 이파리들로 덮은 바자울은 어디에 있는 거지? 그것들을 가져와. 스트리트필드 씨가 자신이 그 일을 맡겠다고 말했었지. 스트리트필드 씨는 어디에 있지? 목사라고는 보이지 않았다. 어쩌면 헛간에 있을까? "토미, 질러가서 그를 데려와." "토미는 첫 번째 장면에서 필요하지." "그러면 베릴……" 엄마들은 논쟁했다. 한 아이를 선택했고, 다른 아이는 아니군요. 금발머리 아이를 부당하게 까만머리 아이보다 선호하다니요. 에버리 부인은 두드러기 때문에 패니가 연기하는 것을 금했다. 마을에는 두드러기에 대한 다른 이름이 있었다.

볼 부인의 작은 집은 깨끗하다고 부를 수는 없었다. 지난 전쟁에 볼 부인은 남편이 참호에 있는 동안 다른 남자와 살았다. 라 트롭 양은 이 모든 것을 알았지만, 그것에 관여하기를 거부했다. 그녀는 나리 연못에 던진 커다란 돌멩이처럼 텀벙하며 고운 망사 속으로 뛰어들었다. 격자무늬가 깨졌다. 단지 수면 아래 뿌리들만 그녀에게는 소용있었다. 예를 들어 허영은 그들 모두를 유순하게 만들었다. 소년들은 큰 역할을 원했고 소녀들은 좋은 옷을 원했다. 비용을 절감해야만 했다. 10파운드가 한도였다. 그래서 관습을 위반하였다. 그들은 관습에 얽매여, 머리 주변에 감은 행주가 야외에서는 진짜 명주보다 훨씬 더 화려해 보인다는 것을, 그녀처럼, 볼 수 없었다. 그래서 그들은 시시한 일로 말다툼했지만, 그녀는 그것을 피하였다. 그녀는 스트리트필드를 기다리면서 자작나무들 사이를 왔다갔다했다.

다른 나무들은 장엄하게 곧았다. 그들은 지나치게 고르지는 않았지만, 교회에서 기둥을 연상시킬 만치 정연하게 늘어서 있었다. 지붕이 없는 교회, 노천 성당 말이다. 그곳에는 제비들이 휙 나르면서 정연한 나무들 때문에 패턴을 만드는 것 같았다, 단지 음악이 아니다 뿐이지 그들 나름대로 길들지 않은, 마음의 들리지 않는 리듬에 맞추어서, 러시아인들처럼, 춤추면서 말이다.

웃음이 잦아들었다.

"우리는 참을성이 있어야만 해요," 맨레사 부인이 다시 말했다. "아니면 우리가 저 의자들 나르는 것을 도울 수 있을까요?" 그녀는 어깨 너머로 흘끗 쳐다보면서 제안했다.

정원사인 캔디시와 하녀 모두 청중을 위한 의자를 가져오고 있었다. 청중은 할 일이 없었다. 맨레사 부인은 하품을 억눌렀다. 그들은 조용했다. 그들은 전망을 응시했다, 마치 조용히 아무 일도 하지 않고 함께 앉아 있는, 참을 수 없는 짐을 덜어줄 무슨 일인가가 그 들판 어디에선가 일어날 것처럼 말이다. 그들의 마음과 육체는 너무도 가까웠지만, 충분히 가까운 것은 아니었다. 그들 각자는 따로따로 느꼈다, 우리는 단독으로 느끼거나 생각할 만큼 자유롭지 않아요, 자유롭게 잠들 수도 없어요. 우리는 너무 가까워요, 하지만 충분히 가깝지는 않아요. 그래서 그들은 안절부절못했다.

열기가 강해졌다. 구름은 사라졌다. 이제 햇볕이 쨍쨍했다. 해가 발가벗긴 전망은 단조로웠고, 조용해졌고 정적이 감돌았다. 암소들은 움직이지 않았다, 벽돌담은 더 이상 피난처를 제공하지 않고 열기를 되받아쳤다. 늙은 올리버 씨가 깊이 한숨을 쉬었다. 머리를 홱 움직이더니, 그는 손을 떨어뜨렸다. 손은 풀밭 위 곁에 개의 머리 바로 가까이에 떨어졌다. 그러곤 그는 그것을 다시 무릎 위로 급하게 움직였다.

자일스는 노려보았다. 손으로 무릎을 단단히 감싸고 단조로운 들판을 뚫어지게 바라보았다. 응시하며, 노려보며, 그는 조용히 앉아 있었다.

이자벨라는 갇힌 것처럼 느꼈다. 감옥의 창살을 통해서, 창살을 비껴가는 잠 같은 안개를 뚫고, 무딘 화살이 그녀를 멍들게 했다, 사랑과 미움의 화살이 말이다. 다른 사람의 육체를 통해서는, 그녀는 사랑도 증오도 명확하게 느낄 수 없었다. 물을 마시고 싶은 욕망을 그녀는 강하게 의식했다—그녀는 오찬 때 달콤한 포도주를 마셨다. "차가운 물 한 잔, 차가운 물 한 잔," 그녀는 반복하면서 빛나는 유리벽으로 둘러싸인 물을 보았다.

맨레사 부인은 긴장을 풀고 쿠션, 그림책, 단것 한 봉지를 들고 구석에서 편안히 쉬기를 갈망했다.

스위딘 부인과 윌리엄은 초연히, 분리되어서 전망을 둘러보았다.

전망이 승리하게 하라고 얼마나 유혹하는지, 아주 매혹적이었다. 전망의 잔물결을 반사해서, 그들 자신의 마음이 물결치게 하고, 윤곽이 길어지게 하고, 갑작스럽게 급히 움직여, 그렇게 곤두박질치게 하라고 말이다.

맨레사 부인은 굴복했다, 곤두박질쳤고, 뛰어들었고, 그러곤 스스로를 제지하였다.

얼마나 멋진 전망인가요? 그녀는 담뱃재를 터는 체하면서 외쳤다. 하지만 실제로는 하품을 감추었다. 그러곤 그녀는 자신의 나른함이 아니라 전망에서, 그녀가 느낀 것과 관련된 무엇인가를 표현하는 체하면서 한숨을 쉬었다.

아무도 그녀에게 대답하지 않았다. 단조로운 들판이 초록빛 도는 노란색, 파르스름한 노란색, 불그레한 노란색, 그러곤 다시 푸른색으로 눈부시게 빛났다. 반복은 무감각하고, 소름이 끼쳤고, 마비시켰다.

"그러면, 갑시다, 가요, 내가 집을 당신에게 보여드릴게," 스위딘 부인이 마치 말을 해야 할 정확한 순간이 온 것처럼, 마치 그녀가 약속을 했었고, 약속을 이행할 순간인 것처럼, 낮은 목소리로 말했다.

그녀는 특정한 누구에게 말하지 않았다. 하지만 윌리엄 다지는 그녀가 자신을 의미한다는 것을 알았다. 그는 갑자기 줄이 곧게 당겨진 인형처럼 급하게 일어났다.

"기운이 좋기도 하지!" 맨레사 부인이 반은 한숨짓고 반은 하품했다. "나도 갈 용기가 있을까?" 이자벨라는 자문했다. 그들은 가고 있었다, 무엇보다도 우선 그녀는 찬물, 찬물 한 컵을 원했다, 하지만 욕망은 다른 이들에게 빚진 그녀의 무거운 의무에 짓눌려 소멸되었다. 그녀는 그들이 가는 것을 바라보았다. 스위딘 부인은 비슬비슬 걸었지만 민첩하고 가벼웠다. 다지는 집 그늘에 다다를 때까지, 뜨거운 담 아래 타는 듯한 타일을 따라 그녀 곁을 성큼성큼 걸어가며, 몸을 펴고 똑바르게 했다.

성냥갑이 떨어졌다. 바솔러뮤 것이었다. 그것은 손가락에서 미끄러졌고, 그는 그것을 떨어뜨렸다. 그는 게임을 포기했다, 그를 더 이상 성가시게 할 수 없었다. 머리를 한쪽으로 하고, 손은 개의 머리 위에 늘어뜨린 채 그는 잤다, 그는 코를 골았다.

스위딘 부인은 현관에 이르러 다리 끝에 금도금을 한 테이블들 사이에서 잠시 멈추었다.

"이것은 계단입니다. 자—우리 올라갑시다," 그녀가 말했다.

그녀는 손님보다 두 계단 앞서서 올라갔다. 그들이 올라갈 때 금이 간 캔버스 위에 기다란 노란색 새틴이 서서히 펼쳐졌다.

"여자 조상님은 아니에요," 그림 속의 머리와 같은 높이에 왔을 때 스위딘 부인이 말했다.

“하지만 우리는 알아왔기에 그녀에 대한 권리를 주장하죠—오, 너무도 오랜 세월 동안 말이에요. 그녀는 누구였을까요?” 그녀는 응시했다. “누가 그녀를 그렸을까요?” 그녀는 머리를 흔들었다. 그녀 위에 햇빛이 쏟아져 들어오고, 그녀는 마치 연회를 위해서 온통 얼굴이 밝아진 듯이 보였다.

“하지만 나는 달빛에서 그녀를 보는 것을 제일 좋아해요.” 스위딘 부인은 곰곰이 생각하며 층계를 더 올라갔다.

그녀는 위층으로 가면서 가볍게 헐떡였다. 그러곤 층계참 벽에 묻혀 있는 책들이 마치 판 신神[29]의 피리들인 것처럼 그녀는 그 위로 손을 훑어 지나갔다.

“우리가 마음으로 계승하는 시인들이 여기 있어요, ……씨.” 그녀는 중얼거렸다. 그녀는 그의 이름을 잊었다. 하지만 그녀는 그를 가려내었다.

“오빠가 말하길, 그들은 집을 빛이 들게 남쪽으로 지은 것이 아니라, 은신처로 북쪽으로 지었대요. 그래서 겨울에는 습기가 차죠.” 그녀는 한숨을 돌렸다. “그러면 다음은 뭐지?”

그녀는 멈추었다. 문이 있었다.

“조실早室이에요.” 그녀는 문을 열었다. “여기서 어머니는 손님들을 맞았었죠.”

세로로 홈이 있는 멋진 벽난로 선반 양쪽에 두 의자가 서로 마주보고 있었다. 그는 그녀의 어깨 너머로 보았다.

그녀는 문을 닫았다.

“자, 올라가요, 자, 다시 올라가요.” 다시 그들은 올라갔다. “위로, 위로 그들은 갔어요, 위로, 위로, 침대로 말이에요.” 그녀는 마치 보이지 않는 행렬을 보는 것처럼 헐떡였다.

29 염소 뿔과 염소 다리를 가지고 피리를 부는 목양牧羊신을 말한다.

"주교, 여행자, 나는 이제 그들 이름조차도 잊어버렸어요. 나는 묵살했어요, 나는 잊었어요."

그녀는 복도 창문에서 멈추었고 커튼을 뒤로 젖혔다. 아래는 햇빛이 쏟아지는 정원이었다. 풀은 매끈매끈하게 빛났다. 세 마리 흰 비둘기가 무도회복을 입은 숙녀들처럼 현란하게 퍼덕거리고 발끝으로 걸었다. 분홍색의 작은 발로 서서 풀밭 위를 잔걸음질하며 거드름 피울 때, 그들의 우아한 몸은 흔들렸다. 갑자기, 그들은 퍼덕이며 날아올라, 원을 그리고, 날아가버렸다.

"이제 침실로 갑시다," 그녀는 말했다. 그녀는 두 번 아주 분명하게 문을 두드렸다. 머리를 한쪽으로 하고, 그녀는 들었다.

"누가 있을지 결코 알 수 없죠." 그녀는 중얼거렸다. 그러곤 그녀는 문을 활짝 열어젖혔다.

거기에 누군가 벌거벗은 채, 혹은 반만 옷을 입은 채, 무릎 꿇고 기도하고 있을 것을 그는 반쯤 기대했다. 하지만 방은 비어 있었다. 방은 핀처럼 말끔했고, 몇 달이고 누구도 잔 적이 없는, 여분의 방이었다. 양초가 화장대 위에 서 있었다. 침대 덮개가 정돈되어 있었다. 스위딘 부인은 침대 곁에 멈추었다.

"여기, 그래요, 여기," 그녀는 말했고, 이불 덮개를 가볍게 쳤다. "내가 태어났어요. 이 침대에서."

그녀는 목소리가 잦아들었다. 그녀는 침대 가장자리에 주저앉았다. 의심할 여지 없이, 계단 때문에, 열기 때문에, 그녀는 피곤했다.

"하지만 우리는 다른 삶이 있어요, 나는 그렇게 생각해요, 그러길 바라요," 그녀는 중얼거렸다. "우리는 다른 이들 속에서 살죠, ……씨. 우리는 사물들 속에서 살아요."

그녀는 단순하게 말했다. 그녀는 노력을 기울이며 말했다. 그녀는 마치 그녀가 낯선 이, 손님에 대한 자선심에서 피곤함을 극복해야만 하는 듯이 말했다. 그녀는 그의 이름을 잊었다. 두 번이나 그녀는 "씨" 하고 말하고는 멈추었다.

가구는 아마도 메이플에서 40년대에 산, 빅토리아 시대 중기 것이었다. 카펫은 자주색의 작은 점으로 덮여 있었다. 그리고 하얀 원은 개수 물통이 세면대 옆에 서 있던 자리를 표시했다.

"윌리엄이에요"라고 그가 말할 수 있을까? 그는 그러고 싶었다. 늙고 약하지만 그녀는 층계를 올라왔다. 그녀는 자신의 생각을 말했다, 그가 실제로 그랬던 것처럼, 그녀가 하찮고, 감상적이고, 어리석다고 그가 생각하는지 어떤지 무시하고, 개의치 않고 말이다. 그녀는 그가 가파른 곳을 오르도록 도우며 손을 내주었다. 침대에 앉아서 그는 그녀가 작은 다리를 흔들며 노래 부르는 것을 들었다. "와서 내 해초를 보세요. 와서 내 조가비들을 보세요, 와서 내 작은 새가 가지에서 깡충깡충 뛰는 것을 보세요." 아이를 위한 오래된 동요 리듬이었다. 구석에 있는 찬장 곁에 서서 그는 그녀가 거울에 비치는 것을 보았다. 그들의 몸에서 분리되어, 그들의 눈, 육체가 없는 눈이 거울 속에 있는 눈을 보고 미소 지었다.

그때 그녀는 침대에서 미끄러져 내려왔다.

"이제, 다음엔 뭐지?" 하고 말하고 복도를 종종걸음으로 내려갔다. 문 하나가 열려 있었다. 모든 이들은 바깥 정원에 있었다. 방은 선원들이 버린 배와 같았다. 아이들이 놀았던 카펫 한가운데에는 점박이 말이 있었다. 유모가 바느질을 했었던 테이블 위에는 린넨 조각이 있었다. 아이가 침대에 있었었다. 침대는 비었다.

"육아실이요," 스위딘 부인이 말했다.

말들이 일어나서 상징적이 되었다. "우리 인류의 요람이요," 그녀가 말하는 것 같았다. 다지가 벽난로로 가로질러 가서 벽에 핀으로 꽂혀 있는 크리스마스 연감의 뉴펀들랜드 개를 바라보았다. 방은 따뜻하고 달콤한 냄새가 났다. 옷 말리는 냄새, 우유, 비스킷, 더운물 냄새가 났다. 그림은 "좋은 친구들"이라는 제목이었다. 서두르는 소리가 열린 문을 통해서 났다. 그는 돌아섰다. 늙은 부인이 복도로 걸어나가 창문에 기대섰다.

그는 선원들이 돌아오도록 문을 열어두고 그녀와 합세했다.

창문 아래 마당에 차들이 모이고 있었다. 차의 까만색 좁은 지붕이 마루의 판목들처럼 함께 놓여 있었다. 운전사들이 뛰어내렸다, 그리고 나이 든 숙녀들이 은색 버클 달린 구두를 신은 까만 다리를 아주 조심스럽게 내밀었다, 늙은 남자들은 줄무늬 있는 바지를 내밀었다. 한편에서는 반바지를 입은 젊은 남자들이, 다른 편에서는 살색 다리를 한 소녀들이 나왔다. 노란 자갈돌이 그르렁거리는 소리를 내며 요동쳤다. 청중들이 모이고 있었다. 하지만 그들은 창문에서 내려다보면서, 꾀부리며 나가지 않고 분리되어 있었다. 그들은 함께 반쯤 창문 밖으로 몸을 내밀었다.

그러곤 산들바람이 불어왔다, 마치 어느 위엄있는 여신이 동료들 사이 옥좌에서 일어나, 호박색 의상을 벗어던지고, 다른 신들은 그녀가 일어서 가는 것을 보며 웃고, 그들의 웃음이 그녀를 둥실 띄운 것처럼, 모슬린 천으로 된 블라인드가 온통 펄럭였다.

스위딘 부인은 머리에 손을 얹었다, 왜냐하면 산들바람이 머리를 헝클었기 때문이었다.

"저기……" 그녀가 시작했다.

"윌리엄입니다," 그가 말을 가로막았다.

그 말에 그녀는 마치 바람이 그녀 눈 속에 겨울의 푸른색을 암황색으로 뒤덮기라도 하듯 소녀다운 매혹적인 미소를 지었다.

"윌리엄, 내가 당신을 친구들에게서 빼앗아왔어요. 여기가 팽팽하게 감기는 것을 느꼈거든요……" 그녀가 사과했다. 그녀는 푸른색 핏줄이 파란 벌레처럼 꿈틀거리는, 뼈가 앙상한 앞이마를 만졌다. 하지만 동굴 같은 뼛속에 묻힌 그녀 눈은 여전히 부드럽게 빛났다. 그는 그녀 눈만을 보았다. 그리고 그는 그녀 앞에 무릎 꿇고, 그녀 손에 입맞추고, 말하기를 소망했다. "학교에서 그들은 저를 구정물 양동이 아래 잡아두었어요. 제가 올려다보았을 때 세상은 더러웠어요, 스위딘 부인. 그래서 저는 결혼했어요, 하지만 제 아이는 제 아이가 아니랍니다, 스위딘 부인, 저는 반쪽짜리 남자예요, 스위딘 부인. 나약하고, 마음이 분리된 풀숲의 작은 뱀이에요, 스위딘 부인, 자일스가 보았듯이 말이에요, 하지만 당신은 저를 치유해주셨어요……" 그렇게 그는 말하고 싶었다, 하지만 아무 말도 하지 않았고, 산들바람이 블라인드를 밖으로 날리면서 복도를 따라 맥없이 불었다.

한번 더 그는 쳐다보았고, 그녀는 문 주위에 초승달 모양의 광장을 만드는 노란 자갈돌을 내려다보았다. 그녀가 몸을 구부리자 줄에 매달린 십자가가 흔들렸고 햇빛이 그것을 비추었다. 그녀는 어떻게 그 매끈한 상징을 가지고 자신을 눌러 가라앉힐 수 있는 것일까? 그렇게 변덕스럽고, 그렇게 떠도는 자신을 그 이미지로 어떻게 억누르지? 그가 그것을 바라보았을 때, 그들은 더 이상 꾀부리지 않았다. 바퀴가 그르렁거리는 소리가 목소리가 되었다. "서둘러요, 서둘러, 어서요."라고 말하는 것 같았다. "그렇지 않으면 늦을 거예요. 서둘러요, 어서요, 아니면 최고 좋은 자리들은 다른 사람들이 모두 차지할 거예요."

"오, 저기 스트리트필드 씨가 있네요!" 스위딘 부인이 외쳤다. 그리고 그들은 바자울, 잎이 달린 바자울을 운반하는 목사, 건장한 체격의 목사를 보았다. 기다리고, 기대한 사람이 마침내 도착한 듯, 권위있는 사람의 태도로 그는 차들 사이를 성큼성큼 걷고 있었다.

"이제 가서 참가할 때인가요—" 스위딘 부인이 말했다. 그녀는 마치 두 마음인 것처럼 문장을 끝마치지 않은 채 놔두었고, 마음은 풀밭에서 솟아오르는 비둘기들처럼, 오른쪽으로 그리고 왼쪽으로 펄럭였다.

청중이 모여들고 있었다. 그들은 길을 따라서 흘러들어 왔고 잔디를 가로질러 퍼져서 왔다. 어떤 이들은 늙었고, 어떤 이들은 인생의 한창때였다. 그들 중에는 아이들도 있었다. 그들 중에는 피기스 씨라면 아마도 주시했을 터인데, 우리에게 가장 존경받는 가문의 대표자들도 있었다. 바로 덴튼의 다이스 가문, 알스웍의 위컴 가문 등등이었다. 어떤 이들은 절대로 땅 한 평도 팔지 않고 그곳에 수 세기 동안 있어왔다. 반면에 목욕탕을 달아내고, 낡은 집을 현대화하는, 맨레사 가문 같은 새로운 이들도 있었다. 차 농장의 연금으로 은퇴한 것으로 알려진 콥스 코너의 코빗 같은, 다양한 이런저런 사람도 있었다. 그는 인재는 아니었다. 그는 자신이 집안일을 했고, 정원을 일구었다. 근처에 있는 자동차 공장과 비행장 건물은 연고지 없는 유동적인 많은 거주자들을 유인했다. 또한 지방 신문을 대표하는 보도기자인 페이지 씨가 있었다. 하지만 개략적으로 말해서, 피기스 자신이 그곳에 있어서 출석을 불렀다면, 참석한 숙녀들과 신사들의 반쯤은 말했으리라. "네 출석했습니다," 경우에 따라서는, "할아버지나 증조할아버지 대신해서 제가 왔어요."라고. 1939년 6월 어느날 3시 30분, 바로 이 순간에 그들은 서로를 반겼고, 가능하면 서로 곁에 자리를 찾고, 자리를 잡아 앉으면서 말했다. "파이스 코너에 있는 그 혐오스러운 새 집 말이요! 얼마나 꼴불견인지! 그리고 그 방갈로식 집들, 그것들 봤어요?"

다시, 피기스가 마을 사람들 이름을 불렀다면, 그들 또한 대답했으리라. 샌즈 부인은 이리프에서 태어났다, 캔디시의 어머니는 페리 가문 중 하나였다. 교회 마당의 초록색 흙 둔덕들은 그들이 두더지처럼 수없이 파헤쳐 뒤엎어와서, 그 결과 수 세기 동안 땅을 부서지기 쉽게 만들었다. 사실, 스트리트필드 씨가 교회에서 출석을 부를 때 결석하는 이들이 있었다. 오토바이, 버스, 영화들, 스트리트필드 씨는 출석을 부를 때 그것들에다 책임을 뒤집어씌웠다.

의자들, 접는 의자들, 금도금을 한 의자들, 빌려온 등나무 의자들, 원래부터 있던 정원 의자들이 줄지어 테라스 위에 정렬되었다. 모든 이들을 위해 자리가 넉넉하였다. 하지만 어떤 이들은 바닥에 앉는 것을 선호했다. "야외극을 위한 적절한 장소야!" 라 트롭 양이 한 말은 분명 진실이었다. 잔디는 극장의 마루만큼이나 평평했다. 테라스는 솟아 있어서 자연스러운 무대가 되었다. 나무들이 무대를 기둥들처럼 막았다. 그리고 인간의 모습은 하늘을 배경으로 해서 아주 돋보였다. 날씨로 말할 것 같으면, 모든 우려에 반해서, 아주 좋은 날이었다. 완벽한 여름 오후였다.

"얼마나 행운인가!" 카터 씨가 말하고 있었다. "지난해에……" 그때 연극이 시작되었다. 연극이야, 아니야? 풀숲에서 칙칙, 칙칙, 칙칙 하는 소리가 났다. 무엇인가 잘못되었을 때 기계가 내는 소음이었다. 누군가는 급하게 앉았다, 다른 이들은 가책을 느끼며 말하기를 멈추었다. 모두들 풀숲을 바라보았다. 무대는 비어 있었기 때문이다. 기계가 풀숲에서 칙칙, 칙칙, 칙칙 하는 낮은 진동음을 내었다. 걱정스럽게 바라보며 어떤 이들이 그들의 문장을 맺고 있을 때, 분홍색으로 차려입은 장미 꽃봉오리 같은 작은 소녀가 다가와서, 이파리와 함께 걸려 있는 고동 뒤 매트 위에 자리를 잡고, 피리를 불었다.

귀족들과 평민들, 저는 당신들 모두에게 말합니다……

연극이 시작된 거로군. 아니면 서막인가?

우리 축제를 보러 여기로 오세요 (그녀는 계속했다)
이것은 야외극입니다. 모두 보시다시피
우리 섬의 역사에서 끌어낸 것입니다.
저는 영국입니다……

"저 여자 아이가 영국이래," 그들이 속삭였다. "시작했어," "서막이야," 그들은 프로그램을 내려다보면서 덧붙였다.

"저는 영국입니다," 그녀는 다시 피리를 불었고, 그러곤 멈추었다.

그녀는 자신의 대사를 잊었다.
"들으세요! 들어요!" 흰색 조끼를 입은 나이 든 사람이 활발하게 말했다. "브라보! 브라보!"
"제기랄!" 나무 뒤에 숨어서 라 트롭 양이 저주했다. 그녀는 앞줄을 따라서 쳐다보았다. 그들은 마치 그들을 얼게 하고 모두를 똑같은 수준에 고정시키는 서리에 노출된 것처럼 노려보았다. 소치는 사람, 본드만이 유동적이고 자연스러워 보였다.
"음악!" 그녀가 신호를 보냈다. "음악!" 하지만 기계는 계속했다. 칙칙, 칙칙, 칙칙.
"갓 태어난 아이……" 그녀는 재촉했다.

"갓 태어난 아이," 필리스 존스가 계속했다,

바다에서 솟아나왔어요
힘센 폭풍이 일으킨 바다의 큰 파도가
프랑스와 독일에서 떼어내었어요
이 섬을.

그녀는 어깨 너머를 흘끗 쳐다보았다. 칙칙, 칙칙, 칙칙, 기계가 윙윙 하는 소리를 내었다. 거친 마포로 만든 셔츠를 입은 마을 사람들의 긴 줄이 그녀 뒤에서 한 줄로 나무들 사이를 들락날락했다. 그들은 노래 부르고 있었다. 하지만 한마디도 청중에게는 들리지 않았다.

저는 영국입니다, 필리스 존스가 청중을 마주하며 계속했다.

지금은 연약하고 작은
아이입니다, 모두 보시다시피……

그녀의 말들은 단단하고 작은 돌소나기처럼 청중들에게 세차게 쏟아졌다. 정중앙에 있는 맨레사 부인이 미소 지었다, 하지만 그녀는 웃을 때 자신의 피부가 쪼개지는 것 같았다. 그녀와 노래 부르는 마을 사람들 그리고 피리를 부는 아이 사이에는 거대한 간극이 있었다.

칙칙, 칙칙, 칙칙, 기계가 더운 날의 옥수수 절단기처럼 소리를 내었다.

마을 사람들은 노래 불렀지만 대사의 절반은 잘려 날아가버렸다.

길을 낸다…… 언덕 꼭대기까지…… 우리는 올라갔다. 아래 골짜기에…… 암퇘지, 멧돼지, 돼지, 무소, 순록…… 산꼭대기까지 우리가 땅을 파나간다…… 돌들 사이에 뿌리를 내린다…… 옥수수를 심는다…… 우리 또한…… 따—아—앙 아래 누울 때까지……

말들은 사라졌다. 칙칙, 칙칙, 칙칙, 기계가 똑딱거렸다. 그러곤 마침내 기계가 음조를 울리기 시작했다!

운명에 맞서 무장한
용감한 로데릭
무장하고 용감하게
대담하고 당돌하게
굳건하고 의기양양하게
병사들을 보세요—여기 그들이 옵니다……

장대하고 인기를 끄는 음조가 시끄럽게 소리 지르고 요란하게 울려퍼졌다. 라 트롭 양은 나무 뒤에서 바라보았다. 근육들이 이완되고, 얼음이 깨지고 있었다. 중간에 건장한 숙녀는 의자 위에 손으로 박자를 맞추기 시작했다. 맨레사 부인은 콧노래를 흥얼거렸다.

제 고향은 인에 가까운 윈저입니다.
로얄 조지는 주막의 이름입니다.
그리고 소년들 당신들은 나를 믿을 거요,
나는 아무것도 요구하는 것이 없어요……

그녀는 멜로디의 흐름에 둥실 떠올랐다. 빛나는 왕족, 안락함, 기분좋은 느낌, 야생아는 축제의 여왕이었다. 연극이 시작되었다.

하지만 중단되었다. "아, 이렇게 중간에 끊어지는 괴로움이라니!" 라 트롭 양은 나무 뒤에서 투덜거렸다.

"제가 너무 늦었네요, 미안해요," 스위딘 부인이 말했다. 그녀는 오빠 옆자리까지 의자들 사이로 길을 밀고 들어갔다.

"무엇에 관한 것이죠? 저는 서막을 놓쳤어요. 영국이요? 저 작은 소녀가? 이제 그녀는 가버렸네요……"

필리스는 매트에서 거침없이 미끄러져 내려왔다.

"그럼 얘는 누구죠?" 스위딘 부인이 물었다.

그녀는 힐다, 목수의 딸이었다. 그녀는 이제 영국이 섰던 자리에 섰다.

"아, 영국은 자랐어요……" 라 트롭 양은 그녀를 재촉했다.

"아, 영국은 이제 소녀로 자랐어요," 힐다가 노래 불렀다

("얼마나 아름다운 목소리인가!" 누군가 감탄했다.)

머리에는 장미를 꽂고
야생의 장미들, 빨간 장미들,
그녀는 작은 길들을 배회하며 선택했어요
그녀 머리장식을 위한 화환 말이에요.

"쿠션이요? 대단히 고맙습니다," 스위딘 부인이 등 뒤에 쿠션을 대면서 말했다. 그러곤 그녀는 앞으로 몸을 숙였다.

"저것이 초서[30] 시대의 영국이라구, 동의하지, 그녀는 꽃을 따고, 나무 열매를 줍네. 그녀는 머리에 꽃을 꽂았어…… 하지만 그녀 뒤의 저 움직임은―" 그녀는 그쪽을 가리켰다. "캔터베리 순

30 제프리 초서(1340?~1400), 영국의 시인, 대표적인 작품이 『캔터베리 이야기*The Canterbury Tales*』이다. 그래서 캔터베리 순례자들은 초서 시대의 영국을 상징적으로 재현한다.

례자들? 보세요!"

그러는 내내 마을 사람들은 나무들 사이를 들락날락했다. 그들은 노래 부르고 있었다, 하지만 단지 한두 마디만 들렸다 **"목초지에 바퀴 자국을 내고…… 좁은 길에 집들을 지었다……"** 바람이 그들 노래의 연결 단어들을 날려버렸으며, 그들이 끄트머리 나무에 이르렀을 때는 이렇게 노래했다.

"성자의 성지로…… 무덤으로…… 연인들…… 믿는 이들…… 우리는 갑니다……"

그들은 자신들을 한데 무리 지었다.

그러곤 바스락거리는 소리가 나고 중단되었다. 의자들이 뒤로 끌어내어졌다. 이자는 그녀 뒤를 보았다. 루퍼트 헤인즈 씨 부부가, 길에서 차 고장으로 지체되었다가, 도착했다. 여러 줄 뒤 오른쪽에 그가, 회색 옷을 입은 남자가 앉았다.

그동안 순례자들은 무덤에 경의를 표하는 것을 마치고 갈퀴에 건초를 던지는 것처럼 보였다.

나는 소녀에게 입맞추고 그녀를 가게 했다.
다른 소녀는 쓰러뜨렸다,
짚 속으로 그리고 건초 속으로……

—그것이 그들 노래의 내용이었다. 보이지 않는 건초를 떠서 던지면서 말이다. 그때 그녀는 다시 주위를 둘러보았다.

"영국 역사의 장면들," 맨레사 부인이 스위딘 부인에게 설명했다. 그녀는 마치 늙은 부인이 귀라도 먹은 듯이, 쾌활하고 큰 목소리로 말했다. "즐거운 영국."

그녀는 정력적으로 박수를 쳤다.

노래 부르던 이들은 풀숲으로 급히 사라졌다. 음조가 멈추었다. 칙칙, 칙칙, 칙칙 기계가 똑딱거렸다. 맨레사 부인은 프로그램을 쳐다보았다. 그들이 건너뛰지 않으면 한밤중까지 걸릴 것이다. 초기 브리튼 사람[31], 플란타지넷 가[32],튜더 가[33], 스튜어트 가[34], 그녀는 그들을 하나하나 열거했다. 하지만 그녀는 아마 하나나 둘 정도 왕조의 치세를 잊었을 것이다.

"야심차지요, 그렇죠?" 기다리는 동안 그녀는 바솔러뮤에게 말했다. 기계가 칙칙, 칙칙, 칙칙 소리를 냈다. 그들이 얘기를 해도 될까? 그들이 움직여도 될까? 안 되지, 연극이 계속되고 있었다. 하지만 무대는 비어 있었다. 단지 소들만이 목초지에서 움직였다. 축음기 바늘이 똑딱똑딱 하는 소리만 들렸다. 똑딱, 똑딱, 똑딱 하는 소리는 그들을 함께 무아경지에 빠뜨리는 듯했다. 어느 것도 무대에 나타나지 않았다.

"나는 우리가 그렇게 멋지게 보이는지 전혀 몰랐어요," 스위딘 부인이 윌리엄에게 속삭였다. 그녀가 그런 적이 있었나? 아이들, 순례자들, 순례자들 뒤에 나무들, 그리고 그들 뒤에 들판들—보이는 세계의 아름다움이 그를 깜짝 놀라게 했다. 칙칙, 칙칙, 칙칙 기계가 계속했다.

"시간을 나타내는군," 늙은 올리버가 소리죽여 말했다.

"우리에게 시간이란 존재하지 않죠." 루시가 중얼거렸다. "우리

31 앵글로 색슨Anglo-Saxon족이 영국Britain 섬을 침입하기 이전, 이 섬의 남부에 살고 있던 켈트Celt계 민족의 한 파.

32 1154년 헨리 2세의 즉위부터 1485년 리처드 3세의 사망 때까지 영국을 지배한 왕가.

33 1485~1603년간 통치한 왕조.

34 스코틀랜드(1371~1714)와 잉글랜드(1603~1714)를 통치한 왕조.

는 단지 현재밖에 없어요."

그것이면 충분하지 않아? 윌리엄은 자신에게 물었다. 미美—그것이면 충분하지 않을까? 그러나 이제 이자가 안절부절못했다. 그녀의 노출된 고동색 팔이 신경질적으로 머리를 향해 올라갔다. 그녀는 자리에서 반쯤 몸을 돌렸다. "아니요, 미래를 가진 우리한테는 아니에요." 그녀는 말하는 것 같았다. 미래는 우리의 현재를 어지럽힌다. 그녀는 누구를 찾고 있지? 윌리엄은 돌아서, 그녀 눈길을 따라가다, 단지 회색 옷을 입은 남자를 보았다.

똑딱똑딱 하는 소리가 멈추었다. 춤 곡조가 기계에 얹혔다. 거기에 가락을 맞추어 이자가 콧노래를 불렀다. "나는 무엇을 요구하지? 밤과 낮으로부터 날아가버리는 것, 그리고 어디에 나타나지, 헤어짐이 없는 곳인가, 하지만 눈과 눈이 만나고 그리고……아." 그녀는 크게 소리 질렀다. "그녀를 보세요!"

모든 이들이 손뼉을 치고 웃었다. 풀숲 뒤에서 엘리자베스 여왕이 출현했다. 담배 파는 허가를 받은 일라이자 클락이었다. 그녀가 마을 가게의 클락 부인일 수 있을까? 그녀는 눈부시게 꾸몄다. 진주가 늘어진 그녀 머리는 굉장히 넓은 주름 옷깃 위에 솟아있고, 빛나는 새틴이 그녀를 우아하게 휘감았다. 6페니짜리 브로치는 고양이의 눈과 호랑이의 눈처럼 번쩍번쩍했다, 진주들이 내려다보였다, 그녀의 케이프는 은색 천으로 만들어졌는데, 그것은 사실 냄비를 문질러 닦는 모프였다. 그녀는 시대의 화신처럼 보였다. 그리고 그녀가 중앙에 있는, 아마도 대양大洋의 바위를 나타내는 비누 상자 위에 올라섰을 때, 그녀는 하도 커서 거인처럼 보였다. 그녀가 가게에서 팔을 한번 휙 움직이면 옆구리 살로 만든 베이컨에 닿거나 기름통을 끌어당길 수 있었다. 잠시 동안 그녀는 거기, 비누 상자 위에, 푸른색의 떠 가는 구름들을 뒤로 하고, 높이 권위있게 서 있었다. 산들바람이 일었다.

이 위대한 땅의 여왕……

그것이 웃음과 박수로 왁자한 소리 너머 들리는 첫 말들이었다.

배들과 수염 난 남자들의 여주인 (그녀는 외쳤다)
호킨스[35], 프로비셔[36], 드레이크[37],
오렌지, 은 주괴, 다이아몬드 화물,
다카트 금화[38]들을 굴리는,
부두 아래로, 저기 서쪽 땅에서—
(그녀는 자신의 주먹으로 빛나는 푸른 하늘을 가리켰다)
높은 봉우리들과 첨탑들과 궁전들의 여주인—
(그녀의 팔은 집을 향해서 움직였다.)
나를 위해서 셰익스피어가 노래 부른다—
(소가 음매 하고 울었다! 새가 지저귀었다.)
개똥지빠귀, 노래지빠귀 (그녀는 계속하였다.)
초록색 숲, 야생의 숲에서,
노래 부른다, 영국을, 여왕을 칭송하면서.
그러곤 또한 들렸다.
화강암과 자갈 위로
윈저에서 옥스퍼드까지
전사와 연인들과,

35 존 호킨스(1532~1595), 영국의 노예 상인, 제독.
36 마틴 프로비셔 경(1535?~1594), 영국의 항해자, 탐험자.
37 프랜시스 드레이크 경(1540~1596), 영국의 제독, 세계일주 항해자, 해적.
38 중세 유럽 여러 나라에서 발행된 각종 금화.

병사와 노래 부르는 이의
웃음소리, 낮은 웃음소리가 말이다.
잿빛 머리카락의 어린아이가
(그녀는 거무스름한 근육이 발달한 팔을 내뻗었다)
만족감에서 그의 팔을 한껏 뻗었다.
배를 타던 선원이
섬에서 집으로 왔을 때……

여기서 바람이 그녀의 머리장식을 세게 잡아당겼다. 진주 고리들이 장식 윗부분을 무겁게 했다. 그녀는 날아가려고 위협하는 주름장식을 고정시켜야만 했다.

“웃음, 큰 웃음소리,” 자일스는 중얼거렸다. 축음기의 음조는 즐거움에 취한 듯이 이리저리 움직였다. 맨레사 부인은 발로 장단을 맞추기 시작하더니 거기에 가락을 맞추어 콧노래를 불렀다.

“브라보! 브라보!” 그녀는 외쳤다. “보잘것없는 늙은이에게도 아직 생명이 있다!” 그리고 그녀는 포기한 듯이 노랫말을 처신머리없게 내뱉었는데, 그것은 저속할지라도, 엘리자베스 여왕 시대에는 아주 쓸모가 있었다. 왜냐하면 주름장식의 핀이 풀렸고, 위대한 일라이자는 대사를 잊어버렸기 때문이었다. 하지만 청중이 너무도 크게 웃어서 그것은 아무런 문제가 되지 않았다.

“내가 아무래도 제정신이 아닌 것 같아,” 자일스는 같은 음조에 맞춰 중얼거렸다. 말들이 표면으로 올라왔다 — 그는 기억했다. “부상당한 사슴의 여윈 옆구리에 세상은 난폭하게 비난 어린 가시를 박았지…… 축제로부터 추방되어서, 음악은 풍자적이 되었어…… 교회 묘지를 맴도는 자, 그를 보고 올빼미가 부엉부엉 울었고 담쟁이 넝쿨은 유리창에 가볍게 톡톡 치는 것을 흉내 내었지…… 왜냐하면 그들은 죽었어. 그리고 나는…… 나는…… 나는," 그는 말들을 잊고, 같은 말만 되풀이하면서, 루시 고모가 앞으로 목을 쑥 빼고, 입을 벌린 채, 그리고 뼈가 앙상한 작은 손으로 손뼉을 치며 앉아 있는 것을 노려보았다.

그들은 무엇을 보고 웃는 것일까?

분명히, 앨버트, 마을 바보였다. 그는 분장시킬 필요가 없었다. 자신의 역할을 완벽하게 연기하며 그가 등장했다. 그는 실망한 얼굴에 낯을 찡그리고, 잔디밭을 가로질러 어슬렁어슬렁 걸어나왔다.

나는 새가 어디에 둥지를 트는지 알아요, 그가 시작했다.
생울타리 안에. 나는 알아요, 나는 알아—
내가 모르는 것이 무엇인가?
숙녀들이여, 당신의 모든 비밀,
그리고 신사들이여, 당신들 것도……

그는 앞줄의 청중들을 따라 가볍게 뛰면서, 차례로 한 사람씩 곁눈질했다. 이제 그는 위대한 일라이자의 치마를 들치고 잡아당겼다. 그녀는 그의 귀를 때렸다. 그는 그녀 등을 살짝 잡았다. 그는 맘껏 자신을 즐기고 있었다.

"앨버트가 일생의 추억이 될 경험을 하는군," 바솔러뮤가 중얼거렸다.

"그가 발작이나 일으키지 않기를 바라요," 루시가 중얼거렸다.

"나는 알아요…… 나는 알아요……" 앨버트는 비누 상자 주위를 가볍게 뛰면서, 킥킥 웃었다.

"마을 바보," 긴장하고 거무스름한 숙녀가 속삭였다, 바로 에름허스트 부인. 그녀는 10마일이나 떨어진 마을에서 왔는데, 그곳에도 바보가 있었다. 좋지 않았다. 만약 그가 갑자기 무시무시한 일이라도 저지른다면? 그는 여왕의 치마를 들어올리고 있었다. 그가 어떤 끔찍한 일을 저지를 것만 같아 그녀는 눈을 반쯤 가렸다.

호퍼티, 지거티, 앨버트는 다시 시작했다.
창문으로 들어가고, 문으로 나오고,
작은 새는 무슨 소리를 듣지? (그는 손가락으로 휘파람을 불었다)
보세요! 쥐가 있네……
(마치 풀밭으로 그것을 쫓을 것처럼 굴었다)
이제 시계가 치네!
(그는 똑바로 섰다, 민들레로 만든 시계에 바람을 불어넣는 것처럼 뺨을 부풀렸다)
하나, 둘, 셋, 넷……

그리고 마치 자기 차례가 끝난 것처럼, 그는 가볍게 뛰어 가버렸다.

"끝나서 잘됐어," 에름허스트가 얼굴을 드러내면서 말했다. "이제 다음은 뭐지? 그림?……"

왜냐하면 일꾼들이 바자울을 들고 풀숲으로부터 재빨리 나와서, 벽을 나타내도록 종이를 바른 스크린으로 여왕의 옥좌를 둘러쌌다. 그들은 땅에 골풀을 흩뿌렸다. 그리고 성가를 부르며 행진을 계속하던 순례자들은 마치 연극에서 청중을 형성하는 것처럼 이제 비누 상자 위의 일라이자 인물 주변에 모여들었다.

그들이 엘리자베스 여왕 앞에서 연극을 상연하려는 것인가?

이것이, 어쩌면, 글로브 극장[39]인가?

"프로그램에는 뭐라고 적혀 있나요?" 허버트 위쓰롭 부인이 오페라 안경을 치켜올리며 물었다.

그녀는 흐릿한 복사지를 중얼중얼 혼잣말로 읽어내려갔다. 맞았다, 연극에서의 한 장면이었다.

"가짜 공작에 대한 이야기, 그리고 남자로 변장한 공주, 또한 오랫동안 찾지 못했던 상속자가 뺨에 있는 검정 사마귀 때문에 거지인 것으로 판명된다. 그리고 페르디난도와 카린티아, 그 아이는 백작의 딸인데, 동굴에서 실종되었으며, 아기일 때 늙은 마귀할멈이 바구니에 넣었던 페르디난도와 사랑에 빠진다. 그리고 그들은 결혼한다. 제가 생각하기에 그런 일들이 일어나는 것 같아요." 그녀는 프로그램에서 눈을 들어올리며 말했다.

"연극을 상연하여라," 위대한 일라이자가 명령했다. 늙은 마귀할멈이 비슬비슬 걸어서 앞으로 나갔다.

("엔드 하우스의 오터 부인," 누군가가 중얼거렸다.)

그녀는 포장용 나무 상자 위에 앉아서, 자신의 헝클어진 머리를 쥐어뜯었고, 마치 굴뚝 모퉁이의 늙은 노파인 것처럼 이리저리 몸을 흔들었다.

("마귀할멈이 적법한 상속자를 구했다," 윈쓰롭 부인이 설명했다.)

겨울밤이었어요 (그녀가 목쉰 소리로 말했다)

나는 그것을 기억해요, 이제는 여름이나 겨울이나 모두 매한가지인 내가 말이에요.

39 셰익스피어 극을 처음 상연한 극장으로 유명하다. 1598년 런던의 사우스워크에 건조되고, 1613년 화재로 소실되어 다시 재건되었지만, 1644년에 청교도들이 파괴하였다.

해가 빛난다고 당신이 그랬나요? 나리, 저는 당신을 믿습니다,
'아 하지만 때는 겨울이었고, 안개가 널리 펴져 있었어요.'
굴뚝 모퉁이의 화롯가에서 염주를 굴리며 기도하는
엘스베쓰에게는 여름이나 겨울이나 매한가지예요.
염주를 굴리는 충분한 까닭이 있지요.
매 염주알마다 (그녀는 염주를 엄지와 검지 사이에 잡았다)
하나의 범죄!
'수탉이 울기 전, 겨울밤이었어요.
그렇지만 그가 나를 떠나기 전에 수탉이 울었어요—
얼굴에 두건을 쓴 남자와, 피묻은 손
그리고 바구니 속의 아기,
'티 히,' 하고 그는 고양이처럼 울었어요,
'나는 내 장난감을 원해요'라고 말하는 듯이.
불쌍한 헛똑똑이!
"티 히, 티 히!" 나는 그를 죽일 수 없었어요!
그 일에 대해서, 하늘의 마리아도
내가 수탉이 울기 전에 지은 죄를 용서하실 거예요!
새벽에 나는 개울을 따라 미끄러져 내려갔어요
갈매기가 자주 찾아들었고, 백로가
저 늪지 가장자리의 말뚝처럼 서 있는 곳으로 말이에요……
거기 누구요?
(세 명의 젊은 남자들이 으스대며 무대로 나와 그녀에게 다가왔다)
—나리님네들 저를 고문하시려고요?
이 팔에는 피도 거의 없어요,
(그녀는 낡고 헐렁한 옷에서 자신의 앙상한 팔뚝을 뻗었다)

하늘의 성자들이여 저를 보호하소서!

그녀는 외쳤다. 그들은 외쳤다. 다 함께 그들은 외쳤다. 그러자 너무 시끄러워서 그들이 무슨 말을 하는지 알아내기 어려웠다. 분명한 내용은 이랬다. **그녀가 약 20년 전에 요람 속의 아기를 골풀 사이에 숨긴 것을 기억하는가? 바구니 속의 아기, 마귀할멈! 바구니 속의 아기 말이야?** 그들은 외쳤다. **바람이 윙윙거렸고 알락 해오라기는 외마디 소리를 질렀지요,** 그녀는 대답했다.

"내 팔에는 피가 거의 없어요." 이자벨라가 되풀이했다.

그것이 그녀가 들은 전부였다. 여러 가지를 엮은 메들리가 진행되고 있었다. 노파는 귀가 먹었고, 젊은이들이 외치는 소리에다, 플롯이 혼란스러워서 그녀는 내용을 조금도 이해할 수 없었다.

플롯이 상관있나? 그녀는 자세를 바꾸며 오른쪽 어깨 너머로 보았다. 플롯은 감정을 일으키기 위해서만 존재한다. 단지 두 가지의 감정만이 있다. 사랑 그리고 증오. 플롯을 풀어내려고 할 필요가 없었다. 그녀가 이 매듭을 중앙에서 끊었을 때 어쩌면 라 트롭양은 그것을 의미했으리라?

플롯에 신경 쓰지 마세요. 플롯은 무의미하답니다.

그런데 무슨 일이 일어나고 있지? 왕자가 왔네.

소맷부리를 잡아올리면서, 노파는 검정 사마귀를 알아보았고 의자에서 뒤로 비틀비틀 물러나면서, 외마디 소리를 질렀다.

내 아기! 내 아기!

알아보는 일이 뒤따랐다. 젊은 왕자(앨버트 페리)는 노파의 주름진 팔 안에서 거의 질식할 뻔한다. 그러곤 그는 갑자기 벗어나며 깜짝 놀란다.

그녀가 오는 곳을 보세요! 그는 소리 질렀다.

그들은 모두 그녀가 오는 곳을 바라보았다—하얀 새틴으로 입은 실비아 에드워즈.

누가 왔지? 이자는 바라보았다. 나이팅게일의 노랫소리? 밤의 검은 귀에 걸린 진주? 사랑이 형상화되었다.

모두 팔을 들어올렸다. 모든 얼굴들이 응시하였다.

안녕, 상냥한 카린씨아! 모자를 벗어 경의를 표하며 왕자가 말했다. 그녀 또한 눈을 들어올리면서 그에게 똑같이 했다.

나의 사랑! 나의 군주시여!

"충분해. 충분해. 충분해," 이자가 반복해서 말했다.

다른 모든 것은 쓸데없는 말이고, 반복이었다.

그동안 노파는 그것으로 충분했기에, 염주를 손가락에서 늘어뜨린 채 의자에 주저앉아 있었다.

저기 노파를 보아라—늙은 엘스베쓰가 아프다!

(그들은 그녀 주위로 몰려들었다)

죽었습니다, 나리님네들!

그녀는 맥없이 뒤로 넘어갔다. 군중들은 물러섰다. 평안히, 그녀를 가게 하소서. 이제 여름이나 겨울이나 모든 것이 매한가지인 그녀에게 말입니다.

평안은 세 번째 감정이었다. 사랑. 증오. 평안. 세 감정들이 인간 삶의 층을 형성했다. 솜방망이로 만든 수염이 그의 말을 헛갈리게 했지만, 이제 사제가 앞으로 나와서 축복하였다.

삶의 엉킨 실타래 막대에서 그녀 손을 풀어주어라.
(그들은 그녀 손을 풀었다)
그녀의 연약함에 대해서, 이제 아무것도 기억하지 마라.
붉은가슴울새와 굴뚝새를 불러라
그리고 장미들은 진홍빛 덮개를 떨어뜨려라.
(꽃 이파리들을 대나무 바구니에서 흩뿌렸다)
시체를 덮어라. 편안히 쉬어라.
(그들은 시체를 덮었다)
당신들, 아름다운 귀족들이여 (그는 행복한 커플에서 돌아섰다)
하늘이여 축복을 비처럼 내리소서
시샘하는 태양이 밤의 장막을 풀기 전에
서두르소서. 음악을 울려라
그리고 하늘의 자유로운 대기가 당신을 잠으로
싣고 가게 하소서!
춤을 선도하라!

축음기가 요란하게 울려퍼졌다. 공작들, 사제들, 양치기들, 순례자들 그리고 하인들이 손을 잡고 춤을 추었다. 바보는 들락날락 뛰어다녔다. 손을 잡고, 머리를 부딪치면서, 그들은 담배 파는 허가를 받은 클라크 부인이 구현한, 비누 상자 위에 서 있는 엘리자베스 시대의 위엄있는 인물 주위에서 춤을 추었다.

그것은 멜레이였고, 메들리[40]며, 환상적인 색깔의 의상을 제대로 챙겨입지 못한 채, 펄쩍펄쩍 뛰면서 급하게 움직이거나, 휘두르는 팔 다리 위로 빛과 그림자가 얼룩덜룩한 황홀한 장관(윌리엄에게)이었다. 그는 손바닥이 얼얼할 때까지 손뼉을 쳤다.

맨레사 부인은 크게 박수갈채를 보냈다. 어째서인지 그녀는 여왕이었고, 그(자일스)는 무뚝뚝한 영웅이었다.

"브라보! 브라보!" 그녀는 외쳤고 그녀의 열광이 무뚝뚝한 영웅을 의자에서 꿈틀하게 했다. 그리고 바퀴 달린 의자에 앉은 위대한 귀부인이 있는데, 그녀는 지방 귀족과 결혼해서 지금 교회가 서 있는 곳에 나무딸기와 가시나무만 있을 적의 이름을 그의 쓸모없는 칭호에서 지워버렸다, 그녀는 너무도 토박이어서 그녀의 육체조차도, 관절염으로 불구가 되어, 이제는 거의 사멸한, 보기싫은 야행성 동물을 닮아갔다, 그녀는 손뼉을 치고 크게 웃었다, 그것은 놀란 언치 새의 갑작스러운 웃음이었다.

"하, 하, 하!" 그녀는 웃었고 장갑을 끼지 않은 뒤틀린 손으로 의자의 팔걸이를 쥐었다.

봄꽃을 따요, 봄꽃을 따요, 그들은 외쳤다. 들락날락, 주변을 돌면서, 봄꽃을 따요, 봄꽃을 따요……

무슨 말인지는 중요하지 않았다, 혹은 누가 무엇을 부르는지도 마찬가지였다. 그들은 음악에 취해서 빙글빙글 돌았다. 그러다

40 멜레이mellay와 메들리medley는 둘 다 프랑스어의 멜리mêlée(mixed)에서 나왔다. 그래서 의미가 유사하다. 하지만 이 작품에서 그리고 현재 보통 메들리, "잡다한 모음"정도로 생각하는 의미는 시대적으로 뒤늦게 파생했으며, 특히 멜레이의 경우 "여러 색이 섞인 천"이나 "혼합된 색"과 같은 의미로는 1593년 이후에는 사용되지 않았다. 울프는 여기서 분명 연극이 여러 문학적인 파편들의 짜깁기라는 뜻으로 멜레이와 메들리를 사용하며, 이 비슷하지만 다른 단어의 반복을 통해서 두운alliteration의 효과와 동시에 변형된 반복의 효과도 얻는다.

가, 나무 뒤에 라 트롭 양의 신호에 춤이 멈추었다. 행렬을 만들었다. 위대한 일라이자가 비누 상자에서 내려왔다. 그녀는 손에 치맛자락을 거머쥐고, 큰 걸음걸이로 활보하였고, 공작들과 왕자들이 그녀를 둘러싸고, 팔짱을 낀 연인들이 뒤따르고, 바보 앨버트가 들락날락 노닐고, 관대 위의 시체가 행렬을 종결지으면서, 엘리자베스 시대는 현장에서 사라졌다.

“저주받을! 제기랄! 빌어먹을!” 라 트롭 양은 분노해서 발가락을 뿌리에다 박아댔다. 그녀는 망했다, 막간이었다. 오두막에서 이 뒤죽박죽인 하찮은 작품을 쓰면서 그녀는 여기서 연극을 자르기로 동의했다, 청중의 노예였다, 샌즈 부인의 차에 대한, 만찬에 대한 투덜거림에 노예가 되었다. 그녀는 여기서 장면을 깊이 잘랐다. 그녀가 막 감정을 불러일으켰을 때, 그녀는 그것을 잘랐다. 그래서 그녀는 신호했다, 필리스! 그리고 소환했다. 필리스가 다시 한가운데 매트 위로 불쑥 올라갔다.

귀족들과 평민들이여, 제가 당신들 모두에게 말하건대
(그녀는 피리를 불었다)
우리의 막이 끝났습니다. 우리의 장면이 끝났어요.
과거는 늙은 노파와 연인의 시대였습니다.
봉우리는 꽃피었고, 꽃은 떨어졌습니다.
하지만 곧 다른 새벽이 떠오를 것입니다.
우리가 그들의 어린 자식들이긴 하지만 시대가
간직하고 있는 것을, 당신은 볼 것입니다,
당신은 볼 것입니다……

그녀의 목소리는 소멸되었다. 아무도 듣지 않았다. 머리들을 숙이고, 그들은 프로그램에서 "막간"을 읽었다. 그리고, 그녀 말을 짧게 자르며, 확성기가 평범한 영어로 알렸다. "막간." 차 마실, 반 시간의 막간. 그러곤 축음기가 요란하게 울려퍼졌다.

운명에 대항해서 무장한,
용감한 로데릭,
대담하고 당돌하고,
굳건하고, 의기양양하게 등등.

이에, 청중은 술렁였다. 몇몇은 갑작스럽게 일어섰다. 다른 이들은 지팡이, 모자들, 가방들을 집어들기 위해 몸을 굽혔다. 그러곤, 그들이 일어나서 돌아섰을 때, 음악이 조정되었다. 노래가 흘러나왔다, **우리는 흩어지지만.** 음악이 신음소리를 내었다. **우리는 흩어지지만**. 그것은 한탄하였다, **우리는 흩어지지만.** 그들은 잔디를 색색으로 얼룩지게 하면서, 잔디밭을 가로질러, 길 아래로 흘러내려갔다. **우리는 흩어지지만**.

맨레사 부인이 선율을 이어받았다. **우리는 흩어지지만.** "자유롭게, 대담하게, 아무도 두려워하지 않고" (그녀는 지나가는 길에 갑판 의자를 밀었다). "젊은이들과 처녀들" (그녀는 뒤를 흘끗 돌아보았다, 하지만 자일스는 등을 돌리고 있다). "따르라, 따르라, 나를 따르라…… 아, 파커 씨, 여기서 만나다니 너무 기쁘군요! 저는 차 마시러 갑니다!"

"우리는 흩어지지만," 이자벨라는 콧노래를 하며 그녀를 따라갔다. "모두 끝났어요. 고조된 감정이 무너졌어요. 우리를 높고 메마른 기슭에 남겨두었어요. 혼자서, 개판널 위에 분리되었어요.

세 겹의 층이 부서졌어요…… 이제 저는 따라갑니다" (그녀는 의자를 뒤로 밀었다…… 회색 옷을 입은 남자는 감탕나무 곁의 군중 속으로 사라졌다) "저 늙은 매춘부를" (그녀는 자신 앞에 꽃으로 장식한 맨레사 부인의 팽팽한 모습을 불러일으켰다) "차 마시러요."

다지는 뒤에 남았다. "나는 갈 것인가 머물 것인가?" 그는 중얼거렸다. "어떤 다른 길로 빠져나갈까? 아니면 따라갈까, 따라갈까, 흩어지는 벗들을 따라갈까?"

우리는 흩어지지만, 음악이 울부짖었다. **우리는 흩어지지만.** 자일스는 지나가는 일단의 흐름 속에 말뚝처럼 남아 있었다.

"따라가?" 그는 의자를 뒤로 찼다. "누구를? 어디로?" 그는 가벼운 테니스 신발을 나무에 짓이겼다. "아무데나, 어디든지." 그는 여전히 뻣뻣하게 서 있었다.

한편 콥스 코너의 코빗은, 칠레 삼나무 아래 혼자 있었는데, 일어서며 중얼거렸다. "그녀 마음에 무엇이 있는 거야, 응? 뒤에 어떤 생각이 있는 거지, 응? 그녀가 무엇 때문에 구세대 것에다 이 광휘, 이 가짜 매력을 부여해서, 그들로 하여금 칠레 삼나무 위로 기어오르게, 기어오르게 하는 거야?"

우리는 흩어지지만, 음악이 울부짖었다. **우리는 흩어지지만.** 그는 돌아섰고 모였다가 물러가는 사람들 뒤를 천천히 어슬렁거리며 걸었다.

이제 루시는 의자 밑에서 가방을 들어올리며, 오빠에게 새된 목소리로 말했다.

"사랑하는 바트, 나와 함께 가요…… 우리가 어렸을 때, 육아실에서 함께 공연했던 연극 기억해요?"

그는 기억했다. 게임은 붉은 인디언이었고, 자갈무늬 가죽으로 감싸인 소리를 내는 갈대 피리였다.

"하지만, 정겨운 씬디"—그는 모자를 집어들었다—"우리 게임은 끝났어."

그의 말은 번득이는 눈, 빤한 응시와 둥둥 북소리를 의미했다. 그는 그녀에게 팔을 내밀었다. 그들은 서서히 걸어갔다. 그리고 보도기자인 페이지 씨는 적었다. "스위딘 부인, 바트 올리버 씨," 그러곤 돌아서서, 행렬의 끝을 마무리 지으며 급사가 늙은 부인을 의자에 태워서 데려가는 것을 언뜻 발견하고는 덧붙였다, "해스립 장원의 해스립 부인."

풀숲에 숨겨진 축음기의 작별 인사 속에 청중은 떠나갔다. **흩어진다,** 그것은 울부짖었다, **우리는 흩어지지만.**

이제 라 트롭 양은 숨어 있던 곳에서 걸어나왔다. 풀밭 위로, 자갈밭 위로 흘러, 흘러가는 그들, 모였다가 흩어지는 사람들을 그녀는 그래도 한순간 한데 붙잡고 있었다. 그녀가 25분간 그들로 하여금 보게 하지 않았던가? 분배된 비전은 한순간…… 한순간…… 고통에서의 구원이었다. 이제 우리라는 마지막 말에 음악이 소멸되었다. 그녀는 산들바람이 나뭇가지에서 바스락대는 소리를 들었다. 그녀는 청중에 등을 돌리고 있는 자일스 올리버를 보았다. 콥스 코너의 코빗도 보았다. 그녀는 그들로 하여금 보게 만들지 못했다. 실패였다. 또 하나의 빌어먹을 실패였다! 언제나처럼. 비전은 그녀에게서 달아났다. 그리고 돌아서서, 그녀는 아래 움푹 파인 곳에서 옷을 갈아입고 있는 배우들에게 활보해 갔다. 그곳에서는 나비들이 검劍들과 은색 종이 위에서 향연을 벌였다, 그곳에서는 행주가 그늘에 노란색 웅덩이를 만들었다.

코빗은 시계를 꺼냈다. 7시까지 세 시간이 남은 것에 그는 주목했다, 그러면 화초에 물을 주어야지. 그는 돌아섰다.

자일스는 의자를 새김눈에 끼면서, 또한 다른 방향으로 돌아섰다. 그는 들판 곁에 헛간으로 가는 지름길을 택했다. 이 메마른 여름에 길은 들판을 가로질러 벽돌처럼 굳어 있었다. 이 메마른 여름에 길에는 돌들이 흩어져 있었다. 그는 찼다—부싯돌 같은 노란 돌, 야만인이 화살로 쓰려고 자른 것처럼 날이 선 날카로운 돌이었다, 야만적인 돌이었고, 선사시대적인 돌차기는 어린아이 장난이었다. 그는 규칙을 기억했다. 게임의 규칙에 의하면, 한 개의 돌, 똑같은 돌을 목적지까지 차야만 했다. 문 혹은 나무라 하자. 그는 혼자 놀았다. 문이 목적지였고, 열 번에 다다르기였다. 첫 번째 차는 것은 맨레사(정욕)였다. 두 번째는 다지(변태)였다. 세 번째는 자신(비겁쟁이)이다. 그런 다음 네 번째와 다섯 번째 그리고 모든 다른 이들은 다 같았다.

그는 열 번에 그곳에 다다랐다. 거기엔 풀밭에 웅크린 채, 올리브색 같은 초록색으로 꽈리를 틀고 있는 뱀이 있었다. 죽었나? 아니었다. 입에 물은 두꺼비 때문에 숨을 못 쉬고 있었다. 뱀은 삼킬 수가 없었고 두꺼비는 죽을 수가 없었다. 경련하며 갈비뼈가 응축되었다, 피가 배어 나왔다. 거꾸로 뒤집어진 탄생이었고, 기괴한 전도였다. 그래서 그는 발을 들어 그들 위를 짓밟았다. 덩어리는 으깨졌고 그의 테니스 신발의 하얀 캔버스 천이 피로 물들고 끈끈해졌다. 그러나 이것은 행동이었다. 행동이 그의 마음을 풀어주었다. 그는 신발에 피를 묻힌 채, 헛간으로 성큼성큼 걸어갔다.

헛간, 웅대한 헛간, 700년도 더 전에 지어졌고 어떤 이에게는 그리스의 사원을, 다른 이들에게는 중세를, 대부분의 사람들에게는 그들 자신 이전의 시대를 상기시키는 헛간은 지금은 거의 아무도 없이 텅 비어 있었다.

커다란 문들은 활짝 열려 있었다. 노란색의 깃발 같은 한 줄기

햇살이 지붕에서 바닥으로 비스듬히 내려앉았다. 대관식에서 남은 종이 장미의 꽃줄 장식이 서까래에서 밑으로 늘어져 있었다. 기다란 테이블이 한쪽 끝에 길게 펼쳐져 있는데, 그 위에는 항아리, 접시들과 컵들, 케이크와 버터 바른 빵이 차려 있었다. 헛간은 비어 있었다. 생쥐가 구멍으로 들락날락 미끄러지다가, 갉작거리며 똑바로 서 있었다. 제비들은 서까래에 있는 집에서 짚을 가지고 분주했다. 셀 수 없는 딱정벌레와 다양한 종류의 곤충들이 마른 나무에 구멍을 팠다. 집없는 암캐가 부대들이 있는 어두운 구석에 새끼를 해산할 장소를 만들었다. 이런 모든 눈들이 확장되고 좁아지면서, 어떤 것들은 빛에, 어떤 것들은 어둠에 적응했고, 다른 각도와 경계에서 쳐다보았다. 미세한 갉작거림과 바스락 소리가 침묵을 깼다. 달콤하고 진한 코를 찌르는 냄새가 공중에 실줄처럼 뻗쳤다. 청파리는 케이크 위에 앉아 노란색의 단단한 사탕을 짧은 더듬이로 찔렀다. 나비는 햇빛 비치는 노란 접시 위에서 관능적으로 일광욕을 했다.

하지만 샌즈 부인이 다가오고 있었다. 그녀는 군중들 사이로 밀고 들어왔다. 그녀는 모퉁이를 돌았다. 그녀는 큰 문이 열려 있는 것을 볼 수 있었다. 하지만 그녀는 나비들은 절대로 보지 못했다, 생쥐는 부엌 서랍의 까만 알맹이들에 불과했다, 그녀는 나방을 손으로 몰아서 창문 밖으로 내놓았다. 암캐들은 단지 하녀들의 부도덕한 짓을 연상시켰다. 고양이가 있었더라면 그녀는 그것을 보았을 것이다—어떤 고양이든, 엉덩이에 옴이 군데군데 있는 굶주린 고양이라도, 아이 없는 그녀 마음의 문을 활짝 열게 했다. 하지만 고양이는 없었다. 헛간은 비어 있었다. 그렇게 뛰고, 숨을 헐떡이면서, 다른 사람들보다 먼저 헛간에 도착해서 차 항아리 뒤에 자리를 잡고 앉으려 마음먹고, 그녀는 헛간에 이르렀다.

그리고 나비가 날아올랐고 청파리가 날아올랐다.

급히 그녀를 뒤따라서 하인들과 조수들, 그러니까 데이빗, 존, 아이린, 루이스가 들어왔다. 물이 끓었다. 증기가 올라왔다. 케이크를 잘랐다. 제비들은 서까래에서 서까래로 내려앉았다. 그리고 사람들이 들어섰다.

"이 멋진 오래된 헛간……" 맨레사 부인이 문간에 멈춰서면서 말했다. 사람들보다 앞서서 밀고 들어가는 것은 그녀 일이 아니었다. 헛간의 아름다움에 감동해서 가만히 서 있는 것이 그녀가 할 일이었다. 옆으로 비켜서, 바라보고, 다른 사람들을 먼저 가게 하는 것 말이다.

"우리도 래썸에, 이와 아주 유사한 것이 있어요." 똑같은 이유에서 멈춰서며 파커 부인이 말했다. "아마, 이렇게 아주 크지는 않을 테지만요." 그녀는 덧붙였다.

마을 사람들은 뒷걸음질쳤다. 그러다, 망설이면서, 조금씩 지나갔다.

"그리고 장식들은……" 맨레사 부인이 누군가 축하할 사람을 두리번거려 찾으며 말했다. 그녀는 웃으며 기다리고 서 있었다. 그때 나이 든 스위딘 부인이 들어왔다. 그녀 또한 위를 올려다보았지만 장식들은 아니었다. 분명히 제비들이었다.

"그들은 매년 와요." 그녀가 말했다, "똑같은 새들이요." 맨레사 부인은 관대하게 미소 지으며, 늙은 숙녀의 변덕을 맞춰주었다. 새들이 똑같을 수는 없다고 그녀는 생각했다.

"장식들은, 제가 보니까, 대관식에서 남은 것 같은데요." 파커 부인이 말했다. "우리도 우리 것을 보관했어요. 우리는 마을 회관을 지어요."

맨레사 부인은 웃었다. 그녀는 기억했다. 그녀는 일화를 하마

터면 말할 뻔했다, 같은 경우를 축하하기 위해서 공중변소를 지었고, 그리고 시장이 어떻게…… 그녀가 말해도 될까? 아니었다. 제비들을 쳐다보고 있는 늙은 숙녀는 너무도 세련되어 보였다. "쎄련됐어," 맨레사 부인은 자신에게 유리하게 그 단어를 수정했다. 그렇게 그녀는 자신을 야생아로 확실하게 승인했다. 그리고 그녀의 본성은 어쩐 일인지 "단지 인간 본성"이었다. 어찌된 일인지 그녀는 늙은 숙녀의 "쎄련"에 미칠 수도 있었고, 또한 소녀다운 재미도 볼 수 있었다, 그런데 그 멋진 친구 자일스는 어디로 갔지? 그녀는 그를 볼 수 없었다. 빌도 마찬가지였다. 마을 사람들은 여전히 뒷걸음질했다. 그들은 누군가 이 멋진 모임이 굴러가도록 시작할 사람이 있어야 했다.

"자 이제, 저는 차 마시고 싶어 죽을 지경이에요!" 그녀는 대중에게 쓰는 목소리로 말하고, 성큼성큼 앞으로 걸어갔다. 그녀는 두꺼운 도자기 잔을 잡았다. 샌즈 부인이 물론 그것을 당장에 채웠다. 데이빗은 그녀에게 케이크를 주었다. 그녀가 처음으로 마시고 처음으로 베어물어 먹는 이였다. 마을 사람들은 여전히 뒷걸음질쳤다. "민주주의는 말도 안 돼," 그녀는 결론지었다. 자신의 컵을 또한 집으면서, 파커 부인도 그랬다. 사람들이 그들을 쳐다보았다. 그들이 이끌었고, 나머지는 뒤따랐다.

"차가 너무 맛있어요!" 각기 탄성을 질렀다. 비록 녹물을 끓인 것처럼 구역질이 났고 케이크는 구더기가 끓는 것 같았지만 말이다. 그러나 그들은 사회에 대한 의무가 있었다.

"그들은 매년 와요," 스위딘 부인이 허공에 대고 말했다는 사실을 무시하면서 말했다. "아프리카에서요." 그녀가 추측건대, 헛간이 늪지였을 때 그들이 왔듯이 말이다.

헛간이 가득 찼다. 훈김이 일었다. 도자기가 부닥치며 덜그럭거렸고, 목소리들이 수다를 떨었다. 이자는 테이블을 향해 밀고 들어갔다.

"우리는 흩어지지만," 그녀는 중얼거렸다. 그리고 따라 달라고 그녀 컵을 내밀었다. 그녀는 그것을 들었다. "제가 돌아서게 해주세요," 그녀는 돌아서면서 중얼거렸다—그녀는 자신 주변을 둘러보았다—"유약을 바른 단단한 도자기 얼굴들의 행렬에서 말이에요. 타고 내려가면, 그 길은 호두나무와 산사나무 아래로 이어지고, 그곳을 벗어나, 소원 비는 샘에 제가 다다를 때까지요. 그곳에는 빨래하는 여자의 어린 아들이—" 그녀는 설탕 두 덩어리를 차에 떨어뜨렸다, "핀을 떨구었더니 말이 생겼다고, 그렇게 그들이 말했어요. 하지만 저는 어떤 소원을 샘에 떨어뜨려야 하지요?" 그녀는 주변을 둘러보았다. 그녀는 회색 옷을 입은 남자, 신사 농부를 볼 수 없었다, 그녀가 아는 누구도 볼 수 없었다. "소원 비는 샘의 물이 나를 덮어주기를," 그녀는 덧붙였다.

도자기와 재잘거리는 소음이 그녀의 중얼거림을 안 들리게 했다. "설탕 드릴까요?"그들은 말하고 있었다. "우유 아주 약간은요? 그리고 당신은요?" "우유나 설탕 넣지 않은 차. 그것이 제가 좋아하는 방식이에요." "약간 지나치게 강하지 않나요? 물을 더 넣지요."

"그것이 제가 바랐던 거예요." 이자는 덧붙였다. "제가 저의 핀을 떨어뜨렸을 때 말이에요. 물, 물……"

"제가 말해야겠어요," 그녀 뒤에서 목소리가 났다, "왕과 왕비는 용감해요. 그들은 인도에 가려 한다는군요. 그녀는 너무도 사랑스러운 모습이에요. 제가 아는 어떤 이는 그의 머리가……"

"그곳에는," 이자는 명상에 잠겼다, "이파리가 떨어질 때, 죽은 이파리는 물 위에 떨어지리라. 다시는 산사나무나 호두나무를 보지 못한다고 내가 신경 쓸까? 다시는 떨리는 물안개 위에서 지빠귀가 노래하는 것을 못 듣거나, 노란 딱따구리가 대기중으로 파도 위를 미끄러져 나는 것처럼 살짝 내려앉았다가 곤두박질치는 것을 보지 못한다고?"

그녀는 대관식에서 남은 카나리아빛 노란색의 꽃줄 장식을 바라보았다.

"나는 그들이 인도가 아니라, 캐나다라고 말했다고 생각해," 그녀 등뒤에서 목소리가 들렸다. 그 말에 다른 목소리가 대꾸했다. "당신은 신문이 말하는 것을 믿어요? 예를 들면, 윈저 공작에 대한 것 말이에요. 그는 남쪽 해안에 내렸어요. 메리 여왕이 그를 맞았어요. 그녀는 가구를 사고 있었어요, 그건 사실이에요. 그리고 신문 기사에 따르면 그녀가 그를 만났는데……"

"혼자서, 나무 아래에서, 하루종일 바다를 속삭이다가, 말탄 이가 질주하는 소리를 듣는 시들은 나무 아래에서……"

이자는 문구를 채워넣었다. 그러곤 그녀는 깜짝 놀랐다. 윌리엄 다지가 그녀 곁에 있었다.

그는 미소 지었다. 그녀도 미소 지었다. 그들은 공모자였다. 그들은 각기 아저씨가 자신에게 가르쳐준 노래를 속삭였다.

"연극이에요," 그녀는 말했다. "연극이 계속 제 머릿속에 맴돌아요."

"안녕, 정겨운 카린티아. 나의 사랑, 나의 생명," 그는 인용했다.

"나의 주인이시여, 나의 군주시여," 그녀는 빈정대며 절을 했다.

그녀는 멋졌다. 그는 차 항아리를 배경으로 해서가 아니라, 초록색 유리알 같은 눈과 근육진 몸매에, 목이 기둥처럼 넓은 그녀의 모습을, 화란물 토란이나 포도나무를 배경으로 해서 보고 싶었다. 그는 그녀가 말해주기를 기대했다. "가세요. 제가 온실, 돼

지우리, 혹은 마구간을 보여드릴게요." 그러나 그녀는 아무 말도 하지 않았고, 그들은 각자의 컵을 들고, 연극을 기억하면서, 거기에 서 있었다. 그때 그는 그녀 얼굴이 변하는 것을 보았다. 마치 그녀가 옷을 하나 벗고 다른 옷을 입은 것 같았다. 작은 소년이 스커트들과 바지들에 부닥치면서, 군중을 뚫고 길을 헤쳐오고 있었다, 마치 그는 맹목적으로 헤엄쳐오는 것 같았다.

"저런!" 그녀가 팔을 올리며 외쳤다.

그는 그녀를 향해서 일직선으로 달려왔다. 그는 분명히, 그녀의 어린 자식이었고, 그녀 아들, 그녀의 조지였다. 그녀는 그에게 케이크를 주었고, 그러곤 우유 한 잔을 주었다. 그때 유모가 다가왔다. 그때 다시 그녀는 옷을 갈아입었다. 이번에는 그녀 눈의 표정으로 보아서, 분명히 꼭 끼는 조끼 같은 성격의 어떤 것이었다. 잘생기고, 남성적이고, 황동 단추가 달린 푸른 재킷을 입은 젊은 남자는 그녀의 남편이었다. 그리고 그녀는 그의 아내였다. 그가 오찬 때 보았듯이, 그들 관계는 사람들이 소설에서 말하는 것과 같은 긴장 관계였다. 연극에서 그가 보았듯이, 그녀는 돌아서면서, 그녀의 드러낸 팔을 신경질적으로 어깨를 향해 들어올렸다―누구를 찾지? 하지만 여기 그가 있지 않은가, 근육질에, 잘생기고, 남성적인 이가 그로 하여금 마음은 전혀 작동하지 않는 감정으로 몰입시켰다. 그는 그녀가 온실에서 포도 이파리를 배경으로 어떻게 보일는지 잊었다. 그는 단지 자일스만을 쳐다보았다, 보고 또 보았다. 그가 얼굴을 돌리고 서 있을 때 누구를 생각하는 걸까? 이자는 아니었다. 맨레사 부인인가?

헛간 반쯤 아래에 있는 맨레사 부인은 차를 꿀꺽꿀꺽 마셨다. 그녀는 자문했다, 어떻게 파커 부인을 벗어날까? 만약 그들이 그녀와 같은 계급이면, 그 여자들은 그녀를 얼마나 싫증나게 하는지, 그녀와 같은 성性 말이다! 아래 계급의 여자들은 괜찮았다, 그러니까 요리사들, 가게 주인들, 농부들의 아내는 아니었다, 자신과 같은 계급의 여자들이 그녀를 싫증나게 했다. 그래서 그녀는 갑작스럽게 파커 부인을 떠났다.

"아, 무어 부인," 그는 가게 주인의 아내에게 인사했다. "그것을 어떻게 생각하세요? 그리고 애기는 그것을 어떻게 생각하시나?" 여기서 그녀는 애기를 꼬집었다. "저는 그것이 어느모로나 제가 런던에서 본 여느 것만큼이나 훌륭하다고 생각해요…… 하지만 우리가 능가당해서는 안 되지요. 우리만의 연극을 해야 돼요. 우리 헛간에서 말이에요. 우리가 그들에게 보여주어야죠." (여기서 그녀는 눈을 깜박이며 테이블을 곁눈질했다, 너무도 많이 산 케이크들, 집에서 만든 것은 거의 없었다) "우리가 그것을 어떻게 하는지 말이에요."

그러곤 그녀는 돌아섰다, 자일스를 보았고, 그의 눈길을 붙잡아, 손짓하며 그를 몰아쳐 불러들였다. 그가 왔다. 그리고 그녀는 내려다보았다, 그가 신발로 무슨 짓을 했지? 그것들은 피로 물들어 있었다. 어렴풋이 그녀가 감탄하는 용맹스러움을 그가 입증했다는 그런 감각이 그녀를 우쭐하게 했다. 어렴풋할망정 달콤했다. 그를 거느리면서 그녀는 느꼈다, 나는 여왕이다, 그는 나의 영웅, 나의 골난 영웅이다.

"저기 닐 부인이에요!" 그녀는 외쳤다. "완벽하게 경이로운 부인이지요, 그렇지 않아요, 닐 부인! 닐 부인은 우리 우체국을 운영하지요. 그녀는 머리로 속셈을 할 수 있어요, 그렇지요, 닐 부인? 반 페니짜리 우표 25개, 도장 찍힌 봉투 두 다발과 엽서 한 다발, 그러면 얼마가 되지요, 닐 부인?"

닐 부인이 웃었고, 맨레사 부인이 웃었고, 자일스 또한 미소 지으며, 그의 신발을 내려다보았다.

그녀는 그를 헛간 아래로 이끌었다, 들락날락, 이 사람에서 저 사람으로. 그녀는 그들 모두를 알았다. 모든 이들이 완벽하게 선한 부류였다. 아니, 그녀는 그것을 허용할 수 없었다, 한순간도 안 된다, 핀센트의 아픈 다리 말이다. "아니, 아니야. 핀센트, 우리는 그것을 핑계로 받아들일 수 없어." 만약 그가 투구할 수 없다면, 그는 타석에 설 수 있었다. 자일스는 동의했다. 낚싯줄의 고기는 그와 핀센트에게 똑같은 것을 의미했다, 또한 어치새와 까치새도 그랬다. 핀센트는 땅에 머물렀고, 자일스는 사무실로 갔다. 그것이 전부였다. 그리고 그녀는 완벽하게 선한 부류였고, 그녀를 좇아서 헛간을 돌면서, 청중보다는, 배우로 좀 더 자신을 느끼게 해주었다.

그때, 문 곁 맨 끝에서, 그들은 나이 든 커플, 루시와 바솔러뮤가 등이 높은 의자에 앉아 있는 것을 보았다.

의자는 그들을 위해서 따로 치워두었다. 샌즈 부인은 그들에게 차를 보냈다. 가치있기보다는 오히려 귀찮게 했으리라 — 민주주의 원칙을 주장하면서, 모인 사람들 가운데 서 있었으면 말이다.

"제비들," 루시는 컵을 들고 새들을 바라보면서 말했다. 사람들로 흥분해서, 그들은 서까래에서 서까래로 훨훨 날았다. 아프리카를 가로질러, 프랑스를 가로질러 그들은 여기에 둥지를 틀러 왔다. 매년 그들은 왔다. 해협이 있기 전에, 등이 높은 의자가 놓여 있는 땅, 그녀가 아침에 역사의 개요에서 읽은 대로, 그 땅이 만병초들과 자줏빛 나팔꽃 벌어진 부위에서 떨며 노래하는 새들로 난만할 때, 그들은 왔다…… 이때 바트가 의자에서 일어났다.

하지만 맨레사 부인은 그의 자리에 앉는 것을 완강하게 거부했다. "그대로 앉아 계세요, 그대로 앉아 계세요," 그녀는 다시 그를 눌러앉혔다. "저는 바닥에 그냥 앉겠어요." 그녀는 웅크리고 털썩 앉았다. 골난 기사가 시중들고 있었다.

"연극에 대해서 어떻게 생각하세요?" 그녀는 물었다.

바솔러뮤는 아들을 쳐다보았다. 아들은 가만히 있었다.

"그러면 당신은요, 스위딘 부인?" 맨레사 부인이 늙은 숙녀를 밀어붙였다.

루시는 제비들을 쳐다보면서 웅얼거렸다.

"저는 당신이 제게 말씀해주시기를 바랐어요," 맨레사 부인이 말했다.

"그게 예전 연극인가요? 새로운 연극인가요?"

아무도 대답하지 않았다.

"보세요!" 루시가 외쳤다.

"새들이요?" 맨레사 부인이 올려다보면서 말했다.

부리에 짚을 문 새가 있었다, 그리고 짚이 떨어졌다.

루시는 손뼉을 쳤다. 자일스는 돌아섰다. 그녀는 언제나처럼, 웃으면서 그를 조롱하고 있었다.

"가려고?" 바솔러뮤가 말했다. "다음 막을 할 시간인가?"

그리고 그는 의자에서 무거운 듯 몸을 일으켰다. 맨레사 부인과 루시에 개의치 않고, 그 또한 어슬렁어슬렁 걸어갔다.

"제비, 나의 자매여, 아, 자매 제비여,"[41] 그는 중얼거렸다, 담배곽을 더듬어 찾으며, 아들을 좇아가면서 말이다.

맨레사 부인은 화가 났다. 도대체 왜 그녀가 바닥에 웅크리고

41 바트는 스윈번Swinburne의 시 이티러스Itylus를 읊조리고 있다. 스윈번은 이 시에서 프로크네procne가 자신이 죽었다고 거짓말하여 자신의 자매 필로메라philomela를 범한 남편 테레우스Tereus에게 복수하려고 아들을 요리해서 먹이고 자신은 제비가 되어 즐거운 존재가 된 것을 비난한다. 여기서 바트가 루시를 제비로 놀리는 평온하고 즐거워 보이는 놀이 속에 함께 공존하는 폭력이 강하게 암시된다.

털썩 앉았담? 그녀의 매력이 사라지는 것인가? 둘 다 가버렸다. 하지만, 그녀는 행동하는 여자인지라, 남자들에게 버림받았지만, 세련된 늙은 부인 때문에 고통스럽게 지루하지는 않을 작정이었다. 그녀는 급히 일어났다, 그녀가 가야 할 적절한 때인 것처럼 손을 머리에 갖다 대었다, 전혀 그럴 필요 없이, 그녀 머리는 완벽하게 단정했지만 말이다. 구석에 있던 코빗은 그녀의 작은 게임을 꿰뚫어 보았다. 그는 동양에서의 인간본성은 알고 있었다. 서양에서도 똑같았다. 식물들은 존속했다, 카네이션, 백일초, 제라늄. 자동적으로 그는 시계를 보았다, 7시에 물 줄 시간을 유념했고, 동양에서처럼 서양에서도 테이블로 남자를 쫓아다니는 여자의 작은 게임을 관찰했다.

테이블에서 윌리엄은, 이제 파커 부인과 이자를 따라다니며, 그가 다가오는 것을 지켜보았다. 무장한 듯 용감하고 대담하며 눈에 띄고, 굳건하며 의기양양했다—유행하는 행진곡이 그의 머리에서 울렸다. 그리고 영웅이 다가오자, 윌리엄은 왼손 손가락들을 단단히, 은밀하게 오므려 쥐었다.

파커 부인은 낮은 목소리로 이자에게 마을 바보를 개탄하고 있었다.

"아, 저 바보!" 그녀는 말했다. 하지만 이자는 꼼짝하지 않고, 남편을 지켜보고 있었다. 그녀는 맨레사가 그의 뒤를 좇는 것을 느낄 수 있었다. 그녀는 해 질 녘 그들 침실에서 있을 통상의 해명을 들을 수 있었다. 아무런 문제가 아니었다, 그의 간통은—하지만 그녀의 간통은 문제가 되었다.

"바보요?" 윌리엄이 그녀를 위해서 파커 부인에게 대답했다. "그는 전통극에도 있어요."

"하지만 확실히," 파커 부인이 말했다, 그리고 자일스에게 바보가 얼마나 그녀를 근심스럽게 하는지 말했다. "우리 마을에도 한 사람 있어요." "확실히, 올리버 씨, 현재 우리는 좀더 문명화되었지요?"

"우리?" 자일스가 말했다. "우리!" 그는 윌리엄을 한번 쳐다보았다. 그는 그의 이름을 몰랐지만, 그의 왼손이 하는 일은 알았다. 그가 자기 자신이 아니라 그를 무시할 수 있다는 것은 다소 행운이었다. 파커 부인도 그랬다. 하지만 이자는 아니었다, 그의 아내는 아니었다. 그녀는 그에게 말하지 않았다, 한마디도 하지 않았다. 그를 쳐다보지도 않았다.

"확실히," 이 사람에서 저 사람을 바라보며, 파커 부인이 말했다. "확실히 우리는 그렇지요?"

그때 자일스는 이자에게 그의 잔술수에 불과한 짓을 했다, 입을 다물고, 상을 찌푸렸으며, 그녀가 쓸 돈을 버는, 세상 비애의 짐을 짊어진 이의 포즈를 취했다.

"아니에요," 이자가 말했다, 할 수 있는 한 명백하게 말했다. "저는 당신을 숭배하지 않아요." 그리고 그의 얼굴이 아니라, 발을 바라보았다. "어리석은 어린 소년같이, 신발에 피를 묻히다니."

자일스는 발을 바꾸었다. 그럼 그녀는 누구를 숭배하는 거지? 다지는 아니었다. 그는 그것을 확신할 수 있었다. 누가 있을 수 있지? 그가 아는 어떤 남자였다. 그는 확신했다, 헛간에 있는 어떤 남자였다. 어떤 남자지? 그는 주변을 둘러보았다.

그때 목사인 스트리트필드 씨가 끼어들었다. 그는 컵을 나르고 있었다.

"그래서 저는 마음을 다해서 악수를 나누지요!" 그는 외쳤다, 보기좋은, 반백인 머리를 끄덕여 인사하고, 나르던 짐을 안전하게 내려놓으면서 말이다.

파커 부인은 찬사를 자신이 받았다.

"스트리트필드 씨!" 그녀는 탄성을 질렀다. "내내 일만 하시다니요! 우리는 서서 수다 떠는데 말이에요!"

"온실 보고 싶으세요?" 윌리엄 다지에게 돌아서면서, 이자가 갑자기 말했다.

아, 지금은 아니에요, 그는 소리칠 뻔했다. 하지만 따라가야만 했다, 자신을 사로잡은 자일스가 다가오는 맨레사를 반기도록 내버려두고 말이다.

길은 좁았다. 이자는 앞서서 갔다. 그리고 그녀는 넓었다, 약간씩 흔들고 걸어가면서, 여기저기 울타리에서 이파리를 잡아 뽑으며, 그녀는 길을 꽤 채웠다.

"그러면 날아라," 그녀는 콧노래했다, "삼목 숲의 얼룩덜룩한 짐승 떼를 따르라, 그들은 장난치며, 논다, 붉은 수컷들은 암노루와, 숫사슴은 암컷들과 짝을 지어 말이다. 날아가라, 가버려라. 나는 슬퍼하며 머무르리라. 혼자서 나는 오래 머무르리라, 무너진 담, 교회 담 곁에서 쓴 약초를 뜯어, 그 시큼하고, 그 달콤한, 그 시큼하고 기다란 회색 이파리를, 그렇게, 엄지와 손가락 사이에 비비고……"

그녀는 지나가면서 그녀가 집었던 늙은 남자의 수염[42] 끄트러기를 던져버리고 온실 문을 발로 차서 열었다. 다지는 뒤처졌다. 그녀는 기다렸다. 그녀는 널에서 칼을 집어들었다. 그는 그녀가 손에 칼을 들고, 초록색 유리, 무화과나무, 푸른색 수국을 배경으로 서 있는 것을 보았다.

"그녀가 말했다," 이자는 중얼거렸다. "그리고 눈처럼 흰 동굴

42 야생 덤불에 많이 자라는 넝쿨로, 번식력이 아주 강한 골칫거리 식물인데, 12월과 1월 사이에 하얗게 보기좋은 꽃을 피운다.

같은 가슴에서 번쩍이는 칼날을 빼들었다. '칼날을 꽂아라!' 그녀는 말했다. 그리고 꽂았다. '신망없는 자!' 그녀는 외쳤다. 칼, 너도! 부러졌구나. 내 마음도 부서졌다," 그녀는 말했다.

그녀는 그가 다가오자 빈정대듯이 미소 지었다.

"머릿속에서 연극이 맴돌지 않았으면 좋겠어요," 그녀는 말했다. 그러곤 그녀는 포도넝쿨 아래 널 위에 앉았다. 그리고 그가 그녀 곁에 앉았다. 그들 위에서 작은 포도들은 발아하는 초록색이었고, 이파리들은 새 부리 사이의 막처럼 얄팍하고 노란색이었다.

"여전히 연극이에요?" 그는 물었다. 그녀는 고개를 끄덕였다. "헛간에서 그 아이는 당신 아들이었지요?" 그는 말했다.

그녀는 요람에 누워 있는 딸도 있었다, 그녀는 그에게 말했다.

"그리고 당신은—결혼하셨어요?" 그녀는 물었다. 그녀 어조에서 여자들이 언제나 추측하듯이, 그녀가 모든 것을 미루어 안다는 것을, 그는 알았다. 그들은 당장에 자신들이 아무것도 두려워할 것이 없고, 아무것도 바랄 것이 없다는 것을 알았다. 처음에 그들은 싫었다, 온실에서 조상彫像처럼 굴어야 되는 것이 말이다. 그러다가 그들은 그것을 좋아했다. 왜냐하면 그러면 그들은 말할 수 있었다, 그녀가 그랬듯이, 그들에게 생각나는 무엇이든지 말이다. 그리고 그녀가 그에게 건네주듯이, 꽃을 한 송이 그에게 건네줄 수 있었다. "당신 단춧구멍에 꽂을 거예요, ……씨." 그녀는 말했고, 그에게 향기로운 제라늄 어린 가지를 건네주었다.

"윌리엄입니다," 그는 말했고, 솜털 덮인 이파리를 받아들어 그것을 엄지와 다른 손가락 사이에서 눌렀다.

"저는 이자예요," 그녀는 대답했다. 그러곤 그들은 마치 그들이 평생 동안 서로를 알아온 것처럼 이야기했다, 그들이 언제나 그랬던 것처럼, 그러는 것은 이상하다고 그녀는 생각했다, 그녀가 그를 아마도 한 시간 정도 알았다는 것을 고려할 때 말이다. 하지만, 그들은 공모자들, 숨겨진 얼굴들을 탐색하는 자들이 아니었던가? 그것을 고백한 뒤, 그녀는 멈추어 생각했다, 그들이 언제나 그랬던 것처럼, 왜 그들은 서로에게 솔직하게 말할 수 있는 것일까. 그리고 덧붙였다. "어쩌면 우리는 전에 결코 만난 적이 없고, 절대로 다시 만나지 않을 것이기 때문이지."

"갑작스러운 죽음의 운명이 우리 위에 드리워져 있군요," 그는 말했다. "뒤로 물러설 수도 앞으로 나아갈 수도 없어요," — 그는 그에게 집을 보여주었던 늙은 부인을 생각하고 있었다 — "그들에게처럼 우리에게도요."

미래가 그들의 현재에 그림자를 던졌다, 마치 태양빛이 수많은 실줄 어린 투명한 포도 이파리를 통해 비치듯이 말이다, 그리고 엇갈리는 줄들은 패턴을 이루지 않았다.

그들은 온실 문을 열어두었고, 이제 음악이 문을 통해 들렸다. 에이.비.씨, 에이.비.씨, 에이.비.씨 — 누군가 음계를 연습하고 있었다. 씨.에이.티.씨.에이.티.씨.에이.티…… 그때 분리된 문자들이 한 단어를 이루었다, "고양이." 다른 말들이 뒤따랐다. 그것은 동요 같은 단순한 곡조였다 —

왕은 집무실에 있어요
돈을 세면서요,
왕비는 거실에 있어요
빵과 꿀을 먹으면서요.

그들은 들었다. 다른 목소리, 세 번째 목소리가 단순한 무엇인가를 말했다. 그들은 온실에, 포도넝쿨을 위로 하고 널 위에, 라 트롭 양 혹은 그게 누구든지, 음계 연습하는 것을 들으며, 계속 앉아 있었다.

그는 아들을 찾을 수 없었다. 그는 군중 속에서 아들을 잃어버렸다. 그래서 늙은 바솔러뮤는 헛간을 떠나 자신의 방으로 갔다, 여송연을 들고, 중얼거리면서 말이다.

"아, 자매 제비야, 아, 자매 제비야,
너의 마음은 어찌해서 봄으로 가득 찼느냐?"

"어찌하여 나의 마음이 봄으로 가득할 수 있을까?" 그는 크게 말했다, 책장 앞에 서서 말이다. 책들. 불멸의 영혼들의 소중한 생명 같은 피. 시인들, 인류의 입법자들, 의심할 여지 없이, 그건 그랬다. 하지만 자일스는 불행했다. "어떻게 나의 마음이, 어떻게 나의 마음이 삶의 지옥 광산에 저주받을 수 있는가, 고독 속에 저주받아서 파리해져……" 그는 여송연을 빨면서, 반복했다. 손을 허리에 대고 팔꿈치는 옆으로 벌리고, 그는 시골 신사의 서재 앞에 섰다. 가리발디[43], 웰링턴[44], 용수로 관료들의 보고서들, 그리고 말의 질병에 대한 히버트. 마음이 거둔 위대한 수확이었다, 하지만 이 모든 것에도 불구하고, 그의 아들과 비교하면, 그는 조금도 관심이 없었다.

"무슨 소용이람, 무슨 소용이람," 그는 중얼거리면서 의자 위에 주저앉았다, "아, 자매 제비야, 아, 자매 제비야, 네가 노래 부르는 것이 무슨 소용이란 말이냐?" 그를 쫓아왔던 개는, 그의 발치 마

43 이탈리아 장군, 통일 운동에 기여한 애국자.

44 듀크 아서 웰링턴(1769~1852), 영국 장군, 정치가, 수상이며, 나폴레옹을 패배시켰다.

루에 펄썩 누웠다. 옆구리로 숨을 들이쉬었다 내쉬었다 하면서, 긴 코는 앞발 위에 얹고, 코에는 거품 얼룩이 있는, 친근한 영혼, 그의 아프가니스탄 사냥개가 거기 있었다.

문이 떨리며 반쯤 열렸다. 그것은 루시가 들어오는 방식이었다—마치 그녀가 무엇을 발견할지 알 수 없는 것처럼 말이다. 정말! 오빠네! 그리고 개도! 그녀는 그들을 처음 보는 것 같았다. 그녀는 육체가 없는 것일까? 구름 위에 떠서, 마치 공기로 된 공처럼, 그녀 마음은 때때로 놀라고 충격받으며 땅에 닿았다. 자일스와 같은 남자를 땅으로 압박하는 그런 것이 그녀에게는 없었다.

그녀는 아프리카로 출발하기 전 전신줄 위의 새처럼 의자 가장자리에 앉았다.

"제비, 나의 자매, 아, 자매 제비야……" 그는 중얼거렸다.

정원에서—창문은 열려 있었다—누군가 음계를 연습하는 소리가 들렸다. 에이.비.씨. 에이.비.씨. 에이.비.씨. 그때 분리된 글자들이 한 단어를 형성했다, "개." 이렇게 한 구절. 그것은 단순한 곡조였다, 다른 목소리가 말했다.

"들으세요, 들어요, 개가 정말로 짖네요,
거지들이 마을로 오고 있어요……"

이제 그것은 약해지면서 길어졌다, 그리고 왈츠가 되었다. 그들이 듣고 쳐다보는 동안—정원을 향하여—나무들이 흔들리고 새들이 빙빙 도는 것을 마치 사람들로 하여금 그들의 사적인 삶 밖으로, 그들의 분리된 직업에서 나와, 참여하라고 부르는 것 같았다.

사랑의 램프가 높이 타오른다, 어두운 삼목 숲 너머로,
사랑의 램프가 밝게 빛난다, 하늘의 별처럼 명료하게……

늙은 바솔러뮤는 음조에 맞추어서 무릎을 손가락으로 두드렸다.

당신의 창문을 떠나서 오세요, 부인,
목숨이 다할 때까지 사랑합니다.

그는 의자에 앉아 있는 루시를 냉소하며 바라보았다. 그는 의아해했다, 어떻게 그녀가 아이들을 낳을 수 있었을까?

왜냐하면 모두들 춤을 춥니다, 물러섰다가는 앞으로 나옵니다,
나방과 잠자리가 날아오릅니다……

그녀는 신이 평화라고 생각하고 있다, 그는 추측했다, 신은 사랑이다. 왜냐하면 그녀는 통일주의자에 속하고, 그는 분리주의자에 속하니 말이다.

그러곤 음조가 언제나 같은 음을 반복하면서, 걸쭉해지고 활기 없어졌다, 영원한 숭배를 영속적으로 기원하면서 구멍을 뚫어낸다. 그는 음악적인 용어에 무식했다, 단조가 되나?

왜냐하면 이 하루와 이 춤 그리고 이 명랑하고, 명랑한 오월이
끝날 것이며 (그는 검지로 무릎을 쳤다)

클로버 잘라낸 것을 들고 이렇게 물러섰다가 앞으로 나오는 것은—칼새들이 그들의 활동 범위 너머로 질주한 것 같았다—

끝날 것입니다, 끝나요, 끝나,
그리고 얼음이 부서진 조각을 던질 것이며, 겨울은,
아, 겨울은, 벽난로를 재로 채울 것입니다,
그리고 통나무에는 불꽃이 없을 거예요, 불꽃이 없을 거예요.

그는 여송연에서 재를 털고 일어섰다.

"이제 우리는 가야죠." 루시가 말했다, 마치 그가 "갈 시간이야" 하고 큰 소리로 말한 듯이 말이다.

청중이 모여들고 있었다. 음악이 그들을 불러들이고 있었다. 길 아래로, 잔디를 가로질러서 그들은 다시 속속 오고 있었다. 맨레사 부인이, 곁에는 자일스와 함께, 행렬의 선두였다. 팽팽하게 부푼 곡선을 그리며 스카프가 그녀 어깨 주위에 날렸다. 산들바람이 일었다. 그녀가 축음기 선율에 맞춰 잔디를 가로지를 때, 그녀는 탄력있고 풍요로운 여신 같았으며, 풍요의 뿔이 흘러넘치는 것처럼 보였다. 바솔러뮤가 따라오면서, 땅을 풍요롭게 하는 인간 육체의 힘을 축복했다. 자일스는 그녀가 자신을 땅에 무겁게 누르는 한 자신의 궤도를 지키리라. 그녀는 늙은 가슴의 정체된 물웅덩이조차도 휘저었다, 그곳에는 뼈가 묻혀 있었다, 하지만 맨레사 부인이 축음기 선율에 맞추어 풀밭을 가로질러 전진할 때 잠자리가 질주했고 풀은 전율했다.

발걸음이 자갈을 저벅저벅 밟았다. 목소리들이 재잘거렸다. 내적인 목소리, 외적인 목소리가 말했다. 덤불에서 들려오는 이 용감한 음악이 어떤 내적인 조화를 표현한다는 것을 어떻게 부인할 수 있겠어요? "우리가 잠에서 깰 때" (누군가 생각하고 있었다) "날은 그들의 단단하고 작은 나무메로 강타해서 우리를 부수지." "사무실은" (누군가 생각하고 있었다) "불균형을 강요하지. 흩어진다, 산산조각이 난다, 여기저기 벨소리에 소환당한다. '핑-핑-핑' 그건 전화 소리야. '앞으로!' '봉사하면서!' 저건 가게군." 그래서 우리는 높은 곳에서부터 내려온 정말 싫은, 오래된, 영원한 명령에 대답한다. 그리고 순종한다. "일하고, 봉사하고, 밀고, 노력하고, 임금을 벌고—쓰려고—여기서? 저런 아니야. 지금? 아니, 얼마 안 있어. 귀가 멀고 마음이 메말랐을 때."

여기서 몸을 굽혔던 콥스 코너의 코빗은—꽃이 있었다—뒤에서 미는 사람들에 떠밀렸다.

제가 음악을 들었기 때문이지요, 그들은 말하고 있었다. 음악은 우리를 일깨운다. 음악은 우리로 하여금 숨겨진 것을 보게 하고, 깨진 것을 잇게 해준다. 보고 들어라. 꽃들을 보아라, 그들이 어떻게 붉은빛, 하얀빛, 은빛과 푸른빛을 발하는지 보아라. 그리고 나무들은 다양한 언어와 여러 음절로, 그들의 다양한 초록색과 노란색 이파리들을 가지고 우리를 밀어내고, 우리를 뒤섞는다. 그리고 찌르레기들과 떼까마귀들이 함께 날아오고, 함께 떼지어 모이는 것처럼, 우리도 재잘대고 흥겨워하라고 명한다. 그동안에 빨간 소는 앞으로 움직이고 까만 소는 가만히 서 있다.

청중들이 그들 자리에 이르렀다. 어떤 이는 앉았고, 다른 이들은 잠시 서서, 돌아서서, 전망을 바라보았다. 무대는 비어 있었고, 배우들은 여전히 덤불 사이에서 옷을 차려입고 있었다. 청중들은 서로에게 돌아섰고 이야기하기 시작했다. 소리의 조각들과 파편들이 라 트롭 양의 귀에 들렸다, 그녀가 대본을 손에 들고 나무 뒤에 서 있는 곳으로 말이다.

"그들은 준비가 안 되었어요…… 그들이 웃는 소리가 들리는군요" (그들은 말하고 있었다) "……분장하고 있어요. 그건 큰일이지요, 분장하는 일 말이에요. 이제 쾌적하군요, 햇볕은 그렇게 뜨겁지 않아요…… 전쟁이 가져온 한 가지 좋은 일이지요, 길어진 낮들…… 우리 어디에서 멈추었죠? 당신 기억해요? 엘리자베스 시대 사람들…… 그녀가 건너뛰면, 아마 현재에 이를 수 있을걸요…… 당신은 사람들이 변한다고 생각해요? 그들의 옷들이야, 물론이지요…… 하지만 나는 우리 자신을 말하는 거예요…… 벽장을 청소하다가 저는 아버지의 낡은 실크 모자를 찾았어요…… 하지만 우리 자신들은, 우리는 변하나요?"

"아니요, 저는 정치가들을 따라 판단하지 않아요. 제게 러시아에 갔다온 친구가 있어요. 그가 말하길…… 그리고 제 딸이…… 이제 막 로마에서 돌아왔는데 그 아이가 말하길 카페에서 만난 일반인들은 독재자들을 미워한대요…… 그래요, 다른 사람들은 딴 이야기들을 하지요……"

"당신, 신문에서 그거 보셨어요? 개에 대한 실정 말이에요. 개들이 새끼들을 낳을 수 없다는 것을 믿어요? ……그리고 남쪽 해변에 메리 여왕과 윈저 공? ……당신은 신문에 난 것을 믿나요? 나라면 푸줏간 주인이나 식료품 상인에게 묻겠어요…… 스트리트필드 씨네요, 바자울을 운반하네요…… 좋은 목사지요, 말하건대…… 다른 모든 사람들보다 덜 받지만 더 많이 일해요…… 말썽을 일으키는 것은 아내들이에요……"

"유태인들은 어때요? 난민들…… 유태인들…… 우리 같은 사람들이죠, 인생을 다시 시작하는…… 하지만 언제나 똑같았어요…… 연로하신 저의 어머니는, 여든이 넘으셨는데, 기억력이 좋으세요…… 그래요, 그녀는 여전히 안경 없이 글을 읽어요…… 얼마나 놀라운지!…… 자, 그렇게 말하지 않나요, 여든 살 이후에는…… 이제 그들이 등장하네요…… 아니에요, 아무것도 아니군요…… 저는 쓰레기를 버리는 것은 벌을 받게 하겠어요. 하지만 제 남편이 말하길, 그러면, 누가 벌금을 걷지? ……아, 저기 그녀가 있어요, 라 트롭 양, 저 너머, 저 나무 뒤에요……"

나무 뒤 그 너머에서 라 트롭 양은 이를 갈았다, 그녀는 각본을 짓밟았다. 배우들이 지체하였다. 매순간 청중들은 얽어매놓은 상태에서 빠져나갔고, 조각들과 파편들로 분열되었다.

"음악!" 그녀는 신호했다. "음악!"

"'귀에 벼룩이 있어요'[45]라는 표현의 유래가 무엇이지요?" 한 목소리가 말했다.

그녀 손이 단호하게 내려왔다. "음악, 음악," 그녀는 신호했다.

그리고 축음기는 에이.비.씨. 에이.비.씨.를 시작했다.

왕은 집무실에 있어요
돈을 세면서요,
여왕은 거실에 있어요
빵과 꿀을 먹으면서요……

라 트롭 양은 그들이 평화롭게 동요 운율에 젖어드는 것을 지켜보았다. 그녀는 그들이 손을 포개고 얼굴을 정돈하는 것을 지켜보았다. 이제 그녀는 손짓했다. 그리고 마침내, 문제를 일으켰던 머리장식에 마지막 손질을 하면서 메이블 홉킨스가 덤불로부터 성큼성큼 걸어나와, 높은 장소에 청중을 마주하며 자리를 잡았다.

물고기가 물 위의 빵 부스러기로 떠오르듯이 시선들이 그녀에게 매달렸다. 그녀는 누구인가? 그녀는 무엇을 재현하는가? 그녀는 아름다웠다, 몹시. 뺨에는 분을 발랐고, 그 아래에서 그녀 안색은 부드럽고 맑게 빛났다. 회색 새틴 겉옷(침대 커버)은, 돌과 같은 주름을 잡아서 핀을 꽂았는데, 그녀에게 조상彫像 같은 위엄

45 싫은 소리. 빈정대는 소리라는 의미이다. 여기서 질문은 싫은소리라는 의미를 '귓속의 벼룩'으로 표현한 유래를 묻고 있다.

을 주었다. 그녀는 제왕의 홀笏과 작고 둥근 천체를 지니고 있었다. 그녀는 영국인가? 앤 여왕인가? 그녀는 누구지? 처음에 그녀는 너무 작게 말해서, 그들이 들을 수 있는 전부는

……이성이 지배했습니다.

늙은 바솔러뮤는 박수를 쳤다.

"들으세요! 들어요!" 그는 소리쳤다. "브라보! 브라보!"

그렇게 격려받으며 이성이 큰 소리를 내어 말했다.

시간은 자신의 낫에 기대어, 망연자실해서 서 있어요. 그동안 상업은 풍요의 뿔에서 다양한 외러[46] 동전이 뒤섞인 공물을 쏟아 내어요. 먼 광산에서는 야만인들이 땀 흘리고, 다루기 어려운 흙으로 채색한 단지를 빚지요. 내 명령으로 무장한 전사는 방패를 버리고, 이교도들은 성스럽지 못한 희생물로 증기가 오르는 제단을 떠납니다. 갈라진 대지 위에서 바이올렛과 들장미는 그들 꽃이 서로 얽힙니다. 조심성 없는 방랑자는 더 이상 독뱀을 두려워하지 않아요. 그리고 투구에다, 노란 벌들은 꿀을 만들어요.

그녀는 멈추었다. 마대를 입은 마을 사람들의 긴 행렬이 그녀 뒤 나무들 사이를 들락날락하였다.

파고, 움푹 파헤치며, 쟁기질하고 씨 뿌리며 그들은 노래했다, 하지만 바람은 그들의 말들을 날려보냈다.

멋지게 늘어진 내 장막의 보호 아래 (그녀는 팔을 뻗으며, 다시 시작했다) **예술이 일어났어요. 음악은 나를 위하여 천상의 화음을 펼쳤지요. 내 명령에 수전노들은 축적한 재물을 건드리지 않**

46 덴마크, 노르웨이 등의 화폐 단위.

고 내버려두었어요, 어머니는 자신의 아이들이 평화롭게 노는 것을 봅니다⋯⋯ 그녀의 아이들이 놀아요⋯⋯ 그녀는 반복했다, 그리고 왕권의 홀을 흔들었고, 형상들이 덤불에서 다가왔다.

시골 젊은이들과 아름다운 처녀들이 연극을 이끌게 하라, 그동안 서풍은 잠잠해지고, 하늘의 사나운 부족들도 내 지배를 인정한다.

흥겹고 시시한 옛 음조가 축음기에서 연주되었다. 늙은 바솔러뮤는 손가락 끝을 붙였고, 맨레사 부인은 무릎 주변의 치마를 매만졌다.

젊은 데이몬이 신씨아에게 말했습니다,
이제 동이 트니 밖으로 나오시오
그리고 당신의 하늘색 어깨걸이를 걸치고
당신의 근심일랑 던져버리시오
왜냐하면 영국에는 평화가 왔고,
이제 이성이 지배하니 말이오.
낮이 푸르고 초록색일 때
꿈꾸는 게 무에 즐겁겠소?
이제 당신의 근심일랑 뒤로 던지시오.
밤은 지나가고, 이제는 낮이오.

파고 파헤친다, 마을 사람들은 한 줄로 나무들 사이를 들락날락하면서 노래했다, 왜냐하면 땅은 여름, 겨울 그리고 봄, 언제나 똑같기 때문이지. 그리고 봄과 겨울이 다시 오고, 쟁기질하고 씨 뿌리고, 먹고 자라고, 시간이 흘러간다⋯⋯

바람이 말들을 날려버렸다.

춤이 끝났다. 아름다운 처녀들과 시골 젊은이들은 물러갔다. 이성은 혼자서 무대 중앙을 차지하고 있다. 팔은 뻗고, 겉옷은 내려뜨리고, 천체와 왕권의 홀을 쥐고서, 메이블 홉킨스는 청중들의 머리 너머를 장대하게 바라보며 서 있었다. 청중들은 그녀를 응시했다. 그녀는 청중을 무시했다. 그리고 그녀가 응시하는 동안, 덤불에서 나온 조수들이 그녀 주변에 방의 세 면처럼 보이는 벽을 배열했다. 한 가운데에 그들은 테이블을 세웠다. 테이블 위에 그들은 도자기로 된 차 세트를 놓았다. 이성은 높이 솟은 자신의 자리에서 움직이지 않았고 이 가정적인 정경을 내려다보았다. 잠깐 중단되었다.

"다른 연극의 다른 장면인 것 같은데요." 에름허스트가 프로그램을 찾아보면서 말했다. 그녀는 귀머거리인 남편을 위해서 큰 소리로 읽었다. "「뜻이 있는 곳에 길이 있다」 그것이 연극의 제목입니다. 그리고 인물들은……" 그녀는 소리 내어 읽었다. "귀부인 하피 해레이든, 스패니얼 릴리리버 경과 사랑에 빠지다. 뎁, 그녀의 하녀. 플라빈다, 그녀의 조카는 발렌타인과 사랑에 빠지다. 스패니얼 릴리리버 경은 플라빈다와 사랑에 빠지다. 스머킹 피스-비-위드-유-올 경은 목사입니다. 프리블 경과 귀부인. 발렌타인은 플라빈다와 사랑에 빠지고. 정말이지 진짜 사람들에게 주어진 이름들 하고는! 하지만 보세요, 여기 그들이 등장하네요!"

덤불 밖으로 그들이 나왔다—남자들은 각기 꽃무늬 조끼와 하얀 조끼를 입고, 버클이 있는 신발을 신었으며, 여자들은 브로케이드를 걷어올리고, 스커트 폭이 벌어지게 테를 둘러 늘어뜨려 입었다. 유리로 된 별들, 푸른색 리본, 가짜 진주들은 그들을 귀족과 귀부인들의 화신 그 자체로 보이게 만들었다.

"첫 장면은," 에름허스트 부인이 남편 귀에 속삭였다. "해레이든이 옷 갈아입는 방이에요…… 저이가 그녀군요……" 그녀는 가리켰다. "제 생각에는, 엔드 하우스의 오터 부인이네요, 하지만 그녀는 멋지게 분장했군요. 그리고 저이가 하녀인 뎁이에요. 누군지, 나는 모르겠어요."

"쉿, 쉿, 쉬-잇" 누군가가 항의했다.

에름허스트 부인은 프로그램을 떨어뜨렸다. 연극이 시작되었다.

하피 해레이든 부인이 옷 갈아입는 방으로 들어왔고 하녀 뎁이 따라 들어왔다.

하피 해레이든 부인 ……**내게 향수 상자를 주시게. 그리고 애교점도. 나에게 거울을 건네줘, 아가씨. 됐어. 이제 내 가발…… 염병할 계집애, 몽상하고 있군!**

뎁 ……**마님, 신사께서 당신을 공원에서 보시면 무슨 말을 하실지 생각하고 있었어요.**

하피 해레이든 부인 (거울을 응시하며) **그래서, 그래서, 그게 뭐지? 어리석은 객담! 큐피드의 화살—하, 하! 그의 약해지는 심지에 불을 붙여—내 눈을 보고…… 피! 그것은 우리집 양반 때 이야기지, 20년 전에…… 그러나 지금, 이제 나에 대해서 그가 뭐라고 말할까?** (그녀는 거울 속을 들여다보았다.) **스패니얼 릴리리버 경, 제가 의미하는 것은……** (문 두드리는 소리) **문앞에 그의 이륜마차가 왔네. 얘, 빨리 가봐. 입 벌리고 서 있지 말고.**

뎁 ……(문으로 가면서) **말한다고? 도박사가 상자 속에서 주사위를 덜거덕거리듯이 그는 혀를 놀리며 재잘대겠지. 그는 당신에게 적절한 어떤 말도 찾지 못할걸. 그는 목에 고리를 건 돼지처**

럼 서 있겠지. 당신의 충실한 종복, 스패니얼 경.

스패니얼 경이 들어오다.

스패니얼 경 ……안녕하세요, 아름다운 성도聖徒시여! 어떻게 이렇게 일찍 일어나셨나요? 산책길을 지나오면서 대기가 평상시보다 훨씬 밝다 생각했지요. 여기 이유가 있었군요…… 비너스, 아프로디테, 이거 참 은하계 그 자체, 별자리! 제가 죄인이기 때문인지 몰라도 당신은 정말이지 북극광이로군요!

(그는 모자를 벗었다.)

하피 해레이든 부인 ……이런 아침꾼, 아침꾼! 저는 당신 수법을 알아요. 하지만 오세요. 앉으세요…… 물 한 잔 드세요. 이 자리에 앉으세요, 스패니얼 경. 저는 아주 사적이고 특별한 일로 당신께 할 말이 있어요…… 당신, 제 편지는 받으셨죠?

스패니얼 경 ……제 가슴에 꽂았죠!

(그는 자신의 가슴을 두드렸다)

하피 해레이든 부인 ……제가 당신께 부탁드릴 일이 있어요, 나리.

스패니얼 경 ……(노래 부르며) 아름다운 클로이가 요청하시는데 데이몬이 무엇을 그녀에게 조달하지 않겠어요? ……각운은 치워버리죠. 각운은 모판에서 이미 쥐죽은 듯하군요. 산문으로 이야기합시다. 아스포딜라가 평범한 종복인 릴리리버에게 요청할 일이 무엇이죠? 부인, 툭 털어놓고 이야기하세요. 우리가 여기서 자신에 대한 진실을 더 이상 이야기하려 하지 않는다면, 코걸이를 한 흉내쟁이나 젊고 건방진 녀석들이 우리 이야기를 한답니까?

하피 해레이든 부인 (부채를 확확 부치면서) 저런, 저런, 스패니얼 경. 당신이 제 얼굴을 붉히게 하시네요, 정말로 그러시네요. 하지만 가까이 오세요. (그녀는 그에게 더 가까이 자리를 옮긴다.) 우리는 온 세상이 우리 얘기 듣기를 원하지는 않죠.

스패니얼 경 (방백) 가까이 오라니! 저 늙은 마녀는 타르 통에 거꾸로 박혀 있던 빨간 청어처럼 고약한 냄새가 나는군! (큰 소리로) 무슨 뜻이죠, 부인? 당신이 하실 말씀은?

하피 해레이든 부인 제게 조카가 있어요, 스패니얼 경, 이름은 플라빈다지요,

스패니얼 경 (방백) 저런 바로 내가 사랑하는 소녀군, 분명해! (큰 소리로) 당신에게 조카가 있다구요, 부인? 제가 그렇게 들은 기억이 있는 것 같군요. 당신 오빠가 남긴 유일한 아이, 그렇게 제가 들었죠, 당신께서 맡으셨죠, 바다에서 죽은 오빠 말이에요.

하피 해레이든 부인 바로 그렇답니다. 그 아이가 이제 나이가 차서 결혼할 때가 되었어요. 스패니얼 경, 저는 그 아이를 처녀성의 마른 천에 감싸서, 바구미처럼 은밀하게 간수했어요. 그녀 주변에 하녀들만 두고, 제가 아는 한 남자는 절대로 들이지 않았어요, 코에 사마귀가 있고 얼굴은 호두 강판 같은 하인 클라우트를 제외하고는 말이에요. 하지만 어떤 멍청한 녀석이 그녀 마음을 사로잡았어요. 금칠한 파리 같은 어떤 녀석인데 무슨 해리, 딕, 당신 맘대로 아무렇게나 부르세요.

스패니얼 경 (방백) 젊은 발렌타인을 말하는군, 확실해. 그들이 연극에서 같이 있는 것을 내가 보았지. (큰 소리로) 그러셨어요, 부인?

하피 해레이든 부인 그 아이는 그렇게 얼굴이 못생기지는 않았어요, 스패니얼 경, 우리 핏줄에는 미인이 있지요, 그래서 당신처럼 세련되고 교양이 있는 신사라면 이제 아마도 그 애를 불쌍히 여기실 거에요.

스패니얼 경 태양을 보아왔던 눈은 작은 빛들에 그렇게 쉽게 현혹되지 않습니다. 카시오페이아, 황소자리 중의 1등성, 큰곰자리 등등과 같은 빛 말이에요. 태양이 뜨면 그들은 시시해지지요!

하피 해레이든 부인 (그에게 애교있는 윙크를 하면서) 제 미용사, 혹은 제 귀걸이를 칭찬하시는 거지요. (그녀는 자신의 머리를 흔들었다.)

스패티얼 경 (방백) 그녀는 박람회의 바보처럼 딸랑딸랑 소리를 내는군! 5월제 때 이발소 간판 기둥처럼 차려입었어. (큰 소리로) 명령하실 게 뭐죠, 부인?

하피 해레이든 부인 그러니까 나리, 바로 이런 겁니다. 오빠 이름은 밥이라고 하죠. 제 아버지는 평범한 시골 신사였는데 외국인들이 가져온 이름들도 전혀 개의치 않았거든요—아스포딜라라고 저는 자신을 부르지요, 하지만 제 세례명은 평범한 슈랍니다. 제가 말했던, 오빠 밥은 바다로 달아났는데 사람들은 그가 인도 제국의 황제가 되었다고들 합니다. 그곳에서는 돌들이 바로 에메랄드이고, 양을 먹이는 작물이 루비들이래요. 마음이 여린 남자가 결코 살지 못할 것 같아서, 그는 그것을 가져와 가문의 운세를 고쳐보려 했지요. 하지만 쌍돛대 범선인지 프리깃 함[47]인지 혹은 그들이 부르는 이름이 무엇이든지 간에, 저는 항해 용어에는 재능이 없어요, 주기도문을 거꾸로 외지 않고는 절대로 해협을 건널 수가 없었어요, 암초에 부딪쳤지요. 고래가 그를 삼켰어

47 목조 쾌속함선.

요. 하지만 하늘이 관대하셔서 요람은 해안으로 쓸려왔어요. 그 안에 여자아이가 있었죠, 바로 플라빈다예요. 더 중요한 점은, 그 안에 유언장이 있었다는 것입니다. 안전하게, 상하지 않고, 양피지에 싸여 있었어요. 오빠 밥의 유언장 말이에요. 뎁, 어이! 뎁, 이봐! 뎁!

(그녀는 뎁을 '어이' 하고 불렀다.)

스패니얼 경 (방백) 아아, 허어! 내가 수상쩍다고 했지! 유언장이 있었군! 유언이 있는 곳에 길이 있지.

해레이든 부인 유언장, 뎁! 유언장! 창문 맞은편 글쓰는 책상 오른쪽의 흑단 상자 속에…… 염병할 계집애! 몽상에 빠져 있어. 연애 이야기들 때문이에요, 스패니얼 경. 이 연애 이야기들. 초가 녹아 흐른 자국을 보면 그건 그 애 심장이 녹은 거랍니다, 아니면 심지를 잘라 밝게 할 때마다 큐피드 달력에 있는 모든 이름을 암송해야 한답니다.

(뎁이 양피지를 들고 들어온다.)

해레이든 부인 그래…… 그것을 이리 주시게. 유언장. 오빠 밥의 유언장. (그녀는 유언장에 대고 웅얼거린다.)

해레이든 부인 사태를 간략히 줄이면, 나리, 오스트레일리아와 뉴질랜드에서도 이 변호사들은 장황한 종족이기 때문에요—

스패니얼 경 그들 귀에 걸맞지요, 부인—

해레이든 부인 정말 맞아요, 맞아요. 사태를 간략히 줄이면, 나리, 저의 오빠 밥은 죽으면서 그가 소유한 모든 것을 유일한 아이인 플라빈다에게 남겼어요, 주목하세요, 이 조건에서 말이에요. 그녀가 고모 마음에 드는 상대와 결혼한다는 조건이지요. 그녀의 고모, 그게 저랍니다. 안 그러면, 주목하세요, 모든 것, 즉 십 부셸의 다이아몬드들, 품목 루비, 품목 아마존 강과 노르-노르-이스트가 경계를 이루는 200평방 마일의 비옥한 땅을요. 그리고 품목 코담배갑과 품목 플래절렛[48]을요, 그는 언제나 음악을 사랑했던 사람이랍니다, 나리, 밥 오빠 말이에요, 품목 여섯 마리의 마코앵무새와 죽을 당시에 그가 데리고 있었던 많은 첩들, 이 모든 것들과 일일이 상술할 필요 없는, 그가 남긴 사소한 것들도 함께, 잘 들으세요, 그녀가 고모 마음에 들게 결혼하는 데 실패한다면—바로 저 말이에요. 교회를 설립하고, 스패니얼 경, 그곳에서 여섯 명의 불쌍한 처녀들이 그의 영혼의 평안을 위해서 영원히 성가를 부를 거예요—그것은, 진실을 말하면, 스패니얼 경, 불쌍한 밥 오빠가 필요한 상태이죠, 지금 그는 멕시코 만류에서 배회하며 사이렌들과 교제하니 말이에요. 어쨌든 이것을 받으세요, 나리, 당신이 직접 유언장을 읽어보세요.

스피니얼 경 (읽는다) "고모 마음에 들게 결혼해야만 한다." 그것은 아주 분명하군요.

해레이든 부인 그녀의 고모, 나리. 그게 저랍니다. 그것은 아주 분명하지요.

스패니얼 경 (방백) 저런 그녀가 진실을 말하네! (큰 소리로) 당신이 저를 이해시켜주시겠죠, 부인……?

해레이든 부인 쉬잇! 가까이 오세요. 당신 귀에 제가 속삭여 드릴게요. 당신과 저는 오랫동안 서로를 높이 평가해왔지요, 스패니얼 경. 무도회에서 함께 놀았죠. 우리 손목을 데이지의 사슬

48 구멍이 여섯 개인 피리.

로 한데 묶었었지요. 제가 바르게 기억한다면, 당신은 저를 작은 신부라고 불렀었지요, 그것은 50년 전 일이죠. 우리는 결혼했을 수도 있어요, 스패니얼 경, 운명이 허락했다면 말이에요…… 당신, 제 뜻을 아시죠?

스패니얼 경 바울 성당에서 펙햄의 염소자리와 나침반자리까지 보이도록, 오십 피트 높이에, 금빛 글자로 써졌다고 해도, 더 분명할 수는 없을 거예요…… 쉬잇, 제가 그것을 속삭일게요. 나, 스패니얼 릴리리버 경, 여기에 당신—해초로 뒤덮인 새우잡이 통발에 던져올린 풋내기 소녀 이름이 뭐죠?—을 취할 것을 맹세하노라. 플라빈다, 그렇지? 플라빈다, 그러니까, 결혼하여 나의 아내로 맞아…… 아, 변호사가 그 모두를 쓰게 하죠!

해레이든 부인 조건부로, 스패니얼 경.

스패니얼 경 조건부로, 아스포딜라.

(그들은 함께 이야기한다.)

돈은 우리 사이에서 나누기로 하고 말이에요.

해레이든 부인 우리는 변호사가 보증하기를 원치는 않아요! 그것에 대해 당신의 손을, 스패니얼 경!

스패니얼 경 당신의 입술을, 부인!

(그들은 포옹한다.)

스패니얼 경 체! 그녀는 악취가 나는군!

"하! 하! 하!" 환자용 바퀴 달린 의자에 앉은 토박이 노부인이 웃었다.

"이성이라구, 천만에! 이성이라니!" 늙은 바솔러뮤가 외치면서, 마치 이런 여자 같은 망상을 버리고 남자, 나리가 되라고 훈계하는 듯이 아들을 쳐다보았다.

자일스는 발을 아래로 움츠리고는, 화살처럼 똑바로 앉아 있었다.

맨레사 부인은 거울과 립스틱을 꺼내서 입술과 코에 정성을 들였다.

장면이 치워지는 동안, 축음기는 모든 이가 완벽한 진실로 알고 있는 어떤 사실들을 서서히 말했다. 곡조는, 대략, 저녁이 자신의 겉옷을 그러모아 여미고서도, 여전히 이슬 젖은 망토를 내려뜨리는 것이 마음 내키지 않아 서 있는 것을 이야기했다. 곡조는 계속되었다, 무리진 양 떼들은 평화롭게 쉰다. 가난한 남자는 자신의 오두막으로 돌아가서, 열심히 귀기울이는 아내와 아이에게 자신의 수고에 대한 단순한 이야기를 들려준다. 밭이 어떤 소출을 열매 맺었는지, 작업조가 어떻게 둥우리의 물떼새를 살려주었는지, 왓트가 자신의 행로를 운행하고, 얼룩덜룩한 달걀들이 따스하고 우묵한 곳에 놓여 있는 동안에 말이다. 그동안 착한 아내는 테이블 위에 소박한 음식을 차려놓는다. 그리고 목동의 피리소리에 맞추어, 힘든 일에서 해방되어, 아름다운 처녀들과 시골 젊은이들은 손을 맞잡고 풀밭 위에서 춤추었다. 그러곤 저녁이 칙칙한 고동색의 삼단 같은 머리채를 내려뜨리고 집, 첨탑, 목초지 등등의 위에 빛나는 베일을 펼쳤다. 그리고 곡조는 다시 한 번 반복되었다.

광경은 곡조가 말하는 것을 자신의 방식대로 반복했다. 해가 기운다, 색조들은 합체된다, 그리고 광경은 수고한 뒤에 사람들이 어떻게 일에서 쉬는지를 말한다, 어떻게 서늘함이 내려앉고, 이성이 우세하며, 작업조를 쟁기에서 끄르고 난 뒤, 이웃 사람들이 오두막 정원에서 땅을 파고 오두막 문에 기대서는지를 말이다.

소들은 앞으로 한 걸음 나서고, 그러다가는 가만히 서서, 똑같은 것을 완벽하게 말하고 있었다.

이삼중의 멜로디에 싸여서, 청중은 응시하며 앉아 있었고, 질문 없이 온화하게 만족한 상태에서, 초록색 통에 담긴 회양목이 귀부인의 옷 갈아입는 방 자리를 차지하는 것을 바라보고 있었는데 그렇게 되는 것은 어쩔 수 없어 보였다. 그동안 벽처럼 보이는 것 위에는 커다란 시계판이 걸렸고 시계바늘은 일곱 시 삼 분 전을 가리켰다.

에름허스트 부인은 백일몽에서 깨어나며 자신의 프로그램을 쳐다보았다.

"두 번째 장면. 산책길," 그녀는 소리 내어 읽었다. "시간, 이른 아침. 플라빈다가 들어오다. 여기 그녀가 등장하네요!"

플라빈다 **일곱 시라고 그가 말했고, 저기 시계가 그렇다고 하네. 그런데 발렌타인은, 발렌타인은 어디 있는 거지? 야! 얼마나 내 심장이 뛰는지! 아직 그럴 시간이 아닌데, 왜냐하면 나는 때때로 목초지에 태양이 뜨기도 전에 일어나 있거든…… 좀 봐, 멋진 사람들이 지나가네! 모두 꼬리를 편 공작들처럼 발끝으로 걷네! 그리고 나는 고모의 깨진 거울에서는 너무도 멋져 보인 페티코트를 입었는데. 뭐야, 여기서는 접시 닦는 누더기네…… 그리고 저들은 촛불을 주변에 꽂은 생일 케이크처럼 머리를 치켜올렸네…… 저건 다이아몬드이고, 저건 루비네…… 발렌타인은 어디 있지? 산책길의 오렌지 나무라고 그가 말했지. 나무는, 저기 있**

네. 발렌타인은, 아무 데도 없어. 내가 보증하는데, 저기 기가 죽어 있는 저 교활한 자는 구애자군. 저건 주인 모르게 나온, 음식 시중드는 하녀야. 저 남자는 멋진 숙녀들의 스커트 주름장식을 위해서 길 쓰는 빗자루를 들고 있네…… 야! 그들 얼굴의 홍조라니! 그들이 들판에서 저런 홍조를 얻을 수는 없지, 내가 보장해! 신의 없는, 냉혹하고, 몰인정한 발렌타인. 발렌타인! 발렌타인!

(그녀는 자신의 손을 비틀고, 좌우로 돌린다.)

고모를 깨울까 두려워 발끝으로 침대에서 나와 징두리 벽판 속의 생쥐처럼 몰래 나오지 않았던가? 그리고 그녀의 분갑을 열어 내 머리를 꾸몄지? 그리고 뺨은 반짝이게 하려고 문질렀지? 그리고 별들이 굴뚝 통풍관을 기어오르는 것을 지켜보면서 잠들지 않은 채 누워 있었지? 그리고 지난 십이야[49] 때 대부가 겨우살이 뒤에 숨겨두었던 내 금화를 뎁에게 고자질하지 말라고 주었지? 그리고 자물쇠 열쇠에 기름칠을 했어, 그래서 고모가 깨어나 플라비! 플라비! 하고 외치지 않게 말이야. 발, 그래 발이야,—그가 오네…… 아니야, 그림책에서 그를 부르는 그 무엇처럼 그가 활보하며 일으키는 파동의 모습으로도 멀리서 나는 그를 구별할 수 있지…… 저건 발이 아니야…… 저건 평민이야, 저건 맵시꾼이야, 아무쪼록, 나를 마음껏 보려고 쌍안경을 들어올리네…… 그럼 나는 집에 가겠어……

아니지, 내가 그럴 수는 없어…… 그건 다시 풋내기 소녀짓을 하는 거지…… 돌아오는 미가엘 축일[50]이면 나는 성년이야, 그렇

49 크리스마스에서부터 열두 번째 되는 날, 1월 6일.

50 9월 29일, 영국에서는 사계四季 중 하나.

지? 세 번만 달이 바뀌면 나는 유산을 받아…… 옷단 장식을 보관하는 낡은 서랍 꼭대기에 공이 튀어갔던 날 내가 유언장에서 읽지 않았던가? ……"내가 죽으면 내가 소유한 모든 것을 나의 딸에게……" 거기까지 내가 읽었을 때 그 노인네가 골목길의 장님처럼 복도를 똑똑 두드리면서 내려왔지…… 나는 버림받은 사람이 아니랍니다, 당신이 아시기 바라요, 나리. 당신 마음대로 할 수 있는, 해초옷을 입은, 물고기 꼬리를 가진 인어가 아니에요. 나는 당신이 희롱하는 계집아이들, 그 누구와도 호적수가 될 수 있어요. 게다가 당신은 그들 팔에 안겨 밤새 꾸벅꾸벅 졸면서 나한테는 오렌지 나무에서 만나자고 해요…… 이거 기분 나쁜데요, 나리, 그렇게 가련한 소녀를 놀리시다니…… 나는 울지 않을 거예요, 맹세코 울지 않아요. 나를 그렇게 대하는 남자를 위해서 소금액 한 방울도 달이지 않을 거예요…… 하지만 생각해보면, 고양이가 뛰던 날 우리가 어찌 낙농실에 숨어 있었던가요. 그리고 호랑가시나무 아래에서 연애 소설들을 읽었지요. 아! 백작이 폴리를 떠났을 때 얼마나 울었는지요…… 그래서 고모가 내 눈이 빨간 젤리 같은 것을 보았지요. "무엇에 쏘였니, 얘야?" 그녀가 물었어요. 그리고 소리쳤지요. "서둘러 뎁, 푸른색 가방 가져와." 당신께 말하지만…… 보세요, 제가 그 모두를 책에서 읽었고 다른 책을 탐냈다는 것을 생각해보세요! 나무들 사이에 뭐지? 무언가 오더니, 가버렸어. 산들바람이었나? 이제는 그늘에, 이제는 햇빛 아래…… 맹세코 발렌타인이야! 그이야! 빨리 숨어야지. 나무야 나를 숨겨다오!

(플라빈다는 나무 뒤에 숨는다.)

그가 여기 왔네…… 그가 돌아서네…… 그는 두리번거려 찾고…… 그는 단서를 놓쳤어…… 그가 응시하네, 이리저리…… 멋진 얼굴들을 실컷 눈요기하라지, 말하자면 그들을 맛보고 시식하라지, "저이는 내가 함께 춤추었던 멋진 숙녀로군…… 저이는 내가 같이 잤던…… 저이는 내가 겨우살이 아래에서 입맞추었던……" 허어! 그가 그들을 토해내는 거라니! 용맹한 발렌타인! 그가 땅바닥에 눈길을 내리까네! 찡그린 얼굴이 그에게 얼마나 어울리는지! "플라빈다는 어디 있지?" 그가 한숨짓는군. "내 가슴속의 심장처럼 내가 사랑하는 그녀는." 그가 시계를 끄집어내는 것을 봐! "오, 신의없는 귀여운 이여!" 그가 한숨쉬네. 그가 땅에 발 구르는 것 좀 봐! 이제 홱 돌아서네…… 그가 나를 보았어, 아니, 해가 그의 눈을 가렸어. 눈물이 고이네…… 하느님, 어찌할 셈으로 그이가 칼을 만지작거리죠! 이야기책에 나오는 공작처럼 그가 그것으로 가슴을 찌르려나봐!…… 멈춰요, 나리, 멈춰!

(그녀는 자신을 드러낸다.)

발렌타인 ……**아, 플라빈다, 아!**
플라빈다 ……**아, 발렌타인, 아!**

(그들은 포옹한다.)

시계는 아홉 시를 친다.

"아무것도 아닌 일에 그렇게 공연한 소란을 떨다니!" 한 목소리가 탄성을 질렀다. 사람들이 웃었다. 목소리가 멈추었다. 그러나 그 목소리는 보았고, 그 목소리는 들었다. 잠시동안 나무 뒤의 라 트롭 양은 득의양양 빛났다. 다음, 나무들 사이에서 들락날락하는 마을 사람들을 향해 그녀는 짖어댔다.

"더 크게! 더 크게!"

왜냐하면 무대는 비었고, 감정은 계속되어야만 했으며, 감정을 지속시킬 수 있는 유일한 것은 노래였는데, 말들이 들리지 않았다.

"더 크게! 더 크게!" 그녀는 주먹을 꽉 쥐고 그들을 위협했다.

파고 파헤치며 (그들은 노래한다), **울타리를 치고 도랑을 파며, 우리는 흘러간다…… 여름과 겨울, 가을과 봄이 돌아오고…… 모두가 지나간다, 모든 것이 흘러간다…… 하지만 우리는, 모든 것이 변하지만…… 그렇지만 우리는 영원히 한결같다……** (산들바람이 말들 사이의 간극을 날려버렸다.)

"더 크게, 더 크게!" 라 트롭 양은 고함 질렀다.

궁전은 무너지고(그들은 다시 시작했다), **바빌론, 니네베, 트로이…… 그리고 시저의 거대한 집…… 모두 무너지고 그들은 누워있네…… 물떼새가 둥지를 튼 곳은 아치였고…… 그곳을 통해서 로마인들이 밟고 지나갔다…… 파고 파헤치며 우리는 쟁기 날로 흙덩어리를 부순다…… 클리템네스트라가 남편을 지켜보며…… 언덕 위에서 횃불이 활활 타오르는 것을 보았던 곳에서…… 우리는 단지 흙덩어리만을 본다…… 파고 파헤치며 우리는 흘러간다…… 그리고 여왕과 망루가 무너진다…… 왜냐하면 아가멤논이 제거되고…… 클리템네스트라는 단지……**

말들이 잠잠해졌다. 단지 몇몇 위대한 이름들만이 — 바빌론, 니네베, 클리템네스트라, 아가멤논, 트로이 — 열린 공간을 가로질러 떠돌았다. 그러곤 바람이 일었고, 잎새가 바스락거리는 소리에 위대한 단어들조차도 안 들리게 되었고, 마을 사람들이 입을 벌렸으나, 아무 소리도 나오지 않는 것을 청중들은 말똥말똥 쳐다보며 앉아 있었다.

그리고 무대는 비어 있었다. 라 트롭 양은 마비되어 나무에 기대었다. 그녀는 힘을 잃었다. 구슬 같은 땀방울이 그녀 앞이마에 돋았다. 환영은 실패했다. "이건 죽음이야," 그녀는 중얼거렸다, "죽음이라구."

그때 갑자기, 환영이 점차 소멸되어가려 할 때, 소들이 짐을 짊어졌다. 한 마리가 새끼를 잃었다. 때마침 어미는 커다란 달 같은 눈매를 가진 머리를 치켜들고 울부짖었다. 모든 거대한 달 같은 눈매를 지닌 머리들이 뒤쪽으로 기울었다. 암소마다 똑같이 그리워하는 울음소리를 내었다. 온 세상이 말 못하는 그리움으로 가득 찼다. 그것은 현재 순간의 귀에 크게 울리는 원시의 목소리였다. 그러곤 전체 무리가 감염되었다. 꼬리를 세차게 휘두르다 부지깽이처럼 꽂으며, 그들은 머리를 갑자기 높이 쳐들었다가 내던지며 울부짖었다. 마치 에로스가 그들의 옆구리에 화살을 쏘아서 그들을 격노하게 부추긴 것처럼 말이다. 암소들은 간극을 없애고, 간격에 다리를 놓았으며, 빈 공간을 메웠고 감정을 지속시켰다.

라 트롭 양은 황홀해서 암소들을 향해 손을 흔들었다.

"하느님 고맙습니다!" 그녀는 외쳤다.

갑자기 암소들이 멈추더니, 머리를 숙이고 어린잎을 먹기 시작했다. 동시에 청중들도 머리를 숙이고 프로그램을 읽기 시작했다.

"제작자는," 에름허스트 부인이 남편을 위해서 큰 소리로 읽었다, "청중들이 관대하시기를 간절히 바랍니다. 시간이 모자라서 한 장면을 빠뜨렸고, 그래서 그녀는 청중이 그 사이에 스패니얼 릴리리버 경이 플라빈다와 약혼하기로 약속한 것을 상상하라고 요청합니다. 플라빈다는 약혼을 막 맹세하려 하고, 그때 발렌타인은 할아버지의 시계 속에 숨어 있다가 앞으로 나와서, 플라빈다를 자신의 신부로 요구하며 유산을 훔치려는 음모를 폭로합니다. 잇따른 혼란 속에서 연인들은 함께 도망가고, 하피 부인과 스패니얼 경만 함께 남습니다."

"우리더러 그 전부를 상상하라고 요청하는군요." 안경을 내려놓으면서, 그녀는 말했다.

"그녀는 아주 현명하군요." 스위딘 부인에게 말을 걸면서, 맨레사 부인이 말했다. "만약 그녀가 그 모두를 집어넣는다면, 우리는 여기에 한밤중까지 있어야만 할걸요. 그래서 우리는 상상해야만 해요, 스위딘 부인." 그는 늙은 숙녀의 무릎을 가볍게 쳤다.

"상상하라고요?" 스위딘 부인이 말했다. "참으로 적절하군요! 배우들은 우리에게 너무 많이 보여줘요. 당신도 알다시피, 중국인들은 테이블에 단도를 놓으면 그것이 전쟁이랍니다. 그래서 라신느[51]는……"

"맞아요, 그들은 사람을 아주 지루하게 해요." 맨레사 부인이 문화 냄새를 맡고는 이야기를 중단시켰고, 훌륭한 인간 마음을 냉대하는 데 분개했다. "지난번에 저는 조카를—샌드허스트에 사는 아주 명랑한 소년이랍니다—데리고 「족제비가 펑 소리 내며 갑자기 사라지다」를 보러 갔어요. 그거 보셨어요?" 그녀는 자일스에게 돌아섰다.

"도시의 길을 위로 아래로," 그는 대답 대신 콧노래를 불렀다.

51 라신느(1639~1699), 프랑스의 고전주의 극작가.

"당신 유모가 그걸 불러줬군요!" 맨레사 부인이 탄성을 질렀다. "내 유모도 그랬어요. 그녀가 '펑'하고 말할 때면 그녀는 진저—비어에서 뽑아낸 코르크 마개 같은 소리를 냈어요. 펑!"

그녀가 소리를 냈다.

"쉿, 쉿," 누군가 속삭였다.

"제가 버릇이 없어서 방금 당신 고모를 깜짝 놀라게 했나봐요," 그녀가 말했다. "우리는 얌전히 기다려야 해요. 이건 세 번째 장면이네요. 하피 해레이든 여사의 사실私室. 말발굽 소리가 멀리서 들립니다."

바보 앨버트가 쟁반 위에 나무 수저를 가지고 정력적으로 재현한 말발굽 소리가 잠잠해졌다.

해레이든 여사 **벌써 그레트나 그린[52]에 반은 갔겠네. 아, 나를 속인 조카! 내가 바다에서 구조해내 벽난로 바닥 돌에 물을 뚝뚝 흘리게 세워놓았던 네가! 아, 고래가 너를 통째로 삼켰어야 했는데! 배반한 돌고래, 아! 초급독본이 너의 위대한 고모를 존경하라고 가르치지 않았니? 어떻게 네가 그것을 잘못 읽고 철자를 잘못 쓴거야, 훔치고, 속이고, 옛 상자 속의 유언장을 읽고, 찰스 왕 시대 이후 일 초도 틀린 적이 없는 정직한 시계에 악당을 숨기는 거나 배우다니! 아, 플라빈다! 아, 돌고래야, 아!**

스패니얼 경 (긴 장화를 잡아당겨 신으려고 하면서) **늙었다고, 늙어, 늙었어. 그가 나를 "늙었다"고 불렀어. "늙은 바보, 당신 침대로 가서 뜨거운 밀크주나 마시구려!"**

52 스코틀랜드의 마을로, 예전 잉글랜드에서 사랑의 도피를 한 남녀들이 결혼하던 곳으로 유명하다. (영국Great Britain은 실제로 잉글랜드, 웨일스 그리고 스코틀랜드 세 지역으로 나누어져 있다. 영국과 스코틀랜드는 1707년 연합법에 의해 정치적인 의미에서 합체했지만, 그들 지역간의 분리감은 미국에서 주의 개념보다 훨씬 강하다.)

해레이든 여사 그리고 그녀는 문가에 멈추어 서서 나를 비난하는 손가락질을 하면서 말했어, "늙은," 나리 — "여자"라고요 나리 — 인생의 한창 나이에다 귀부인인 내게 말이에요!

스패니얼 경 (장화를 잡아당기며) 하지만 내가 앙갚음을 해줄 테야. 내가 그들에게 법적 조치를 취하겠어! 그들을 조사해서 찾아내겠어……

(장화 한쪽은 신고, 한쪽은 벗은 채, 그는 절뚝거리며 위로 아래로 걸어다녔다.)

해레이든 여사 (그의 팔에 손을 얹으면서) 제발 당신의 통풍에 신경 좀 쓰세요, 스패니얼 경. 나리, 자신을 생각하세요. 우리 미쳐 날뛰지 말아요, 아직 50세보다는 젊어 보이는 우리 아니에요. 그들이 떠들어대는 이 젊음이 무어랍니까? 북풍에 날아오른 거위털에 불과하답니다. 앉으세요, 스패니얼 경. 다리를 편안하게 하세요, 이렇게.

(그녀가 그의 다리 밑에 쿠션을 밀어넣는다.)

스패니얼 경 그가 내게 "늙었다"고 했어…… 도깨비상자 장난감처럼 시계에서 튀어나오면서…… 그리고 그녀는, 나를 조롱하면서, 내 다리를 가리키고 외쳤어, "큐피드의 화살, 스패니얼 경, 큐피드의 화살." 아, 그들을 회반죽에 넣어 기름에 튀기고 불에 볶아서 뜨거운 김이 날 때 제단에 바칠 수 있었으면. 아, 이놈의 통풍!

해레이든 여사 이런 이야기는, 나리, 지각있는 사람에게는 어울리지 않아요. 자신을 생각하세요, 나리, 바로 얼마 전에 당신이

별자리를—에헴—불러냈잖아요. 카시오페이아자리, 황소자리 중 1등성, 북극광…… 그들 중 하나가 천체를 떠나, 질주해서는, 시계 내장, 괘종시계 시계추에 불과한 존재와, 쉽게 말해서, 도망친 것을 부인할 수는 없지요. 하지만, 스패니얼 경, 고착되어 있는 별이—에헴—있어요, 간략히 말하면, 상쾌한 아침의 석탄 불빛 때문에 결코 그렇게 밝게 빛나지는 않지만 말이에요.

스패니얼 경 아, 내가 날카로운 검을 옆구리에 찬 스물다섯 살의 청년이라면!

해레이든 여사 (새치름해 하면서) 저는 당신 뜻을 알아요, 나리. 히히히, 아무렴요, 저도 당신만큼이나 유감스러워요. 하지만 젊음이 다는 아니랍니다. 이건 비밀이지만, 저 자신도 자오선[53]을 지났어요. 그리고 적도 반대쪽에 있지요. 뒤척이지 않고 밤에 숙면하는 것. 생리기도 끝났어요…… 하지만 나리, 자신을 생각하세요. 뜻이 있는 곳에 길이 있답니다.

스패니얼 경 절대 진실을 부인…… 아아, 내 발이 악마의 모루에 놓인 뜨거운, 뜨거운 말발굽 같군, 아아! 당신이 뜻하는 것은 그러니까 뭐죠?

해레이든 여사 제 뜻이요, 나리? 남편을, 고이 잠드소서—20년이나 됐어요—백연 섞인 관으로 덮은 이래 제가 정숙함을 깨면서까지 소중히 보관해왔던 것을 풀어헤쳐야겠어요? 알기 쉽게 말하자면, 나리, 플라빈다는 날아갔어요. 새장은 비었어요. 하지만 애초로 손목을 묶었었던 우리는 더 견고한 사슬로 그것을 결합시킬 수 있어요. 장신구 같이 치장하는 말이나 비유적 표현은 그만두지요. 제가 있잖아요, 아스포딜라 말이에요—하지만 저의 평범한 이름은 슈랍니다. 제 이름이 무엇이든지 간에—아스

53 인생의 전성기를 말한다.

포딜라거나 슈이거나—강건하고 기운찬 저를 마음대로 하세요. 플롯이 발각되었으니, 밥 오빠의 하사품은 성녀들에게 가게 되었지요. 그것은 명백합니다. 그것은 퀄 변호사가 보증하죠. "성녀들은…… 영원히…… 그의 영혼을 위해 노래한다." 그리고 제가 보증하는데요, 그는 그것이 필요해요…… 하지만 상관없어요. 비록 우리 자신을 새끼 양털로 감쌀 수 있는 것을 물고기에게 던져준다고 해도, 저는 거지는 아니랍니다. 가옥, 건물, 린네르 제품, 소, 제 지참금, 재산 목록이 있어요. 당신께 보여드릴께요, 양피지에 정서되어 있어요. 제가 당신에게 보증해요, 우리 인생이 지속되는 동안, 남편과 아내로서, 당당히 유지해나가기에 충분해요,

스패니얼 경 **남편과 아내라! 그래 그것이 명백한 진실이군! 아니, 부인, 차라리 타르 통에 나를 묶든지, 겨울 삭풍의 가시나무에 나를 동여매겠어요. 체!**

해레이든 부인 **……타르 통이라구요, 그래요! 가시나무라, 그렇단 말이죠! 은하계와 은하수를 이야기하던 당신이! 내가 그들 모두보다 빛난다고 맹세했던 당신이! 염병할 녀석, 이 신의없는 놈! 이 상어야, 네가! 너는 장화 신은 악마야, 너 말이야! 그래 네가 나를 갖지 않겠다고? 내 손을 거절해, 네가?**

(그녀는 손을 내밀고, 그는 그것을 내친다.)

스패니얼 경 **……당신 통풍석[54]을 울 장갑으로 감추시구려! 그것이 다이아몬드, 진짜 다이아몬드이고, 사람이 살 수 있는 지구 절반과 그곳에 모든 첩들이 줄에 엮여 당신 목에 걸렸어도 나는 그중 어느 것도 갖지 않겠어…… 아무것도. 나를 놓아줘, 올빼미야.**

54 통풍 때문에 손가락 관절들에 생긴다.

약은 체하는 바보야, 마녀에다, 뱀파이어야! 나를 가게 둬!

해레이든 부인 ……그래 당신의 모든 멋진 말들이 크리스마스 때 크래커를 감싼 은박지였어!

스패니얼 경 ……방울이 확실히 얼간이 목에 걸렸어! 이발소 간판 기둥에는 종이 장미가…… 아, 나의 발, 나의 발…… 큐피드의 화살, 그녀가 나를 조롱했어…… 늙었다, 늙었다, 그가 내게 늙었다고 말하다니……

(그는 절뚝거리며 걸어가버렸다.)

해레이든 여사 (혼자 남아서) 모두 가버렸군. 바람 따라서. 그가 가고, 그녀가 가고, 악당 녀석이 시계추 노릇을 했던 오래된 시계만 모든 것 중 유일하게 멈춰 있군. 염병할 것들, 정숙한 여자 집을 매춘 소굴로 만들다니. 북극광이었던 내가 타르 통으로 오므라들었군. 카시오페이아였던 내가 얼간이 여자가 되었어. 머리가 도는군. 여자건 남자건 믿어서는 안 돼, 멋진 말은 물론이고, 멋진 모습도 믿지 마. 양의 껍데기가 벗겨지면, 악마가 기어나오지. 너희들 그레타 그린에 가서, 젖은 풀밭 위에나 누워, 독사 새끼나 낳아라. 내 머리가 도는군…… 타르 통, 그래. 카시오페이아…… 통풍석…… 안드로메다…… 가시나무…… 뎁, 이봐, 뎁. (그녀는 외쳐 부른다.) 내 끈 좀 풀어줘. 터질 것만 같아…… 초록빛 도는 베이지 색의 테이블 좀 가져와서 카드를 준비하도록 해…… 그리고 안에 털이 달린 슬리퍼도, 뎁. 그리고 초콜릿 한 접시…… 내가 앙갚음을 해줄 테야…… 내가 그들 모두보다 오래 살겠어…… 뎁, 이봐! 뎁! 염병할 계집애! 내 말이 안 들려? 뎁, 이봐, 너, 집시 아이인 것을 내가 울타리에서 구출해 견본 작품에 바느질하게 가르쳤는데! 뎁! 뎁!

(그녀가 하녀 방으로 연결되는 문을 활짝 열어젖힌다.)

비었군! 그 아이도 가버렸어⋯⋯ 쉬잇, 화장대에 저게 뭐지?

(그녀는 종이 조각을 집어들고 읽는다.)

"제가 당신이 주는 거위털 침대에 무슨 관심이 있겠어요? 저는 잡다한 집시들과 함께 갑니다, 아! 서명, 데보라, 한때 당신의 하녀." 그랬군! 내가 내 테이블에서 사과 자른 것과 빵 껍질을 먹였던 그 아이가, 내가 카드놀이를 하고 슈미즈를 꿰매게 가르친 그 아이가⋯⋯ 그 아이도 가버렸군. 아, 은혜를 모르는 것, 네 이름은 데보라구나! 이제 누가 설거지를 하지, 이제 누가 밀크주를 내게 가져다주고, 누가 내 성미를 참고 코르셋 끈을 풀어주지? ⋯⋯모두 가버렸어. 그러면 나는 혼자야. 조카도 없고, 연인도 없고, 그리고 하녀도 없어.

그렇게 극이 끝나면서, 교훈은,
사랑의 신은 속임수로 가득하다.
그는 발에다 화살을 꽂는다,
하지만 뜻의 길은 명백히 보인다.
성스러운 성녀들이 영원히 찬송하게 하라.
"뜻이 있는 곳에 길이 있다."
선한 이들 모두여, 안녕.

(무릎을 굽혀 인사하고, 해레이든 여사가 물러간다.)

장면이 끝났다. 이성은 대좌에서 내려온다. 그녀는 긴 겉옷을 모두어 자신을 감싸고, 차분히 청중들의 박수에 답례하며, 무대를 가로질러 지나간다, 그러는 동안 귀족들과 귀부인들이 그 뒤를 따른다, 스패니얼 경은 절뚝거리며 억지웃음을 웃는 해레이든 여사를 호위한다, 그리고 발렌타인과 플라빈다는 팔짱을 낀 채 머리를 숙이고 무릎을 굽혀 인사한다.

"신의 진실!" 언어에 전염되어서, 바솔러뮤가 외쳤다. "당신들을 위한 교훈이요!"

그는 의자에서 몸을 뒤로 젖히며 말이 히힝 우는 것처럼 웃었다.

교훈이라. 무언데? 그것은 아마도 '뜻이 있는 곳에 길이 있다'겠지, 자일스는 추측했다. 말들이 일어서서 그를 비난하는 손가락질을 했다. 자기 애인과 그레타 그린으로 도망갔어, 행동을 저질렀어. 결과는 빌어먹으라지.

"온실 보고 싶으세요?" 그는 맨레사 부인에게 돌아서면서, 갑자기 말했다.

"좋지요!" 그녀는 탄성을 지르며 일어섰다.

막간이 있나? 그랬다, 프로그램에 그렇게 나와 있었다. 덤불 속의 기계가 칙칙, 칙칙, 칙칙거렸다. 그리고 다음 장면은?

"빅토리아 시대," 에름허스트 부인이 소리 내어 읽었다. 아마도 그러면 정원을 한 바퀴 산책할 시간에다, 집까지 한번 둘러볼 수도 있으리라. 하지만 어쩐 일인지 그들은—어떻게 말할 수 있을까—여기에도 저기에도 딱히 있는 것처럼 느껴지지 않았다. 마치 연극이 볼을 컵 밖으로 홱 움직인 것처럼, 마치 내가 자신이라고 부르는 것이 속한 데 없이 여전히 떠돌면서, 자리를 잡지 못하고 있는 것 같았다. 온전히 그들 자신처럼 느껴지지 않았다. 아니면 단순히 그들은 옷이 의식意識이 있다고 느끼는 것일까? 드레스들, 플란넬 바지들, 파나마 모자들, 애스콧[55]에서 황족 공작부인의 모자 스타일인 산딸기 색의 그물 망사로 장식한 모자가 어쩐지 하찮아 보였다.

"옷이 얼마나 사랑스러운지," 사라지는 플라빈다를 마지막으로 쳐다보며, 누군가 말했다. "아주 잘 어울려. 바라건대……"

칙칙, 칙칙, 칙칙 덤불 속에서 기계가 정확하게, 집요하게 소리 냈다.

구름이 하늘을 가로질러 지나갔다. 날씨가 다소 불안해 보였다. 호그밴의 폴리는 잠시 동안 재처럼 하얘졌다. 그러곤 태양이 볼니 민스터의 금박 입힌 바람개비를 비추었다.

"다소 불안해 보이는군," 누군가 말했다.

"좀 일어나보세요…… 다리 좀 뻗읍시다," 다른 목소리가 말했다. 곧 잔디밭에는 색색의 드레스로 작게 움직이는 섬들이 떠돌았다. 하지만 청중들 몇몇은 계속 앉아 있었다.

"메이휴 대령과 부인," 보도기자 페이지 씨가 연필에 침을 묻혀서 적어두었다. 연극에 대해서는, 이름이 뭐더라, 그 여인을 붙잡아서 줄거리를 물어보리라. 하지만 라 트롭 양은 사라졌다.

아래 덤불 가운데서 그녀는 고되게 일했다. 플라빈다는 페티코트만 입고 있었다. 이성은 그녀의 망토를 호랑가시나무 울타리에 던졌다. 스패니얼 경은 장화를 잡아당기고 있었다. 라 트롭 양은 이리저리 흩어놓으면서 무언가를 마구 뒤적여 찾고 있었다.

"빅토리아 시대의 망토…… 그 빌어먹을 것이 어디 있담? 여기 팽개쳐 있네…… 이제 콧수염……"

55 영국 버크셔Berkshire에 있는 유명한 경마장.

머리를 위로 아래로 숙였다 내밀었다 하면서 그녀는 빠른 새 같은 눈매를 덤불 너머 청중들에게 던졌다. 청중들은 움직이고 있었다. 청중들이 위로 아래로 걸어다녔다. 그들은 탈의실과는 거리를 유지했다, 그들은 관습을 존중했다. 하지만 만약 그들이 너무 멀리 배회한다면, 만약 그들이 장소를 탐험하고, 집으로 가기 시작한다면, 그러면…… 칙칙, 칙칙, 칙칙, 기계가 소리를 내었다. 시간이 지나가고 있었다. 시간이 얼마나 오래 그들을 한데 잡아 놓을 수 있을까? 그것은 도박이었다, 모험이었다…… 그리고 그녀는 잔디밭에 옷들을 던지면서 전후좌우를 향해 정력적으로 마구 휘둘렀다.

덤불 꼭대기 너머로 흩어진 목소리들, 육체 없는 목소리들이 들렸다, 그녀에게는 그것들이 상징적인 목소리같이 들렸다. 반쯤 들리고, 아무것도 보이지 않지만 여전히, 덤불 너머로, 보이지 않는 끈이 육체 없는 목소리들을 연결하는 것을 느끼고 있었다.

"모든 것이 너무 암담해요."

"아무도 그것을 원하지 않아요, 그 빌어먹을 독일 놈들 말고는."

잠시 끊어졌다.

"나라면 저 나무들을 자르겠어요……"

"도대체 어떻게 그들은 장미를 기르지요!"

"그들이 말하길 여기에 정원이 500년 간이나 있었대요……"

"그야, 심지어는 옛 선조 글래드스톤도, 그를 공평히 평가하면……"

그러곤 침묵이 흘렀다. 목소리들은 덤불을 지나갔다. 나무들이 바스락거렸다. 많은 눈들이 전망을 보고 있다는 것을 라 트롭 양은 알았다, 왜냐하면 그녀 육체 세포 하나하나가 모든 것을 빨아들이고 있기 때문이었다. 그녀는 곁눈으로 호그벤의 폴리를 볼 수 있었다, 그때 바람개비가 번쩍거렸다.

"일기가 나빠지고 있어요." 한 목소리가 말했다.

그녀는 그들이 전망을 보면서, 자신의 손가락 사이로 빠져나가는 것을 느낄 수 있었다,

"그 빌어먹을 여자, 로저스 부인은 어디로 갔어? 누가 로저스 부인 보았나?" 그녀는 빅토리아 시대 망토를 잡아채면서 외쳤다.

그때 관습을 무시하면서, 머리 하나가 떨리는 작은 가지들 사이에서 별안간 나타났다, 스위딘 부인이었다.

"아, 라 트롭 양!" 그녀는 외쳤고, 그리고 멈추었다. 그 다음에 그녀는 다시 시작했다, "아, 라 트롭 양, 정말로 축하해요!"

그녀는 망설였다. "당신은 내게 주었어요……" 그녀는 건너뛰더니 내려앉았다. "일찍이 어린아이였을 적부터 저는 느껴왔어요……" 얇은 막이 그녀 눈에 내려앉아, 현재를 닫아버렸다. 그녀는 어린 시절을 기억하려 노력하다가 이내 포기했다. 그러더니 라 트롭 양에게 도와달라고 요청하듯이, 그녀 손을 약간 흔들면서, 계속했다. "이 일상생활, 이렇게 층계를 오르락내리락거리는 것, '나는 왜 가는 것일까? 내 안경은? 내가 쓰고 있네' 하고 말하는 것……"

그녀는 늙은이의 맑은 시선으로 라 트롭 양을 빤히 쳐다보았다. 그들의 눈은 공동의 의미를 탄생시키려는 공동의 노력 속에서 만났다. 그들은 실패했다, 그리고 스위딘 부인은, 그녀가 의미하는 것들의 파편을 필사적으로 붙잡으려고, 말했다. "얼마나 작은 역할을 나는 연기해왔는지요! 하지만 당신은 내가 할 수도 있다고 느끼게 해주었어요…… 클레오파트라의 역할 말이에요!"

그녀는 떨리는 덤불 사이에서 고개를 끄덕이고는 천천히 걸어가버렸다.

마을 사람들이 눈짓했다. "배티"[56]는 덤불 사이로 침입했던 늙은 플림지를 위한 단어였다.

"나는 클레오파트라일 수도 있었어요," 라 트롭 양이 되풀이했다. "당신은 내가 행하지 않았던 역할을 자극했어요," 그녀가 뜻하는 바였다.

"이제 스커트요, 로저스 부인," 그녀는 말했다.

로저스 부인은 까만 스타킹을 신고 기괴하게 서 있었다. 라 트롭 양은 빅토리아 시대의 방대한 주름장식을 그녀 머리 위로 덮어씌웠다. 그녀는 끈을 묶었다. "당신은 보이지 않는 줄들을 잡아챘어요," 늙은 부인이 뜻하고자 하는 말이었다. 그리고 모든 사람들 중에서도 클레오파트라를 드러냈어요! 큰 기쁨이 그녀를 사로잡았다. 아아, 하지만 그녀는 단순히 개개의 줄들을 잡아채는 자가 아니었다. 그녀는 떠도는 육체들과 떠도는 목소리들을 큰솥에 펄펄 끓여서, 그들 무정형의 덩어리로부터 재-창조된 세계를 떠오르게 만드는 이였다. 그녀의 순간이 왔다—그녀의 영예였다.

"됐어!" 그녀는 로저스 부인의 턱 밑에 까만 리본을 매면서 말했다. "그러면 됐어! 이제 신사 차례, 하몬드!"

그녀는 하몬드에게 손짓했다. 그는 수줍어하며 앞으로 나왔고 까만 구레나룻을 부치는 데 몸을 맡기고 있었다. 눈을 반쯤 감고, 머리는 뒤로 기댄 채, 라 트롭 양은 생각했다, 그는 아서 왕처럼 보였다—고귀하고, 기사답고, 호리호리했다.

"대령의 낡은 프록코트는 어디에 있지?" 그녀는 물었다, 그것이 효과적으로 그를 변형시킬 것을 믿었다.

똑딱, 똑딱, 똑딱, 기계 소리가 계속되었다. 시간이 지나가고 있

56 배티batty는 속어로 '머리가 돈, 어리석은'이라는 뜻의 형용사다. 스위딘 부인에 대한 '배티'라는 별칭은 현실감각이 너무도 부족한 그녀의 면모를 드러낸다.

었다. 청중은 배회하고 있었고, 흩어지고 있었다. 단지 축음기의 똑딱, 똑딱, 똑딱 소리만이 그들을 함께 묶었다. 저기, 멀리 화단 곁에서 혼자 어슬렁거리며 자일스 부인이 벗어나고 있었다.

"노래!" 라 트롭 양이 명령했다. "서둘러! 노래! 다음 곡! 십 번!"

"이제 제가 딸 수 있을까요," 이자는 장미를 꺾으면서 중얼거렸다. "나의 한 송이 꽃. 하얀색 아니면 분홍색? 그리고 그것을 그렇게 엄지와 손가락 사이에 눌러……"

그녀는 지나가는 얼굴들 사이로 회색 옷 입은 남자 얼굴을 찾았다. 그는 거기에 한순간 있었다, 하지만 둘러싸여 있어서, 접근할 수 없었다. 그리고 이제 사라졌다.

그녀는 꽃을 떨어뜨렸다. 어떤 독특한 분리된 이파리를 그녀는 압착할 수 있을까? 전혀 그럴 수 없었다. 화단 곁 옆길로 혼자서 빗나갈 수도 없었다. 그녀는 계속 가야만 했다, 그리고 그녀는 마구간 방향으로 돌아섰다.

"내가 어디를 배회했지?" 그녀는 깊이 생각했다. "바람이 새어 들어오는 어떤 터널 아래였던가? 눈먼 바람이 부는 곳인가? 그리고 그곳에는 눈에 보이는 어떤 것도 자라지 않지. 장미도 없어. 어디로 나오기 위해서지? 수확할 것 없는 어떤 어스레한 들판인가, 그곳은 저녁이 그녀의 망토를 떨어뜨리지 않지, 태양도 떠오르지 않아. 그곳에서는 모든 것이 평등하지. 그곳에서 장미는 바람에 나부끼지도, 자라지도 않아. 변화는 없어, 변하기 쉬운 것이나 사랑스러운 것도 없어, 반김도 헤어짐도 없지. 은밀한 발견이나 감정들도 없어, 그곳에서는 손이 손을 찾고 눈은 눈에서 은신처를 찾지."

그녀는 마구간 마당으로 들어갔고, 그곳에는 개들이 묶여 있었고, 양동이들이 있었고, 커다란 배나무가 벽을 배경으로 사닥다리 모양의 가지들을 펼치고 있었다. 판석板石 깔은 길 아래로 뿌리를 뻗은 나무는 단단한 초록색의 배를 무겁게 달고 있었다. 그 중 하나를 만지면서 그녀는 중얼거렸다. "그들이 땅에서 빨아들이는 것 때문에 나는 얼마나 무겁게 짐 지고 있는지, 기억들, 소유물들. 이것이 과거가 내게, 사막을 가로지르는 긴 대상의 마지막 작은 당나귀에게 부과하는 짐이야. '무릎을 꿇어,' 과거가 말하지. '네 등의 광주리를 우리 나무에서 채워. 일어나, 당나귀야. 네 뒤꿈치에 물집이 생기고 발굽이 갈라질 때까지 네 길을 가거라.'"

배는 돌처럼 단단했다. 그녀는 밑에 뿌리가 뻗어 있는 갈라진 판석 길을 내려다보았다. "그것이 짐이야," 그녀는 깊이 생각했다, "요람에서 내게 부과되었지, 파도가 나직하게 말했지, 느티나무가 속삭였지, 노래 부르는 여자들이 읊조렸지, 우리가 기억해야만 하는 것이고, 우리가 잊고 싶은 것이지."

그녀는 올려다보았다. 마구간 시계의 금칠한 바늘이 강직하게 정시 2분 전을 가리켰다. 시계가 막 치려 하고 있었다.

"이제 번개가 치는군," 그녀는 중얼거렸다, "완전히 푸른 하늘에서 말이야. 죽은 자들이 맸던 가죽 끈이 끊어지네. 우리의 소유물들이 풀려났어."

목소리들이 방해했다. 사람들이 이야기하면서, 마구간 마당을 지나가고 있었다.

"누군가는, 좋은 날이라고, 우리가 발가벗겨진 날이라고 말하지. 다른 이들은, 하루의 끝이라고 말해. 그들은 여관과 여관 주인을 보지. 하지만 아무도 단독의 목소리로 말하지 않아. 아무도 예전의 전율에서 자유로운 목소리를 가지지 않았어. 언제나 나는 오염된 중얼거림을 듣지, 금과 금속의 쨍그랑 소리. 미친 음악……"

더 많은 목소리들이 들려왔다. 청중들이 테라스로 속속 돌아가고 있었다. 그녀는 자신을 일으켰다. 그녀는 자신을 격려했다. "아, 작은 당나귀야, 끈기있게 비틀거리며 걸어라, 우리를 이끌어가 저버리려는 선도자들의 광란의 외침을 듣지 마라. 유약을 바른 단단한 자기로 된 얼굴들의 재잘거림도 듣지 마라. 차라리 농가 마당 우물 곁에서 기침하는 목동에게 귀기울여라, 말탄 이가 질주해 갈 때 한숨쉬는 시들은 나무, 그들이 그녀를 발가벗겼을 때 막사에서의 소동, 혹은 내가 창문을 밀어 열었을 때 누군가가 외치는 소리에 귀기울여라……" 그녀는 온실을 지나가는 길 쪽으로 나왔다. 문이 걷어차여서 열렸다. 밖으로 맨레사 부인과 자일스가 나왔다. 보이지 않게, 이자는 잔디밭을 가로질러 좌석 앞줄로 그들을 따라갔다.

덤불에서 기계의 칙칙, 칙칙, 칙칙 하는 소리가 멈추었다. 라 트롭 양의 명령에 순응해서, 다른 곡이 축음기에 올려졌다. 십 번. 런던 거리의 환성이라는 제목이다. "화향花香."

"라벤더, 향기로운 라벤더, 누가 나의 향기로운 라벤더를 사시겠어요." 곡은 떨리는 목소리로 노래하고 딸랑딸랑 울리며, 청중들을 무력하게 이끌었다. 어떤 이들은 그것을 무시했다. 어떤 이들은 여전히 배회했다. 다른 이들은 멈추었지만, 몸을 곧추세웠다. 자리를 한번도 떠나지 않았던 대령과 매이휴 부인 같은 몇몇 이들은 그들에게 정보를 주기 위해 발행된 또렷하지 않은 복사지를 곰곰이 들여다보았다.

"19세기." 메이휴 대령은 15분도 안 되는 시간에 200년을 건너뛰는 제작자의 권리를 논박하지 않았다. 하지만 장면의 선택이 그를 당황케 했다.

"왜 영국 육군을 빼는 거지? 육군이 없으면 무슨 역사야, 그렇지?"

그는 깊이 생각했다. 머리를 숙이고, 메이휴 부인은 결국 한 사람이 너무 많이 요구해서는 안 된다고 단언했다. 더군다나, 십중팔구 영국 국기 둘레에서 끝마치는 웅대한 총체적 장면이 있을 것이었다. 그동안, 전망이 있었다. 그들은 전망을 바라보았다.

"향기로운 라벤더…… 향기로운 라벤더……" 곡조를 콧노래 하면서 늙은 린 존스 부인은(마운트에 사는) 의자를 앞으로 밀었다. "여기, 에티," 그녀는 말했고, 에티 스프링겟과 함께 털썩 주저앉았다, 둘 다 지금은 과부였기 때문에, 그녀는 집을 에티와 공유했다.

"나는 기억해요……" 그녀는 곡조에 맞추어서 고개를 끄덕끄덕했다. "당신도 기억하지요, 그들이 어떻게 외치면서 거리를 내려가곤 했는지." 그들은 기억했다, 커튼들이 바람에 날리고, 남자들은 소리 질렀다. "모든 것이 바람에 날리고, 모든 것이 자라고 있어요," 그들이 제라늄과 스위트 윌리엄을 화분에 담아 거리 아래로 내려오면서 말이다.

"하프 소리, 나는 기억해요, 그리고 2인승 이륜마차와 구식 사륜합승마차. 그때 거리는 너무도 조용했어요. 이륜마차는 2실링, 그랬죠? 구식 사륜합승마차는 1실링? 그리고 엘렌은 실내용 캡에 앞치마를 두르고 거리에서 휘파람을 불었죠? 당신 기억해요? 그리고 밀수입자들은, 세상에, 어떤 사람이 상자를 가졌으면 역에서 끝까지 쫓아왔어요."

곡이 바뀌었다. "무슨 낡은 다리미라도, 팔아넘길 낡은 다리미라도 아무거나?" "당신 기억해요? 그 말이 남자들이 안개 속에서 외쳤던 거예요. 그들은 세븐 다이얼즈[57]에서 왔어요. 빨간 손수

57 런던의 먼머스Monmouth거리 중간쯤 아래에 1694년에 세워진 기둥과 여섯 개의 시계판을 말한다. 이름이 일곱 개의 해시계Seven Dials인 것은 6개의 해시계sundial에다 기둥 자체가 그림자를 던지는 해시계이기 때문이다.

건을 가지고 있던 남자들, 그들이 자신을 개로터[58]라고 불렀던가요? 집으로 걸어갈 수는 없었지요—아아, 저런, 그럴 수는 없었지요—연극이 끝나고 말이에요. 리전트 거리, 피커딜리. 하이드 파크 코너. 행실이 나쁜 여자들…… 그리고 하수도 어디나 빵 덩어리들이 있었죠. 코벤트 가든[59] 모퉁이에 당신도 아는 아일랜드 사람…… 무도회에서 돌아오면서, 하이드 파크 코너에 있는 시계를 지나갔죠, 당신 하얀 장갑의 감각을 기억해요? ……아버지는 공원에서 본 나이 든 공작을 기억했어요. 두 손가락을 그렇게 하고, 그는 모자에 손을 대었어요…… 저는 어머니 앨범을 가졌어요. 호수와 두 연인. 그녀는 바이런을 베꼈어요, 추측건대, 그 당시에 이탈리아 서체라고 하는 것으로 말이에요……"

"저 곡조는 뭐지요? '옛 켄트 거리에서 그들을 마주쳤다'군요. 나는 구두닦이 소년이 그것을 휘파람으로 불던 것을 기억해요, 아, 맙소사, 하인들…… 늙은 엘렌…… 1년 임금이 16파운드였어요. 그러곤 더운 물통들! 그리고 크리놀린들! 게다가 코르셋 조이는 덧댄 띠들도 있죠! 당신 수정궁[60], 그리고 폭죽을 기억하세요, 미라가 슬리퍼를 진창에서 어떻게 잃어버렸는지도 기억해요?"

"저건 젊은 자일스 부인이군요…… 나는 그녀 어머니를 기억하지요. 그녀는 인도에서 죽었어요…… 우리는, 제가 생각하기에, 그때 거대한 페티코트를 많이도 입었죠. 위생적이지 않다고요? 제가 감히 말하는데…… 그래요, 제 딸을 보세요. 오른쪽으로, 바로 당신 뒤에. 마흔이에요, 하지만 막대기처럼 가늘어요. 아파트마다 냉장고가 있어요…… 어머니는 저녁을 주문하는 데만 아침 반나

58 교수형을 당한 자들이라는 뜻.

59 런던 중앙부의 번화가를 이르는 이름이며, 오페라와 발레가 상연되는 것으로 유명한 로얄 오페라 하우스Royal Opera House의 다른 이름이기도 하다.

60 1851년에 세계 대박람회용으로 런던의 하이드 파크에 세워졌던 조립식 건물이다.

절이 걸렸어요…… 우리는 열한 명이었어요. 하인들을 포함하면, 가족이 열여덟이에요…… 이제는 사람들이 간단하게 가게에 전화를 해요…… 저기 자일스가 오네요, 맨레사 부인이랑. 그녀는 제가 마음에 두는 타입은 아니에요. 제가 틀릴지도 모르죠…… 메이휴 대령, 그리고 콥스 코너의 코빗 씨가 저기, 칠레 삼목 나무 아래에 있어요. 우리는 그를 자주 보지 못해요…… 바로 그런 점 때문에 좋은거죠, 사람들을 한데 모았다는 것. 우리 모두가 너무 바쁜 이런 시절에 말이에요, 그것이 우리가 원하는 거지요…… 프로그램? 당신 있으세요? 다음 순서가 무언지 봅시다…… 19세기…… 보세요, 합창단, 마을 사람들이, 이제 나오는군요, 나무 사이로. 우선, 개막사가 있어요……"

두터운 금색의 장식술로 꽃줄 장식을 한 빨간색 베이즈천으로 덮인 거대한 상자가 무대 한가운데로 옮겨졌다. 스커트들이 워석워석 스치고 의자들이 움직였다. 청중들은 급하게, 죄의식을 느끼며, 앉았다. 라 트롭 양의 눈이 그들 위에 있었다. 그녀는 그들이 얼굴을 진정시키도록 10초를 주었다. 그러곤 그녀는 자신의 손을 가볍게 흔들었다. 거만한 행진곡이 시끄럽게 울렸다. "굳건하고, 의기양양한, 대담하고 뻔뻔스러운," 등등…… 그리고 한 번 더 거대한 상징적 인물이 덤불에서 출현했다. 그것은 선술집 주인 버지였다. 하지만 변장을 잘해서 함께 밤마다 술을 마시던 친구들조차도 그를 끝내 알아보지 못했다, 그의 정체성을 탐문하는 약간의 소리죽인 웃음이 마을 사람들 간에 진행되었다. 그는 길고 까만 여러 겹의 망토를 입었는데, 방수가 되고, 반짝였으며, 의회 광장 조상彫像의 재질이었으며, 헬멧은 경찰관을 나타냈고, 한 줄의 메달이 가슴을 가로질러 걸려 있었다. 그리고 그는 오른손에 순경의 특별한 경찰봉을 한껏 뻗쳐서 들었다(공회당의 월

러트 씨가 빌려주었다). 그의 정체를 드러낸 것은 목소리, 두텁고 까만 솜 수염에서 나오는 거칠고 쉰 목소리였다.

"버지, 버지. 버지 씨군," 청중들이 속삭였다.

버지는 경찰봉을 뻗치면서 말했다.

하이드 파크 코너에서 교통을 지도하는 것은 쉬운 직업이 아니에요. 승합 자동차들과 승합 마차들. 모두 자갈 포장길을 덜걱덜걱거려요. 우측통행을 하세요, 알았죠? 여보시오 거기, 멈춰요!

(그는 경찰봉을 휘둘렀다.)

그녀가 가는군, 우산 든 노인이 기병의 바로 면전에서 말이야.

(경찰봉이 스위딘 부인을 뚜렷하게 가리켰다.)

그녀는 자신의 바싹 여윈 손을 치켜들었다, 마치 그녀가 정말로 순간의 충동에, 권위자가 당연히 분노하게, 조마조마하며 보도를 벗어나는 것처럼 말이다. 그녀를 잡아요, 자일스는 생각했다. 고모를 적대시하고 권위자의 편을 들었다.

안개가 끼거나 날씨가 좋거나, 저는 제 의무를 다합니다(버지는 계속했다). **피커딜리 서커스에서, 하이드 파크 코너에서, 여왕 폐하 제국의 교통을 지도하지요. 페르시아의 왕, 모로코의 술탄, 혹은 여왕 폐하 본인 자신일 수도 있고, 혹은 쿡의 관광객들**[61], **혹**

61 토머스 쿡(1808~1892), 세계 최초로 운임과 숙박비를 일괄 지급하는 단체 여행을 설립한 영국의 여행사 대리인이다.

인들, 백인들, 선원들, 군인들, 바다 건너 여왕의 제국을 선포하러 가는 이들일 수도 있죠. 그들 모두가 제 경찰봉의 지배에 복종합니다.

(그는 그것을 오른쪽에서 왼쪽으로 장엄하게 휘둘렀다.)

하지만 제 임무는 거기서 끝나지 않지요. 나는 여왕 폐하의 모든 백성들의 결백과 안전을 보호하고 감독할 책임을 집니다. 그들이 신과 인간의 법에 복종할 것을 주장하지요.

신과 인간의 법(그는 반복하면서 마치 법령을 찾아보려는 듯했고, 이제 아주 신중하게 바지 주머니에서 꺼낸 양피지 한 장에 몰두했다.)

일요일에는 교회에 가시오, 월요일에는, 9시 정각에, 도시 버스를 타시오. 화요일이리라, 런던시장 관저에서 죄인의 구원을 위한 회합에 참석하시오, 수요일 만찬에는 다른 회합—바다거북이 수프. 어떤 이들은 그것이 아일랜드에서일 거라고 걱정하지요. 기근, 페니어 회원[62]. 무엇이 아니겠어요. 목요일에는 페루의 원주민들을 보호하고 교정해야 합니다. 우리는 그들에게 정당한 것을 줍니다. 하지만 주목하시오, 우리 통치는 거기서 끝나지 않아요. 우리 제국은 기독교 국가예요, 백인 여왕 빅토리아가 지배하지요. 생각과 종교에 대해서, 마시는 것, 옷, 매너, 결혼에 대해서도 나는 경찰봉을 휘두릅니다. 번영과 훌륭함은 언제나, 우리가 알다시피, 서로 손을 맞잡고 가지요. 제국의 통치자는 오두막집을 감시해야만 해요, 부엌에서도 감시해야 하고, 거실, 서재, 하나나 둘, 나와 당신이 함께 모이는 곳 어디에서든 감시해야 해요.

62 아일랜드의 독립을 목적으로 주로 재미 아일랜드 사람들로 이루어진 비밀 결사.

순수가 우리의 슬로건이에요. 번영과 훌륭함, 아니라면, 글쎄, 그들이 괴로워하게 내버려둬요……

(그는 잠시 멈추었다—아니, 그가 대사를 잊어버리지는 않았다.)

크리플게이트, 자일스 성당[63], 화이트채플[64], 마이노리즈에서 말입니다. 그들이 광산에서 땀 흘리고, 베틀 기계에서 기침하고, 정당하게 그들의 운명을 참게 합시다. 그것이 제국의 대가예요, 그것이 백인의 짐이죠. 그리고, 내가 당신에게 말할 수 있는데, 하이드 파크 코너에서, 피커딜리 서커스에서, 질서정연하게 교통을 지도하는 것은 언제나, 백인의 임무입니다.

신분이 높은 지배자의 모습으로, 눈을 부라리면서 그는 대좌에서 잠시 멈추었다. 방수처리된 펜던트에 경찰봉을 뻗친 그는 남자로서 아주 멋진 인물이었다, 모두 동의했다. 단지 소나기가 오고, 비둘기가 머리 주위를 날고 세인트 폴 성당과 대수도원의 종소리가 울리기만 하면 빅토리아 시대의 경관과 꼭 닮게 변형되리라, 그래서 머핀 장수가 흔드는 종이 울리고 빅토리아 시대 번

63 현재 런던의 바비칸Barbican(일종의 예술 센터)에 남아 있는 몇 안 되는 중세교회 중 하나이다. 색슨시대부터의 교회 자리에 세워져 자일스 성자(거지들과 불구자들을 보호하는 성자)에게 헌납되었다. 크리플게이트는 크리플(불구자들)과는 상관이 없다. 물론 불구자들이 크리플게이트에서 도시를 들고 나는 사람들에게 구걸했겠지만, 이 단어는 앵글로색슨의 단어인 "크루플게이트"에서 왔고, 이 단어는 마을의 성문인 크리플게이트에서 도시 성곽의 망루인 바비칸에 이르는 길고 좁은 지하 굴을 의미한다. 그러므로 교회는 도시 안이 아니라 성곽 바깥쪽, 크리플게이트에 있었다.

64 런던 동쪽의 가난한 우범지역이다. 이곳은 빅토리아 시대(1888)에 잭 더 리퍼의 살인 사건으로 유명하다. 마이노리즈는 화이트채플에 있는 길 중 하나이다. 소설 속 연극에서, 버지는 빅토리아 시대의 번영과 존경에 참여하지 않는 자들은 자일스 성자의 교회가 있는 크리플게이트나, 이런 지역들에서 살라고 말하는 것이다.

영의 진짜 절정기에 교회 종소리가 울려퍼지는 안개낀 런던 오후로 그들을 데려가리라.

중단되었다. 순례자들이 나무들 사이를 들락날락하며 누비듯이 빠져나갈 때, 노랫소리가 들렸다. 하지만 말은 들리지 않았다. 청중은 앉아 기다렸다.

"쯧-쯧-쯧," 린 존스 부인이 충고했다. "그들 중에는 저명한 사람들이 있었어……" 그녀는 왜인지는 알 수 없었지만, 어쩐 일인지 자신의 아버지, 그러므로 자신을 비웃는다고 느꼈다.

에티 스프링겟 또한 쯧쯧거렸다. 하지만, 정말로 아이들이 광산에서 광차를 끌었다, 수치스러운 일이었다, 하지만 아버지는 저녁 식사 후에 큰 소리로 월터 스콧을 읽었다. 궁전에서는 이혼한 귀부인들은 환영하지 않았다. 어떤 결론이건 도달하는 게 얼마나 어려운지! 그녀는 그들이 서둘러 다음 장면으로 가기를 바랐다. 그녀는 정확하게 무엇을 의미했는지 알고 극장을 떠나는 것을 좋아했다. 물론 이것은 마을극에 불과했지만…… 그들은 빨간색의 베이즈 상자 주위에 다른 장면을 설치하고 있었다. 그녀는 프로그램에서 소리 내어 읽었다.

"피크닉 파티. 1860년경. 장면: 호수. 인물들—"

그녀는 멈추었다. 종이 한 장이 테라스 위에 펼쳐졌다. 그것은 분명히 호수였다. 대충 그려진 잔물결이 물을 재현했다. 저 초록색의 말뚝들은 애기부들이었다. 다소 어여쁘게, 진짜 제비들이 종이를 가로질러 휙 날아갔다.

"보세요, 미니!" 그녀는 탄성을 질렀다. "저들은 진짜 제비네요!"

"쉬, 쉬," 그녀는 주의를 들었다. 왜냐하면 장면이 시작되었다. 위는 넓고 밑은 좁은 바지를 입은, 긴 구레나룻이 있는 젊은 남자가 징이 박힌 지팡이를 들고서 호숫가에 나타났다.

에드가 티 ……제가 도울게요, 하드캐슬 양! 됐어요!

(그는 크리놀린을 입고 버섯색의 모자를 쓴 젊은 숙녀 엘리너 하드캐슬 양을 꼭대기에 올라가도록 돕는다. 그들은 잠시 동안 약간 숨을 헐떡이면서, 전망을 바라보며 서 있다.)

엘리너 **나무들 사이 교회가 얼마나 조그맣게 내려다보이는지요!**

에드가 ……**그래 이것이 방랑자의 우물, 밀회 장소군요.**

엘리너 ……**제발 쏘롤드 씨. 다른 이들이 오기 전에 당신이 말하던 것을 끝내세요. 당신이 말씀하시기를, "삶에서 우리 목표는……"**

에드가 ……**우리 동료 인간들을 돕는 것이지요.**

엘리너 ……(깊이 한숨을 쉬면서) **얼마나 진실인가—얼마나 심오한 진실인가!**

에드가 ……**왜 한숨을 쉬죠, 하드캐슬 양? 당신은 자신을 나무랄 일이 하나도 없어요, 당신 삶 전부를 다른 이들에게 봉사하면서 보내시잖아요. 제가 생각하는 것은 제 자신이랍니다. 저는 더 이상 젊지 않아요. 스물네 살에 인생의 전성기는 끝났지요. 제 삶은** (그는 호수에 조약돌 하나를 던진다) **물 위의 잔물결처럼 지나갔어요.**

엘리너 **아아 쏘롤드 씨, 당신 저를 알지 못해요. 겉으로 보이는 모습이 제가 아니랍니다. 저 또한—**

에드가 ……**그런 말 하지 마세요, 하드캐슬 양—아니에요, 저는 그것을 믿을 수 없어요—당신은 의심하셨어요?**

엘리너 **고맙지만 그게 아니에요, 그게 아니에요…… 안전하게 비호받지만, 언제나 집에 있어요, 당신이 저를 보다시피, 당신**

이 저를 생각하는 것처럼 말이에요. 아, 제가 무슨 말을 하고 있지요? 그렇지만 좋아요, 저는 진실을 말하겠어요, 어머니가 오시기 전에. 저 또한 이교도들을 개종하기를 열망한답니다!

에드가 ……하드캐슬 양…… 엘리너…… 당신은 저를 유혹하시는군요! 제가 감히 당신에게 요청할 수 있을까요? 아니 —너무도 젊고, 너무도 아름답고, 너무도 순결해요. 제가 당신에게 탄원하건대, 대답하기 전에 생각하세요.

엘리너 ……생각하고 있었어요 —무릎을 꿇고!

에드가 ……(주머니에서 반지를 꺼내며) 그러면…… 제 어머니가 마지막 숨을 거두면서 이 반지를 이런 사람에게만 주라고 명하셨어요, 아프리카 사막의 이교도들 가운데서 평생을—

엘리너 (반지를 받으며) 완벽한 행복이죠! 그러나 쉬잇! (그녀는 반지를 주머니에다 살짝 넣었다.) 어머니세요! (그들은 깜짝 놀라며 떨어진다.)

(하드캐슬 부인이 들어온다, 검은 상복을 입은, 체구가 강건한 귀부인으로, 당나귀를 타고, 사슴 사냥꾼 모자를 쓴 나이 든 신사의 호위를 받았다.)

하드캐슬 부인 ……그래 너희들이 우리를 앞질렀군, 젊은이들. 존 경, 당신과 제가 언제나 정상에 첫 번째로 오르던 때가 있었지요, 이제는……

(그는 그녀가 내리도록 돕는다. 아이들, 젊은 남자들, 젊은 여자들이 잇따랐고, 어떤 이는 식료품 바구니, 어떤 이는 나비채, 다른 이들은 작은 망원경, 다른 이들은 주석 식물학 상자를 운반하며

도착했다. 깔개가 호수 곁에 펴졌고 하드캐슬 부인과 존 경이 휴대용 접는 의자에 앉는다.)

하드캐슬 부인 ……**자, 누가 주전자를 채울까? 누가 나뭇가지를 모을까? 알프레드** (작은 소년에게), **나비를 쫓으면서 주위를 뛰어다니지 마라, 아니면 너는 아프게 될 거야…… 존 경과 나는 식료품 바구니를 풀겠어, 여기 풀이 탄 곳, 우리가 작년에 피크닉을 했던 곳에서 말이야.**

(젊은이들은 각기 다른 방향으로 흩어진다. 하드캐슬 부인과 존 경은 식료품 바구니를 풀기 시작한다.)

하드캐슬 부인 ……**작년에는 가련하고 정겨운 비치 씨가 우리와 함께 했지요. 그것은 축복받은 해방의 순간이었어요.** (그녀는 까만 테를 두른 손수건을 꺼내 눈을 훔친다.) **매년 우리 중 하나를 잃어요. 그건 햄이고…… 그건 닭이고…… 거기 그 묶음에는 사냥한 고기로 만든 파이가 있어요……** (그녀는 음식을 풀 위에 펼친다.) **제가 말했지요, 가련하고 정겨운 비치 씨가…… 크림이 응결되지 않았으면 정말 좋겠어요. 하드캐슬 씨가 붉은 포도주를 가져왔어요. 저는 언제나 그것은 그에게 맡기죠. 하드캐슬 씨가 로마인들에 대해서 피고트 씨와 말하게 되었을 때만…… 작년에 그들은 아주 언성을 높였죠…… 하지만 신사들이 취미를 갖는 것은 좋은 일이에요. 비록 그들이 먼지—해골들과 그런 류의 것들을 정말로 모은다고 해도요…… 그런데 제가 말하고 있었죠—가련하고 정겨운 비치 씨가…… 제가 당신에게 집안 친구로 묻고 싶어요** (그녀는 목소리를 낮춘다), **새 목사에 대해서요—우리**

얘기가 저들에게 들리지는 않겠죠, 그렇죠? 그래요, 그들은 나뭇가지를 줍고 있어요…… 작년에는 정말 낙담했어요, 막 물건들을 꺼내자…… 비가 왔어요. 그렇지만 당신에게 묻고 싶어요, 새로운 목사에 대해서요, 비치 씨 대신에 온 사람 말이에요. 이름이 십쏠프라고 들었어요. 아무렴, 제 생각이 맞았으면 좋겠어요, 왜냐하면 저는 그 이름의 처녀와 결혼한 사촌이 있거든요, 그리고 집안 친구로, 우리 너무 예법을 따지지 말죠…… 그리고 딸이 있는 사람은요—딸이 단지 하나시니, 존 경, 저는 당신이 부러워요, 저는 넷이에요! 그래서 저는 당신이 은밀히, 이 젊은—그것이 그의 이름이라면—십쏠프에 관해서 말씀해주셨으면 해요, 왜냐하면 제가 당신에게 해드릴 얘기가 있거든요. 그저께 포츠 부인이 우리 세탁물을 가져오는 길에 목사관을 지나가는데 그들이 가구를 풀더라고 우연히 말했어요. 그리고 그녀가 옷장 꼭대기에서 무엇을 보았겠어요? 차 보온 커버예요! 하지만 물론 그녀가 오해했을 수도 있어요…… 그렇지만 제가 당신에게 물어볼 생각이 났어요, 집안 친구로, 은밀히, 십쏠프 씨는 아내가 있나요?

여기서 빅토리아 시대의 망토를 입고, 긴 구레나룻에 실크 모자를 쓴 마을 사람들로 구성된 합창단이 일제히 노래했다.

오, 십쏠프 씨는 아내가 있는가? 십쏠프 씨는 아내가 있는가? 그것이 성가신 일, 골똘히 생각할 일, 코르크 마개의 나사 따개처럼, 올바른 수순을 거쳐야 할 일이다. 그렇게 빙빙 돌고 회전하면서 모성의 가슴에 겹겹으로 길이 펼쳐진다. 왜냐하면 어머니라면 물어야 하니까, 기둥이 네 개인, 깃털로 덮여 부풀어오른 가족 침대에서 수태한 딸이 있다면 말이다. 오, 그는 짐을 풀었는가, 기도

책과 예복용 흰 넥타이, 성직자 가운과 지팡이, 막대와 낚싯줄, 그리고 가족 앨범과 총. 그가 또한 결혼생활의 존경스러운 차 탁자의 징표, 인동덩굴을 돋을새김으로 꾸민 보온 덮개를 과시하는가. 십쏠프 씨는 아내가 있는가? 아, 십쏠프 씨는 아내가 있는가?

합창단이 노래하는 동안, 소풍객들이 모였다. 코르크 마개가 펑 소리를 냈다. 뇌조, 햄, 닭이 잘라졌다. 입술들이 우적우적 씹었다. 잔들이 비워졌다. 턱이 움직여 우적우적 씹는 소리와 잔의 땡그랑 소리 외에는 아무 소리도 들리지 않았다.

"저들은 정말 먹는군요." 린 존스 부인이 스프링겟 부인에게 속삭였다. "사실이네. 제가 감히 말하는데, 그들에게 아주 잘됐네요."

하드캐슬씨 ……(고기 조각을 수염에서 털어내면서) **자……**

"이제 뭐지?" 스프링겟 부인이 졸렬한 모조품이 더 나올 것을 기대하면서 속삭였다.

이제 우리가 안의 사람을 만족시켰으니, 영혼의 욕망을 만족시킵시다. 나는 젊은 숙녀 중 한 분이 노래하시기를 청합니다.

젊은 숙녀들의 합창 ……**아, 저는 아니에요…… 저는 아니에요…… 저는 정말 할 수 없어요…… 아니요, 잔인한 당신, 제가 목소리 잃은 것 당신도 아시잖아요…… 저는 악기 없이는 노래 못해요…… 등등.**

젊은 남자들의 합창 ……**아, 터무니없는 말! "여름의 마지막 장미"를 들읍시다. "나는 결코 사랑스런 가젤을 사랑한 적이 없어요"를 들읍시다.**

하드캐슬 부인 ……(권위있게) **엘리너와 밀드래드가 이제 "나는 나비가 되리라"를 부르겠습니다.**

(엘리너와 밀드래드가 유순히 일어나 이중창으로 "나는 나비가 되리라"를 부른다.)

하드캐슬 부인 ……**사랑스런 이들이여, 고맙습니다. 그리고 신사들, 우리의 조국이여!**

(아서와 에드가가 "지배하라, 브리타니아"를 부른다.)

하드캐슬 부인 ……**정말 고맙습니다. 하드캐슬 씨—**

하드캐슬 씨 (일어나서 자신의 화석을 꽉 잡으며) ……**기도합시다.**

(모인 모든 이들이 일어섰다.)

"이건 너무해, 너무해," 스프링겟 부인이 이의를 제기했다.

하드캐슬 씨 ……**전능하신 하느님, 모든 좋은 것을 주시는 이시여, 우리는 당신께 감사드립니다, 우리의 음식과 음료, 자연의 아름다움, 당신께서 우리에게 깨우쳐주시는 깨달음에 대해서 감사드립니다**(그는 화석을 만지작거린다). **그리고 당신의 위대한 선물인 평화에 대해서도요. 저희가 이 땅에서 당신의 종이 되게 허락해주옵소서. 당신의 빛을 퍼뜨리게 우리에게 허락하소서……**

여기서 바보 앨버트가 역을 맡은 당나귀의 궁둥이와 뒷다리가 움직이기 시작했다. 의도적인가 아니면 우연인가? "당나귀를 보세요! 당나귀를 봐요!" 킥킥 웃음소리가 하드캐슬 씨의 기도를 들리지 않게 했다. 그러다가 그가 말하는 것이 들렸다.

……당신의 은혜로 몸들이 상쾌해지고, 당신의 지혜를 마음에 품고 행복하게 집으로 돌아가게 하소서. 아멘.

화석을 자신 앞에 쥐고서, 하드캐슬 씨는 당당하게 걸었다. 당나귀는 잡혔고, 식료품 바구니가 실렸고, 행렬을 이루면서, 소풍객들은 산 너머로 사라지기 시작했다.

에드가 (엘리너와 함께 행렬 끝에 서서) **이교도들을 개종하기 위해서!**

엘리너 **우리 동료 인간들을 돕기 위해서!**

(배우들은 덤불 속으로 사라졌다.)

버지 **……시간이 됐어요, 신사님들, 시간이요 숙녀님들, 짐을 싸서 갈 시간이에요. 경찰봉을 손에 들고, 빅토리아 여왕 영토의 체면과, 번영과, 청정함을 보호하면서, 제가 서 있는 곳에서, 저는 제 앞을 봅니다**—(그는 가리켰다, 포인츠 홀이 있었다, 떼까마귀가 까악까악 울었고, 연기가 올랐다)—

'집, 즐거운 집.'

축음기가 선율을 끌어올렸다. **쾌락과 궁전, 등등을 통과하네. 집 같은 곳은 없다네.**

버지 **……집, 신사님들, 집, 숙녀님들, 짐을 싸서 집으로 갈 시간이에요. 화롯불이** (그는 가리켰다. 창문 하나가 발갛게 타올랐다) **훨씬 더 높게 타오르는 것이 보이지 않나요? 부엌, 그리고 육**

아실, 거실과 서재에서인가요? 저것이 집의 화롯불이에요. 그리고 보세요! 우리의 제인이 차를 가져와요. 이제 아이들아, 장난감들은 어디에 있지? 어머니, 뜨개질을 서두르세요. 여기 (그는 그의 경찰봉을 콥스 코너의 코빗에게 흔들었다) **생업자生業者가 오는군요, 도시에서 집으로, 계산대에서 집으로, 가게에서 집으로 말이에요. "어머니, 차 한 잔이요." "얘들아 내 주위에 모이렴. 내가 큰 소리로 읽어줄게. 어떤 것으로 할까? 신바드 선원 이야기? 아니면 성경에 나오는 어떤 단순한 이야기? 그리고 그림들을 보여줄까? 뭐라고, 다 싫다고? 그러면 집짓기를 가지고 오너라. 함께 짓자구나, 온실? 실험실? 기계공의 연구소? 아니면 타워로 할까? 꼭대기에는 우리 깃발이 있는 곳, 그곳에서 혼자된 우리 여왕이, 차를 마신 후, 황실의 고아들을 그녀 둘레에 불러모으죠? 왜냐하면 집이니까요, 숙녀님네들, 집 말이에요 신사님네들. 아무리 누추할지라도 집 같은 곳은 결단코 없답니다."**

축음기는 집, 즐거운 집을 떨면서 노래한다, 그리고 버지 씨는 약간 흔들흔들 하면서, 그의 상자에서 내려와 행렬을 따라서 무대 밖으로 나갔다.

막간이 있었다.

"아, 하지만 아름다웠어요," 린 존스 부인이 단언했다. 그녀는 집을 의미했다, 램프가 켜진 방, 진홍색 커튼들, 그리고 아버지는 큰 소리로 읽는다.

그들은 호수를 둘둘 말고 애기부들을 뿌리째 뽑았다. 진짜 제비들이 진짜 풀 위를 스쳐 지나갔다. 하지만 그녀는 여전히 집을 보고 있었다.

"그것은……" 그녀는 집을 가리키면서, 반복했다.

"싸구려에다 고약해, 나는 그렇게 생각해," 에티 스프링겟이 연극에 주의를 돌리면서 잘라 말했고, 다지의 초록색 바지, 점이 있는 타이, 그리고 단추를 채우지 않은 조끼를 심술궂게 흘끗 쳐다보았다.

그러나 린 존스 부인은 여전히 집을 보았다. 그녀는 깊이 생각했다, 버지의 빨간색 베이즈 박공벽이 말려 치워질 때, 집에는 어떤 것—순수하지 않지 않은 것, 그 단어가 아닌데—하지만 어쩌면 "위생적이지 않은" 것이 있지 않았을까? 구레나룻에 달라붙어, 하인들이 부르듯이, 시큼해진 고기 쪼가리 같은 것? 아니면, 왜 그것이 사라졌을까? 부엌 시계의 바늘처럼 시간은 계속 간다. (기계가 덤불에서 칙칙거렸다.) 만약 그들이 어떤 저항도 받지 않았다면, 아무것도 잘못되지 않았다면, 그들은 여전히 계속 돌아가고 있으리라고 그녀는 깊이 생각했다. 집은 남아 있을 거고, 아버지의 턱수염은, 그녀는 생각했다, 자라고 자랄 거야, 그리고 어머니의 뜨개질은—그녀는 그 뜨개질한 전부를 가지고 무얼 하지?—변화가 있어야만 해, 그녀는 자신에게 말했다, 아니면 아버지 턱수염이 몇 야드고 자랄 거고, 어머니 뜨개질도 그랬다. 요새 그녀 사위는 깨끗하게 면도했다. 딸은 냉장고가 있고…… 맙소사, 내 마음이 얼마나 헤매는지, 그녀는 자신을 제어했다. 그녀가 의미했던 것은, 변화가 있어야만 했다는 것이다, 사물이 완벽하지 않는 한 말이다, 완벽하다면 그들은 시간을 견디리라 그녀는 추정했다. 하늘은 변함이 없었다.

"그들이 저랬을까?" 이자는 갑자기 물었다. 그녀는 스위딘 부인이 마치 공룡이나 아주 작은 맘모스인 것처럼 그녀를 쳐다보았다. 그녀는 사멸해야만 했다, 왜냐하면 그녀는 빅토리아 여왕의 지배 아래 살았었으니 말이다.

똑딱, 똑딱, 똑딱, 덤불에서 기계 소리가 났다.

"빅토리아 시대 사람들이라," 스위딘 부인이 깊이 생각했다. "나는 믿지 않아," 그녀는 야릇한 작은 미소를 지으며 말했다, "그런 사람들이 살았던 적이 있다는 것을 말이야. 단지 너와 나 그리고 윌리엄이 다르게 옷을 입은 것이지."

"당신은 역사를 믿지 않는군요," 윌리엄이 말했다.

무대는 계속 비어 있었다. 소들이 들판에서 움직였다. 나무 아래 그림자는 더 짙어졌다.

그녀는 자신의 십자가를 쓰다듬었다. 그녀는 막연히 전망을 응시했다. 그녀가 상상력으로 — 하나를 만드는 — 순환성의 여정을 떠났다고, 그들은 짐작했다. 양들, 소들, 풀, 나무들, 우리 자신들 — 모두가 하나였다. 일치하지 않는다면, 조화를 만들어낸다 — 우리에게는 아니라면, 거대한 머리에 부착된 거대한 귀에는 그랬다. 그래서 — 그녀는 관대하게 미소 지었다 — 특별한 양, 소 혹은 인간의 고통은 필요했다, 그래서 — 그녀는 멀리 있는 금칠한 바람개비를 보면서 천사같이 밝게 미소 지었다 — 모두가 조화롭다는 결론에 우리는 도달했다, 우리가 그것을 들을 수 있다면 말이다. 그리고 우리는 그럴 것이다. 그녀 눈은 이제 하얀 구름 정상에 머물렀다. 그래, 만약 그 생각이 그녀를 위로해준다면, 윌리엄과 이자는 그녀를 가로질러 서로 미소 지었다, 그녀가 그렇게 생각하도록 내버려두자.

똑딱, 똑딱, 똑딱 기계 소리가 반복되었다.

"그녀가 무엇을 의미하는지 알겠어?" 스위딘 부인이 갑자기 착륙하면서 말했다. "라 트롭 양의 의미 말이야?"

눈을 이리저리 굴리고 있던 이자는 머리를 흔들었다.

"하지만 셰익스피어에 대해서도 똑같이 말할 수 있을 거야," 스위딘 부인이 말했다.

"셰익스피어와 뮤지컬 쌍안경!" 맨레사 부인이 끼어들었다. "어머나, 당신들 모두 저를 얼마나 야만인처럼 느끼게 하는지!"

그녀는 자일스에게 향했다. 유쾌한 인간 마음에 대한 이 공격에 대항해서 그녀는 그의 도움을 호소했다.

"객쩍은 소리," 자일스가 중얼거렸다.

어떤 것도 무대에 나타나지 않았다.

빨강과 초록 빛살이 맨레사 부인 손가락의 반지들에서 번쩍였다. 그는 그들로부터 루시 고모를 쳐다보았다. 그녀에게서 윌리엄 다지에게로. 그에게서 이자에게로. 그녀는 그와 눈을 마주치는 것을 거부했다. 그리고 그는 피로 더렵혀진 자신의 테니스 신발을 내려다보았다.

그는 말했다(소리없이), "나는 지독히 불행해요."

"나도 그래요," 다지가 그대로 되풀이했다.

"그리고 나 역시 그래요," 이자가 생각했다.

그들은 모두 잡혀서 감금되어 있었다, 포로들이었다, 광경을 바라보고 있었다. 아무 일도 일어나지 않았다. 기계의 똑딱 소리만 미친듯이 울려댔다.

"계속 가, 작은 당나귀야," 이자가 중얼거렸다, "사막을 가로질러서…… 네 짐을 짊어지고……"

그녀는 입술이 움직일 때 다지의 눈이 자신에게 머무는 것을 느꼈다. 언제나 어떤 차가운 눈길이 겨울 금파리처럼 표면 위를 기어갔다! 그녀는 그를 털어버렸다.

"얼마나 시간이 걸리는 거야!" 그녀는 애가 타서 외쳤다.

"또다른 막간," 다지가 프로그램을 보면서 소리 내어 읽었다.

"그럼 그 다음에는, 뭐죠?" 루시가 물었다.

"현재, 우리 자신들," 그가 읽었다.

"그것이 끝이기를 신께 기원하죠," 자일스가 무뚝뚝하게 말했다.

"정말이지 당신은 버릇이 없군요," 맨레사 부인이 그녀의 작은 소년, 자신의 골난 영웅을 꾸짖었다.

아무도 움직이지 않았다. 거기에 그들은 앉아서, 빈 무대를, 소들을, 초원과 전망을 직시하고 있었고, 그동안에 기계는 덤불에서 똑딱거렸다.

"목표가 뭐지," 갑자기 일어나면서, 바솔러뮤가 말했다, "이 여흥 말이야?"

"이익은," 이자는 자신의 더럽혀진 복사지에서 소리 내어 읽었다, "교회에 전깃불을 설치하는 자금으로 쓰이게 되어 있어요."

"우리 마을의 모든 축제들은," 올리버 씨가 맨레사 부인에게 돌아서면서 분개하여 코를 씨근거렸다, "돈을 요구하면서 끝난답니다."

"물론, 물론이죠," 그녀는 그가 엄격한 데 반대하고, 자신의 구슬 달린 가방 속에 들어 있는 동전을 짤랑거리면서 중얼거렸다.

"영국에서는 아무것도 거저 이루어지지 않아요," 늙은 남자는 계속했다. 맨레사 부인은 이의를 제기했다. 아마도, 빅토리아 시대 사람들은 그랬는지 몰라요, 하지만 분명히 우리들은 아니잖아요? 정말로 우리가 사욕이 없다고 그녀는 믿었는가? 올리버 씨가 물었다.

"아, 당신은 제 남편을 몰라요!" 야생아가, 어떤 자세를 취하면서 외쳤다.

감탄스러운 여자야! 시간이 자명종처럼 울릴 때 그녀가 홰를 쳐서 시간을 알릴 것을 믿을 수 있어, 종이 울리면 옛날 승합 자동차의 말처럼 멈출 것도 믿을 수 있지. 올리버 씨는 아무 말도 하지 않았다. 맨레사 부인은 거울을 꺼내서 얼굴을 매만졌다.

그들 모두 안절부절못했다. 그들은 세상에 드러난 채 앉아 있었다. 기계가 똑딱거렸다. 음악도 없었다. 큰길에서 차들 경적소리가 들렸다. 그리고 나무들의 워석워석 하는 소리. 그들은 이것도 저것도 아니었다, 빅토리아 시대 사람들도 아니었으며 그들 자신들도 아니었다. 그들은 존재도 없이, 지옥과 천국 사이 림보[65]에 매달려 있었다. 기계가 똑딱, 똑딱, 똑딱거렸다.

이자는 안절부절못하며 그녀 어깨 너머로 오른쪽 그리고 왼쪽을 흘끗 쳐다보았다.

"넷하고 스무 마리의 지빠귀가 한줄에 묶였어요," 그녀는 중얼거렸다.

"타조와, 독수리, 사형집행인이 내려왔죠,
'너희 중 누가 여물었니,' 그가 말했죠, '내 파이에 굽게 말이야?'
너희 중 누가 여물었어, 너희 중 누가 준비가 되었어,
나의 멋진 신사양반이여 오세요,
나의 어여쁜 숙녀여 오세요……"

그녀는 그들을 얼마나 오래 기다리게 할 작정인가? "현재. 우리 자신들." 그들은 프로그램에 있는 것을 소리 내어 읽었다. 그러곤 그들은 다음 것을 읽었다. "이익은 교회 전깃불을 설치하는 자금으로 쓰이게 되어 있습니다." 교회가 어디에 있지? 저 너머에. 나무들 사이로 첨탑을 볼 수 있었다.

"우리 자신들……" 그들은 프로그램으로 돌아왔다. 하지만 그녀가 우리 자신들에 대해서 무엇을 알 수 있단 말이지? 엘리자베

65 지옥과 천국 사이에 있으며, 기독교를 믿을 기회를 얻지 못했던 착한 사람 또는 세례를 받지 못한 어린아이들의 영혼이 머무는 곳인데, 여기서는 이것도 저것도 아닌 어정쩡한 중간 상태를 나타내는 말이다.

스 시대 사람들, 그럴 수 있어, 빅토리아 시대 사람들, 어쩌면. 하지만 1939년 6월 어느 날 여기 앉아 있는, 우리 자신들 말이야—그건 엉뚱했다. "나 자신"—그건 불가능하지. 다른 사람들이라면, 어쩌면…… 콥스 코너의 코빗, 대령, 늙은 바솔러뮤, 스위딘 부인—그들이라면, 어쩌면. 하지만 그녀가 나를 그릴 수는 없지—아니, 나는 아니지. 청중들은 안절부절못했다. 웃음소리가 덤불에서 들렸다. 하지만 어떤 것도 무대 위에 나타나지 않았다.

"그녀는 왜 우리를 기다리게 잡아두는 거지?" 메이휴 대령이 안절부절못하며 물었다. "현재라면 그들은 분장할 필요가 없잖아."

메이휴 부인도 동의했다. 물론 그녀가 거대한 앙상블로 연극을 끝맺을 예정이 아니라면 말이다. 육군, 해군, 영국 국기, 그리고 그들 뒤에 아마도—만약 자신의 야외극이었더라면 메이휴 부인은 자신이 계획했을 일의 윤곽을 대략 그렸다—교회가 등장할 것이다. 판지로 만든. 한쪽 창문은, 동쪽을 향하게 하고, 밝게 조명해서 상징하도록—때가 되면 그녀는 상징할 것을 강구해낼 수 있으리라.

"저기 나무 뒤에, 그녀가 있어요." 그녀는 라 트롭 양을 가리키면서 속삭였다.

라 트롭 양은 눈으로는 대본을 보면서 거기에 서 있었다. "빅토리아 시대 다음에," 그녀는 썼었다, "10분 간의 현재를 시도하라. 제비들, 소들, 등등." 그녀는 그들을 폭로하기 원했다, 말하자면, 현재의 실제를 가지고, 그들을 관주하길 원했다. 하지만 실험하는 데 뭔가가 잘못되었다. "실제는 너무 강렬해," 그녀는 중얼거렸다. "빌어먹을!" 그녀는 그들이 느끼는 것을 전부 느낄 수 있었다. 청중들은 악마였다. 아, 청중들 없이 연극을 하나 쓸 수 있다면—진짜 연극을 말이다. 하지만 여기서 그녀는 자신의 청중과 대치하고 있었다. 매순간마다 그들은 올가미를 빠져나가고 있었다. 그녀의 작은 게임은 잘못돼가고 있었다. 그녀가 나무들 사이에 걸 수 있는 배경막만 있었더라면 — 소들, 제비들, 현재를 차단하게 말이다! 하지만 그녀는 아무것도 없었다. 그녀는 음악을 금했다. 나무껍질에 자신의 손가락을 문지르면서, 그녀는 청중을 저주했다. 공포가 그녀를 사로잡았다. 피가 그녀 신발에서 쏟아져나오는 것 같았다. 이것은 죽음, 죽음, 죽음이야, 그녀는 마음의 가장자리에다 적어두었다, 환상이 실패할 때 그랬다. 손을 들어올릴 수 없어서, 그녀는 청중들을 직면하고 서 있었다.

그러곤 소나기가 쏟아졌다, 갑자기, 엄청나게.

아무도 구름이 몰려오는 것을 보지 못했다. 그것은 그들 위에 시커멓게 부풀어 있었다. 세상의 모든 이들이 눈물을 흘리는 것처럼 쏟아져내렸다. 눈물, 눈물, 눈물.

"아, 우리 인간의 고통이 여기서 끝날 수 있다면!" 이자는 속삭였다. 위를 올려다보면서 그녀는 커다란 두 방울의 빗물을 얼굴 전부로 받아들였다. 그들은 마치 그녀 자신의 눈물인 양 볼을 타고 줄줄 흘러내렸다. 하지만 그것은 모든 사람들을 위해서 흘리는, 모든 사람들의 눈물이었다. 손들을 들어올렸다. 여기저기서 우산이 펴졌다. 비는 갑작스러웠고 어디에나 내렸다. 그러다가 멈추었다. 풀밭에서 상쾌한 흙내음이 올라왔다.

"그게 도움이 되었군," 뺨위의 빗방울을 훔치면서, 라 트롭 양이 한숨지었다. 자연이 다시 한 번 자신의 역할을 해냈다. 노천에서 연극을 하면서 그녀가 위험을 무릅쓴 것이 옳았음이 입증되었다. 그녀는 자신의 대본을 머리 위로 쳐들었다. 음악이 시작되었다 — 에이.비.씨 — 에이.비.씨. 선율은 매우 단순했다. 그리고 이제 소나기가 쏟아졌기 때문에, 다른 목소리가 말했다, 어떤 이의 목소리도 아닌 목소리였다. 그리고 끝없는 인간의 고통 때문에 눈물 흘리는 목소리가 말했다.

왕은 돈을 세면서,
집무실에 있어요,
왕비는 거실에 있어요……

"아, 나의 인생이 여기서 끝날 수 있다면," 이자는 속삭였다(입술을 움직이지 않으려고 조심하면서). 만약 그렇게 해서 눈물이 그칠 수 있다면, 그녀는 기꺼이 이 목소리에 그녀 보물 전부를 부여하리라. 만약 그렇게 해서 눈물이 그칠 수만 있다면 말이다. 소리를 약간만 뒤틀어도 그녀 전부를 가질 수 있을 것이다. 비로 흠뻑 젖은 땅의 제단 위에 그녀는 자신의 제물을 내려놓으리라……

"아, 보세요!" 그녀는 큰 소리로 외쳤다.

그것은 사다리였다. 그리고 저것(거칠게 칠을 한 천)은 벽이었다. 그러곤 등에 나무통을 멘 한 남자. 보도기자인 페이지 씨는 연필에 침을 묻혀가며 적어두었다. "마음대로 할 수 있는, 아주 제한된 자금력을 가지고, 라 트롭 양은 청중에게 몰락한 문명(벽)을 전했다. 인간의 노력으로 재건한다(나무통을 멘 인간을 보아라), 또한 벽돌을 건네주는 여자를 보아라. 어떤 바보라도 그것을 파악할 수 있었다. 이제 보풀 같은 가발을 쓴 흑인이 나타났다, 은빛 터번을 두른 커피색 피부의 흑인, 그들은 어쩌면 ……의 연맹을 나타내나……"

박수갈채가 터져나오면서 우리 자신들에게 바치는 이런 기쁜 찬사를 반겼다. 물론 조야했다. 하지만 그래도 그녀는 비용을 낮추어야만 했다. 칠을 한 천이 전달해야만 했다, 『타임스』지와 전보가 모두 그들의 사설에서 바로 그날 아침에 말했던 것을 말이다.
곡조가 우물쭈물하듯 흘러나왔다.

왕은 돈을 세면서
집무실에 있고요,
여왕은 거실에 있어요
먹으면서……

갑자기 곡이 멈추었다. 곡조가 바뀌었다. 왈츠, 그런가? 무슨 곡인지 반은 알겠는데, 반은 알 수 없었다. 제비가 거기에 춤을 추었다. 둥글게 둥글게, 안으로 밖으로 그들은 스치듯 날았다. 진짜 제비들이었다. 뒤로 물러갔다가는 앞으로 나아갔다. 그리고 나무들, 아, 나무들은, 평의회의 원로 의원들 혹은 어떤 대성당의 일정한 간격을 둔 기둥들처럼 얼마나 엄숙하고 진지한지…… 그랬다, 그들은 음악을 가로막았고, 한 덩어리로 만들어서 축적했고, 유동적인 것이 흘러넘치는 것을 막았다. 저들은 제비들, 아니 흰털발제비들인가? 사원을 떠나지 않는 흰털발제비들이 왔고, 그들은 언제나 왔었다…… 그랬다, 벽 위에 앉아서, 그들은 『타임스』지가 어제 얘기했던 것을 예언하는 것 같았다. 집들이 지어질 것이다. 매 아파트마다 냉장고가 갈라진 담 안에 있으리라. 우리들 각자는 자유인이다, 접시들은 기계가 씻는다, 비행기 한 대도 우리를 괴롭히지 않으며, 모두 해방되고, 완벽해지리라……
곡조가 바뀌었다, 딱 하고 꺾이고, 깨어지고, 들쭉날쭉했다. 폭스 트롯, 그런가? 재즈인가? 어쨌든 리듬은 반동하고, 높아지고, 짧게 끊겼다. 얼마나 귀에 거슬리는 난조亂調인지! 그래, 그녀가 마음대로 할 수 있는 자력資力을 생각하면, 너무 많은 것을 요구할 수는 없지. 얼마나 째지는 소리, 귀에 거슬리는 소리인지! 아무것도 끝나지 않았어. 너무도 갑작스러워. 그리고 원형이 훼손되었다. 그런 지독한 능욕, 그런 지독한 모멸감이라니. 그리고 분명하지조차 않아. 아주 첨단이지만, 매한가지야. 그녀는 무슨 게임을 하는 걸까? 분열시키기 위해서인가? 천천히 달리고 빨리 걸어? 급히 움직이고 능글맞게 웃어? 손가락을 코에다 대? 곁눈질을 하고 엿봐? 우뚝 솟아서는 몰래 감시해? 아, 아, 단지 잠시 동안만, 고마워라, "젊은이들"인 세대의 불경함이라니. 만들 수는 없고, 단지 부술 수만 있는 젊은이들 말이야, 예전의 비전들을 산산조각으로 부순다, 완전하던 것을 분자들로 박살낸다. 얼마나 째지고, 얼마나 덜걱거리고, 얼마나 딱딱거리는지 — 그들이 나무에서 나무로 훨훨 날아다니며 웃는 새를 딱따구리라고 부르듯이 말이야.

보세요! 밖으로 그들이 나와요, 덤불에서, 하층민. 아이들? 꼬마 도깨비들 — 요정들 — 악마들. 무엇을 들었죠? 주석 깡통들? 침실의 촛불? 오래된 항아리들? 어머나, 저건 목사관에서 가져온 전신을 비추는 큰 거울이에요! 그리고 내가 그녀에게 빌려준 거울. 내 어머니 것. 깨진 거울. 무슨 생각이지? 아마도, 우리 자신을 충분히 비출 수 있는 밝은 것은 무엇이든지?

우리 자신들! 우리 자신들!

밖으로 그들은 뛰어나왔고, 갑자기 움직이고, 깡충깡충 뛰었다. 번쩍이고, 눈부시게 하고, 춤추고, 펄쩍펄쩍 뛰었다. 자 늙은 바트 씨…… 그가 잡혔군. 이제 맨레사. 여기 코가…… 저긴 스커트가…… 그러곤 바지만…… 이제 어쩌면 얼굴을…… 우리 자신들? 하지만 그것은 잔인했다. 우리가 가장할 시간을 갖기도 전에 우리를 있는 그대로 낚아채다니…… 그리고 단지 부분들만…… 그것은 너무도 왜곡되고 당황스럽게 하는, 전적으로 공정치 않은 것이었다.

닦아내고, 베어내고, 휘젓고, 뛰놀며, 거울들이 돌진하고, 번쩍이고, 폭로하였다. 뒷줄에 있는 사람들은 놀이를 보려고 일어섰다. 그들은 다시 주저앉았고, 그들 자신이 잡혔다…… 얼마나 끔찍한 폭로인지! 추측건대, 얼굴에 대해서 더 이상 어떤 관심도 없는 늙은 사람들조차도…… 그리고 오오, 귀에 거슬리는 소리와 소음! 바로 소들도 가세했다. 들먹들먹 움직이며, 꼬리를 내려치면서, 자연의 침묵이 깨졌고, 만물의 영장인 인간을 야수로부터 나누어야만 하는 장벽이 용해되었다. 그때 개들이 가세했다. 소동으로 흥분해서, 허둥지둥 달리고 집적거리며, 여기 그들이 온다! 저들을 보라! 그리고 사냥개, 아프가니스탄의 사냥개…… 그를 보라!

그때 한 번 더, 이때 즈음 거의 통제할 수 없는 소동 속에, 이름이 무언가 하는 아가씨가 나무 뒤에 선 채 덤불에서 소환하는 것을 보아라—혹은 그들이 도망나오는 것인가—베스 여왕, 앤 여왕, 그리고 산책길의 소녀, 그리고 이성의 시대, 그리고 경찰관 버지. 여기 그들이 오네. 그리고 순례자들. 그리고 연인들. 그리고 할아버지의 시계. 그리고 수염이 있는 늙은 남자. 그들 모두 나왔다. 더군다나, 각각 그들의 역할에서 어떤 문구나 파편들을 낭독하네…… **저는 제 정신이** (한 사람이 말했다) **아니에요…… 다른 이가 말하기를, 저는 이성입니다…… 그리고 저는? 저는 최상층의 늙은이에요…… 사냥꾼은 집에 있어요. 언덕에서 집으로…… 집? 광부들이 땀 흘리고 신참 신앙이 상스럽게 매매되는…… 즐겁고 나지막한, 즐겁고 나지막한, 서쪽 바다의 바람…… 내 앞에 보이는 것이 단도인가요? ……부엉이가 부엉부엉 울고 담쟁이덩굴은 유**

리창에 똑똑-똑똑-똑똑 두드리는 것을 흉내 낸다…… 내가 죽도록 사랑하는 귀부인이시여, 당신의 방을 떠나서 오세요…… 벌레가 수의를 짜는 곳에…… 나는 나비가 되리라. 나는 나비가 되리라…… 당신 뜻에 우리의 평화가 있습니다…… 자, 아버지, 당신의 책을 들고 큰 소리로 읽으세요…… 들어보세요, 들어요, 개들이 진짜 짖고, 거지들은……

전신을 비추는 거울은 너무 무거운 것으로 판명되었다. 젊은 본쓰롭은 근육에도 불구하고 그 빌어먹을 것을 더 이상 무리하게 끌고갈 수 없었다. 그는 멈추었다. 그들 모두 또한 그랬다—손거울들, 주석 깡통들, 부엌 싱크대 유리 조각들, 마구馬具방 거울, 그리고 육중하게 돋을새김을 한 거울들—모두 멈추었다. 그리고 청중들은 자신을 보았다, 결코 전체가 아니었다, 하지만 어쨌든 조용히 앉아 있었다.

시계바늘은 현재 순간에 멈춰 있었다. 지금이었다. 우리 자신들이었다.

그래 그것이 그녀의 작은 게임이로군! 여기 있는 상태, 우리 있는 그대로, 우리를 드러내는 것 말이야. 모두 움직였고, 멋을 부렸고, 점잔빼며 말했으며, 손을 올렸고, 다리를 이동시켰다. 바트조차도, 루시조차도, 외면했다. 모두 그들 자신을 피하거나 가렸다—맨레사 부인을 제외하고 말이다, 그녀는 거울 속 자신을 향하고, 그것을 거울로 사용했다, 그녀 거울을 꺼내서, 코에 파우더를 바르고, 그리고 산들바람에 흐트러진 고수머리를 제자리로 옮겼다.

"훌륭해!" 늙은 바솔러뮤가 외쳤다. 그녀 혼자서 부끄러워하지 않고 자신의 정체성을 보존했으며 자신을 무시하지 않고 직면했다. 차분히 그녀는 자신의 입술을 붉게 칠했다.

거울을 든 이들이 웅크리고 앉았다, 악의있고, 관찰력이 예리하고, 기대에 차 있으며, 해설하는 듯했다.

"저게 그들이로군," 뒷줄에서 소리를 죽이고 웃었다. "우리가 이런 악의에 찬 모욕을 저항 없이 감수해야만 하나요?" 앞줄이 물었다. 각기 외면상으로는 말하려고 돌아섰다—아, 뭐든지 편리하게 나오는 말을—자신의 이웃에게 하려고 말이다. 각기 꼬치꼬치 캐묻는 모욕적인 눈 너머로 일이 인치를 이동하려고 노력했다. 어떤 이는 가려는 듯이 움직였다.

"연극은 끝났어, 난 그렇게 믿어," 메이휴 대령이 모자를 들어 올리며 투덜거렸다. "시간이 되었어……"

하지만 그들이 어떤 공통의 결론에 이르기 전에, 한 목소리가 자신의 의견을 주장했다. 누구의 목소리인지 아무도 몰랐다. 그것은 덤불에서 나왔는데, 확성기로 말하는, 익명의, 커다랗고 단호한 목소리였다. 그 목소리는 말했다.

우리가 헤어지기 전에, 숙녀님들과 신사님들, 우리가 가기 전에…… (일어섰던 이들이 앉았다) **……한 음절로 된 단어들로 말합시다, 윤색하거나, 채워넣거나, 위선적인 말투 없이 말입니다. 리듬을 깨고 운문을 잊어버립시다. 그리고 차분히 우리 자신들을 생각합시다. 우리 자신들. 어떤 이는 말랐습니다. 어떤 이는 뚱뚱합니다.** (거울이 이것을 확증했다.) **우리들 대부분은 거짓말쟁이들이죠. 또한 도둑들이죠.** (거울은 이것에 대해서는 아무런 논평도 하지 않았다.) **가난한 이들은 부자들만큼이나 나쁩니다. 아마 더 나쁠걸요. 누더기 사이로 숨지 마세요. 아니면 제복이 우리를 보호하게 하세요. 아니면 책에서 배운 내용으로, 아니면 피아노를 능숙하게 연습하는 것으로, 혹은 색을 칠하는 것으로 말이에요. 혹은 어린 시절에는 순수함이 있다고 가정하세요. 양을 생**

각하세요. 아니면 사랑을 믿으세요. 개를 생각하세요. 아니면 머리가 하얗게 센 사람들의 미덕을 생각하세요. 여기저기서 총으로 살해하는 자들, 폭탄을 떨어뜨리는 자들을 생각해보세요. 그들은 우리가 교활하게 하는 것을 공공연히 합니다. 예를 듭시다. (여기서 확성기는 일상 회화의 좌담식 어조를 취했다.) M 씨의 별장식 단층집. 전망을 영원히 망쳤어요. 그것은 살인입니다…… 아니면 E 씨의 입술연지와 피처럼 빨간 손톱들…… 독재자는, 기억하세요, 반은 노예랍니다. 작가 H 씨의 허영을 메모하세요, 6페니짜리 명예를 위해서 똥더미에서 긁어모으지요…… 그런데 장원의 귀부인이 붙임성있게 겸손하게 굴어요—상류층의 매너지요. 그리고 팔기 위해 시장에서 주식을 삽니다…… 아, 우리는 모두 똑같아요. 이제 저를 보지요. 덤불 속에, 이파리들 사이에서, 짐짓 분개하는 척하는 저 자신은 비난을 피할 수 있나요? 항의하고 있고, 산 제물이 되고 싶은 욕망에도 불구하고, 저 또한, 소위, 교육을 약간 받았다는 것을 시사하는 압운 시가 있군요…… 우리 자신들을 보세요, 숙녀님네들과 신사님네들! 이제 벽을 보세요, 그리고 이 벽이, 이 위대한 벽이, 그러니까 우리가 제대로 부르고 있는지 모르는 이 문명이 어떻게 세워졌는지 물어보세요. (여기서 거울들이 홱 움직였고 번쩍였다.) 우리 자신들 같은 조각들, 부스러기들 그리고 파편들에 의해 세워졌나요?

여전히 여기서 저는 (주목하세요, 압운 시인 것처럼 꾸밉니다.) 보다 고상한 선율로 바꿉니다. 할 말이 있어요, 고양이에 대한 우리의 친절에 대해서요, 오늘 신문에서도 "그의 아내가 끔찍하게 사랑한"을 주목하세요, 그리고 한밤중에 콩 냄새를 맡게—주목하세요, 아무도 보지 않을 때 말이에요—우리를 창문으로 이끄는 충동이 있어요. 아니면 샌들을 신은, 여드름이 나고 더럽고 작

은 좀스러운 어떤 사람은 자신의 영혼을 파는 것을 결연히 거부해요. 그런 일이 있어요, 당신이 그것을 부정할 수는 없지요. 뭐예요? 당신은 그것을 발견할 수 없다고요? 당신 자신들에 대해서 볼 수 있는 전부라고는 부스러기들, 조각들, 그리고 파편들이라고요? 그러면 축음기가 단언하는 것을 들으세요……

여기서 엉켰다. 음반들이 섞였다. 폭스-트롯, 달콤한 라벤더, 즐거운 집, 브리타니아여 지배하라—땀을 많이 흘리면서, 음악을 맡았던 지미가 그것들을 옆으로 던지고 맞는 것을 끼워넣었다—바흐인가, 헨델, 베토벤, 모차르트 혹은 유명하지 않은 사람, 그저 단순히 전통적인 곡조인가? 어쨌든, 고마워라, 지옥의 확성기 같이 시끄러운 익명의 소리 다음에 누군가가 말하는 것이다.

수은주가 미끄러져 움직이듯이, 자성이 생긴 줄밥처럼, 흩어진 것들이 합병됐다. 곡조가 시작되었다, 첫 번째 음은 두 번째를 의미했고, 두 번째는 셋째 음을 의미했다. 그러곤 저 아래에서 하나의 힘이 대립에서 태어났고, 그러다가 다른 것이 태어났다. 다른 차원에서 그들은 갈라졌다. 다른 차원에서 우리 자신들이 앞으로 나아갔다, 어떤 이들은 표면에서 꽃을 모으고, 다른 이들은 의미와 씨름하느라 내려갔다, 하지만 모두 이해했고, 모두 참가했다. 마음의 광대무변한 심오함의 개체들 모두가 몰려왔다. 보호받지 못한 자들, 속지 않은 자들에게서 말이다, 그리고 새벽이 밝아왔다, 담청색이다, 혼란과 불협화음에서의 운율, 하지만 표면 소리의 선율을 혼자서 통제할 수는 없다, 하지만 또한 전투의 깃털로 장식하고 싸우는 전사들이 반발하며 산산이 흩어진다. 헤어지려고? 아니었다. 지평선 끄트머리에서부터 강제로 내몰린다, 섬뜩하게 갈라진 틈의 가장자리에서 소환된다, 그들은 충돌하고, 용해되고, 하나가 된다. 그리고 어떤 이들은 손가락의 긴장을 풀었고, 다른 이들은 꼬았던 다리를 풀었다.

그 목소리는 우리 자신의 것이었나? 조각들, 부스러기들, 파편들, 그것이 바로 우리 자신들인가? 목소리가 잠잠해졌다.

파도가 물러가면서 벗겨내듯이, 안개가 걷히면서 드러내듯이, 그렇게, 눈을 들어서 (맨레사 부인의 눈은 젖어 있었다, 한순간 눈물이 분칠을 지웠다) 그들은 보았다, 물이 물러가면서 방랑자의 낡은 반장화, 목사 깃을 단 남자가 슬그머니 비누 상자에 올라오는 것을 보았다.

"목사 G. W. 스트리트필드," 보도기자가 연필에 침을 묻혀 적었다, "그러곤 말했다……"

모두 바라보았다. 요약해야 할 대역을 맡은 목사는 어울리지 않는 광경 중에서도 가장 완벽하게 기괴스러웠다. 그는 입을 열었다. 아아, 말, 더럽히는 자들, 말, 불순한 자들로부터 우리를 보호하고 보존하소서! 우리를 상기시키는 데 말이 무슨 필요가 있담? 나는 토마스, 당신은 제인이어야만 할까?

떼까마귀 한 마리가 보이지 않게 돌출한 헐벗은 가지로 폴짝 뛰어간 것처럼, 그는 깃을 만졌고 준비를 하는 양 쉰 소리로 헛기침했다. 한 가지 사실이 공포를 경감시켰다, 그가 넷째 손가락을 습관적으로 들어올렸는데, 담배 진에 물들어 있었다. 그는 그렇게 나쁜 친구는 아니었다, 목사 G. W. 스트리트필드, 전통 교회 가구요, 구석의 찬장, 혹은 수세대 마을 목수들이 고대 유물의 안개 속에 잃어버린 어떤 모델을 좇아 만든 대문 꺽대기 들보였다.

그는 청중을 바라보았고, 그러곤 하늘을 올려다보았다. 귀족들과 평민들, 그들 전부 그로 인해, 자신들 때문에 당황스러웠다. 그는 그들을 대표하는 대변인으로 서 있었다, 그들의 상징, 그들 자신이며, 거울이 조롱한 표적이요, 시골뜨기였다, 소들이 무시했으며, 구름은 하늘의 풍경을 계속하여 장엄하게 재배열하면서 비난했다, 조용한 여름 세계의 흐름과 위엄과는 무관한 갈래진 말뚝이었다.

그의 첫 번째 말은 (산들바람이 일었고, 이파리들이 바스락거렸다) 놓쳤다. 그런 다음에 그의 말소리가 들렸다. "어떤." 그 말에다 그는 또 다른 말 "메시지"를 덧붙였다, 그러자 마침내 전체 문장이 출현했다, 이해할 수 없는, 차라리 들리지 않았다 해야지. "어떤 메시지를 우리 야외극은 전달하려고 의도했는가?," 그가 묻는 것 같았다.

마치 그들은 교회에 앉아 있는 것처럼, 습관대로 손깍지를 끼었다.

"저는 자신에게 물었습니다" — 말이 반복되었다 — "어떤 의미, 혹은 메시지를 이 야외극은 전달하려 의도했는가?"

자신을 목사, 또한 학사라고 부르면서, 그가 알지 못한다면, 도대체 누가 알 수 있담?

"청중의 한 사람으로서," 그는 계속했다 (말은 이제 의미를 입었다), "저는 제안하겠어요, 아주 겸허하게 말이에요, 왜냐하면 저는 비평가가 아니니까요" — 그는 목을 막고 있는 하얀 차단기를 노란 넷째 손가락으로 만졌다 — "제 해석 말입니다. 아니, 그것은 너무 대담한 말이에요. 재능있는 숙녀……" 그는 둘러보았다. 라 트롭 양은 보이지 않았다. 그는 계속했다. "단순히 청중의 한 사람으로서 말하면, 저는 곤혹스러웠다고 고백합니다. 저는 물었어요, 무슨 이유로 이런 장면들을 보여주는 거야? 요컨대, 사실이에요. 오늘 오후 우리 마음대로 할 수 있는 수단은 한정되어 있었어요. 그래도 우리는 여러 무리들을 보았습니다. 제가 잘못 알지 않았다면, 우리는 새롭게 시도한 노력의 결과를 보았어요.

약간이 선택되었고, 많은 것은 배경으로 지나갔어요. 그것을 틀림없이 우리는 보았어요. 하지만 다시, 우리는 이해하도록 주어지지 않았나요—제가 너무 주제넘은가요? 천사들처럼, 어리석은 저는 가지 말아야 할 곳을 밟는 것은 아닌가요? 적어도 제게는 우리가 서로에게 속한 구성원들이라는 것을 암시했어요. 각자는 전체의 부분입니다. 그래요, 제게 그런 생각이 떠올랐어요, 당신들 청중 속에 앉아 있으면서 말이에요. 여기 하드캐슬 씨가 한번은 바이킹이었던 것을 제가 인지하지 않았던가요?"(그는 가리켰다) "그리고 해리단 부인에게서는—용서하세요, 제가 이름을 잘못 알았다면—캔터베리 순례자를? 우리는 각기 다른 역할을 하지만, 동일하답니다. 그것은 당신들께 맡기지요. 그러고 나서 다시, 연극 혹은 야외극이 진행되면서, 제 관심은 분산되었어요. 어쩌면 그 또한 제작자 의도의 일부일까요? 저는 자연이 나름의 역할을 하는 것을 인지했다고 생각해요. 저는 스스로 물었지요, 우리가 감히 삶을 우리 자신으로 국한할 수 있을까? 영감을 주고 널리 퍼지는 영혼이 있다고 우리가 주장할 수 있지 않을까요……" (제비들이 그의 주위를 휙 지나갔다. 그들은 그의 의미를 인지하는 것 같았다. 그러곤 그들은 시야 밖으로 날아갔다.) "그건 당신들께 맡기겠어요. 저는 여기서 해설하려는 게 아니에요. 그 역할은 제게 맡겨지지 않았어요. 저는 단지 청중의 한 사람으로서, 우리 자신들 중 하나로서 말합니다. 저는 제 자신도 비춰지는 것을 보았지요, 제 거울에서 그렇듯이 말이에요……" (웃음) "조각들, 부스러기들, 그리고 파편들! 확실히, 우리는 합체해야지요?"

"하지만" ("하지만"은 새로운 문단을 표시했다) "저는 또한 다른 자격에서 말합니다. 기금의 재무로서 말이에요. 그 자격에서"

(그는 종이 한 장을 참조했다) "36파운드 10실링과 8펜스의 총액이 우리 목표를 위해서 오늘 오후 여흥으로 모였다는 것을 말씀드릴 수 있어서 기뻐요. 우리의 귀하고도 정겨운 교회에 전광식을 달게 말입니다."

"박수," 보도기자가 기록했다.

스트리트필드 씨는 멈추었다. 그는 귀기울였다. 그가 저 멀리 어떤 음악 소리를 듣지 않았나?

그는 계속했다. "하지만 여전히 175파운드 남짓의 결손이 있어요." (그는 종이를 참조했다) "그래서 이 야외극을 즐긴 우리 각자는 여전히 기……" 말이 둘로 잘라졌다. 붕 소리가 그것을 절단했다. 12대의 비행기가 완벽한 편대를 이루고 야생오리가 비상하듯이 그들 머리 위로 날았다. 그것이 음악 소리였다. 청중은 멍청히 입을 벌리고 바라보았다, 청중은 지켜보았다. 붕 소리가 윙윙하는 소리가 되었다. 비행기들은 지나갔다.

"……회," 스트리트필드 씨가 계속했다, "기부할." 그는 신호했다. 순식간에 모금함이 움직였다. 거울 뒤에 숨어 있다가 그들은 출현했다. 잔돈들이 덜걱덜걱 소리를 냈다. 은화가 쨍그랑거렸다. 하지만 아, 얼마나 유감스러운지—얼마나 오싹하게 만드는지! 바보 앨버트가 모금함을 쨍그랑거리면서 왔다—뚜껑 없는 알루미늄으로 된 스튜 냄비였다. 그 불쌍한 친구를 거절하기는 쉽지 않았다. 실링들을 넣었다. 그는 덜걱덜걱 소리 내고, 킬킬거리고, 재잘대고, 버릇 고약하게 뒷걸음질쳤다. 파커 부인이 기부할 때—공교롭게 반 크라운이었는데—그녀는 이 악마를 쫓아달라고, 성직복의 보호를 뻗어달라고 스트리트필드 씨에게 호소했다.

선한 남자는 바보를 관대하게, 찬찬히 보았다. 그의 신앙은 그 또한 포함할 여지가 있었다. 그 또한 우리 자신의 일부라고, 스트리트필드 씨는 말하는 것 같았다. 하지만 우리가 인정하고 싶은 부분이 아니에요, 스프링겟 부인은 6펜스를 떨어뜨리며 말없이 덧붙였다.

바보를 찬찬히 보면서, 스트리트필드 씨는 말의 실마리를 잃어버렸다. 말의 구사력이 사라진 것 같았다. 그는 시계줄의 십자가를 빙빙 돌렸다. 그러고 나서 그는 손으로 바지 주머니를 뒤졌다. 은밀히 그는 작은 은상자를 꺼냈다. 꾸밈없는 남자의 자연스러운 욕망이 그를 압도하는 것이 모두에게 명백했다. 그는 말이 더 이상 필요 없었다.

"그리고 이제," 그는 다시 시작했다, 손바닥에 파이프 라이터를 꼭 잡고, "우리 의무 중에서 가장 즐거운 부분입니다. 재능있는 숙녀에게 감사 결의를 제안하는……" 그는 이 묘사에 일치하는 대상을 찾아 두리번거렸다. 그런 존재가 전혀 보이지 않았다. "……익명으로 남기를 원하는 것 같군요." 그는 멈추었다. "그래서……" 그는 다시 멈추었다.

어색한 순간이었다. 어떻게 끝맺어야 하지? 누구에게 감사하지? 자연의 모든 소리가 고통스러울 정도로 들렸다, 나무들의 워석워석 하는 소리, 소들이 삼키는 소리, 제비들이 풀밭 위로 스치듯 나는 소리를 들을 수 있었다. 하지만 누구도 말하지 않았다. 그들은 누구를 책임지게 만들 수 있지? 그들은 여흥에 대해서 누구에게 감사할 수 있지? 아무도 없나?

그때 덤불 뒤에서 질질 끄는 소리가 들렸다. 준비하고 예고하면서 긁는 소리. 바늘이 디스크를 긁었다, 칙칙, 칙칙, 칙칙, 그러다가 홈을 찾고는, 울리는 소리에 고르지 못한 진동으로 다음 곡의 전조가 되었다, **신이여……** (그들 모두 일어섰다) **왕을 지키소서.**

서서, 청중은 배우들을 직면했다, 그들 또한 모금함을 멈추고, 거울은 감추고, 그리고 그들의 다양한 역할 옷들이 빽빽하게 매달린 채 서 있었다.

행복하고 영광스럽게,
우리를 지배하시기를 갈망합니다.
신이여 왕을 지키소서

선율이 잠잠해졌다.

그것이 끝인가? 배우들은 가고 싶지 않았다. 그들은 머뭇거리다가 서로 뒤섞였다. 경찰관 버지는 늙은 여왕 베스에게 말하고 있었다. 그리고 이성의 시대는 당나귀의 앞쪽과 사이좋게 이야기하고 있었다. 그리고 하드캐슬 부인은 크리놀린 주름을 두드려 폈다. 그리고 아직 어린아이인 작은 영국은, 가방에서 박하사탕을 꺼내 빨았다. 각자는 여전히 옷이 그들에게 수여한, 연기하지 않은 역할을 하고 있었다. 아름다움이 그들 위에 어렸다. 아름다움이 그들을 드러내었다. 그런 작용을 하는 것이 빛인가? 부드럽게 사라져가는, 캐묻지 않지만 탐색하는 저녁 빛이 물속의 깊이를 드러내고 붉은 벽돌로 지은 별장식 단층집조차도 빛나게 만드는가?

"보세요," 청중이 속삭였다, "아, 보세요, 봐, 봐—" 그리고 한 번 더 그들은 박수쳤다, 그리고 배우들은 손을 잡고 머리 숙여 인사했다.

늙은 린 존스 부인은 가방을 더듬어 찾다가, 한숨쉬었다. "유감이야—그들은 의상을 갈아입어야 하나?"

하지만 이제는 짐을 싸서 갈 시간이었다.

"집으로, 신사님네들, 집으로, 숙녀님네들, 짐을 싸서 갈 시간입니다." 보도기자가 휘파람을 불었고, 공책 둘레에 쇠테를 채웠다. 그리고 파커 부인은 몸을 구부렸다.

"제가 장갑을 떨어뜨린 것 같아요. 당신을 귀찮게 해서 미안합니다, 저 아래, 의자들 사이에……"

축음기는 부인할 여지 없이 승리에 찼지만 고별을 고하는 음조로 긍정하고 있었다. **우리는 흩어집니다, 한데 모였던 우리. 하지만,** 축음기가 주장했다, **그 조화를 만들었던 것이 무엇이든 우리 유지합시다.**

아아, 우리 함께합시다, 청중이 되풀이해서 답했다(구부리고, 응시하고, 더듬으면서). 왜냐하면 함께하는 속에 기쁨이, 달콤한 기쁨이 있기 때문이다.

우리는 흩어집니다, 축음기가 되풀이했다.

그리고 청중은 돌아서면서 각각의 창문이 금빛 태양빛으로 칠해져서 타오르는 것을 보았고, 중얼거렸다. "집으로, 신사님네들, 즐거운……" 하지만 한순간만 지체했으면, 금빛 장관을 뚫고 보일러의 균열을 어쩌면 보았을 것이다, 어쩌면 카펫의 구멍도, 그리고 어쩌면, 매일의 청구서가 매일 떨어지는 소리를 들었을 것이다.

우리는 흩어지지만, 축음기가 그들에게 알렸다. 그리고 그들을 해산시켰다. 이제 그들은 마지막으로 몸을 똑바로 펴면서, 모자, 혹은 지팡이, 혹은 스웨이드 장갑일 수도 있는데, 그런 것들을 각자 거머쥐면서 마지막으로 버지와 베스 여왕에게 박수갈채했다, 나무들, 하얀 길, 볼니 민스터, 그리고 폴리에게 박수갈채했다. 한 사람이 다른 사람에게 인사했고, 그들은 흩어져, 잔디밭을 가로질러, 길 아래로, 집을 지나서 자갈이 흩어져 있는 초승달 모양 광장에 이르렀다. 그곳에는 차들, 페달식 보통 자전거들과 오토바이가 한데 빽빽이 들어차 있었다.

친구들은 지나가며 서로에게 인사했다.

누군가 말했다. "이름이 뭔가 하는 숙녀가 앞으로 나오고, 목사에게는 맡기지 말았어야 했다고 생각해요…… 결국, 그녀가 그것을 썼잖아요…… 저는 그것이 훌륭하고 재기가 넘친다고 생각했어요…… 아아, 제가 생각하기에 그것은 완전히 허튼소리였어요. 의미를 이해하셨어요? 글쎄요, 그가 말했지요, 그녀는 우리 모두가 모든 역할을 연기한다는 것을 의미했다고…… 제가 그의 의미를 이해했다면, 그도 그렇게 말했지요, 자연도 참여했어요…… 그러곤 바보가 있었지만…… 또한, 만약 그것이 역사라면, 남편이 말하는 것처럼, 왜 육군은 뺐지요? 그리고 한 영靈이 전부에게 생명을 불어넣는다면, 비행기는 어때요? ……아아, 하지만 당신은 너무 가혹하시군요. 기억하세요, 결국 이건 단지 마을극일 뿐이에요…… 제 입장에서는 그들이 집주인에게 감사 결의를 했어야 한다고 생각해요. 우리가 야외극을 하면, 잔디는 가을까지는 복구되지 않아요…… 게다가 우리는 텐트를 쳤지요…… 바로 저 사람, 콥스 코너의 코빗이에요, 그는 모든 쇼에서 상이란 상은 다 타요. 저는 상으로 주는 꽃이나, 더구나 상으로 주는 개에 감복하지는 않지요……"

우리는 흩어지지만, 축음기가 말소리를 압도했지만 곡조는 여전히 한탄스러웠다. **우리는 흩어지지만……**

"하지만 당신은 기억하셔야 돼요." 늙은 친구가 이야기했다. "그들은 싸게 해야만 했어요. 한 해의 이맘때 사람들로 하여금 연습하게 할 수는 없어요. 영화는 말할 것도 없고, 건초도 만들어야 해요. 우리가 필요한 것은 중심이에요. 우리 모두를 한데 모을 수 있는 어떤 것 말이에요…… 브룩스 가는 모든 일에도 불구하고 이탈리아에 갔어요. 다소 경솔하지요? ……최악의 경우—그렇지 않기를 바랍시다—그들은 비행기를 세내겠답니다, 그렇게 그들이 말했어요…… 나를 즐겁게 한 것은 주머니를 더듬는 늙은 스트리트필드였어요. 나는 사람이 언제나 높은 지위에 있는 것이 아니라, 자연스러운 게 좋아요…… 그런데 덤불에서 그 목소리들…… 신탁인가요? 당신은 그리스인들을 언급하시는 건가요? 만약 제가 불경스러운 게 아니라면, 우리가 신탁이요, 우리만의 종교를 미리 맛보는 것 아니에요? 어느 것이 무엇인가요? ……크레이프 고무 구두창? 그거 참으로 분별있군요. 그것은 훨씬 오래가고 발을 보호해요…… 하지만 제가 말했듯이, 기독교 신앙이 적응할 수 있을까요? 이런 시절에…… 라팅에서는 누구도 교회에 가지 않는대요…… 개들이 있네요, 그림들도 있어요…… 과학이, 그들이 그렇게 제게 말했는데, 사물들을 (말하자면) 더 영적으로 만든다는 것은 뜻밖이에요…… 가장 최근의 생각은, 그렇게 저는 들었어요, 아무것도 견고하지 않다는 거예요…… 자 봐요, 나무들 사이에서 교회를 흘끗 볼 수 있지요……

"엄펠비 씨! 만나서 정말 반가워요! 정말 오셔서 식사하세요…… 아니요, 안타깝게도 우리는 마을로 돌아갑니다. 집이…… 위치했군요…… 저는 그들에게 말하고 있었어요, 브룩스 가가 이탈리아에 갔다고 말이에요. 그들은 화산을 보았답니다. 폭발할 때 무척 인상적이었다고 하더군요—그들은 운이 좋아요. 저도 같은 의견이에요—대륙에서의 사태가 전보다 더 나빠 보여요. 그리고 만약 그들이 우리를 침공할 작정이라면, 생각해보면, 해협이 무슨 상관이 있어요? 저는 그것을 말하고 싶지는 않지만, 비행기들은 우리를 생각하게 만들…… 아니에요, 저는 그것이 너무 지나치게 산만하다고 생각해요. 바보를 들지요. 말하자면, 그녀는 무언가 숨겨진 것, 그들이 일컬어 부르듯이 무의식을 의도했나요? 하지만 왜 언제나 성性을 끌어들이는 거죠…… 사실, 어떤 의미에서 우리 모두가 여전히 야만인이라는 것을 인정해요. 빨간 손톱을 한 그 여자들이라니. 그리고 차려입고—그게 뭐예요? 오래된 야만인이죠, 추정컨대…… 종소리네요. 딩. 동. 딩…… 다소 깨진 오래된 종…… 그리고 거울들! 우리를 반사했어요…… 저는 그것이 잔인하다고 생각해요. 무방비 상태에서 잡히면, 사람들은 누구든지 몹시 바보스럽게 느끼죠…… 스트리트필드 씨가 가고 있네요, 아마도 저녁 예배를 보러 가겠죠. 그는 서둘러야 할 거예요, 아니면 옷 갈아입을 시간이 없어요…… 그녀의 의미는 우리 모두가 연기한다는 것이라고 그가 말했어요. 그래요, 하지만 누구의 연극이지요? 아아, 그것이 의문이군요! 그리고 만약 우리가 질문하게 두었다면, 그것은 연극으로서 실패가 아닌가요? 제가 만약 극장에 간다면, 저 자신이 의미를 파악했다는 것을 확실히 느끼고 싶다고 말해야겠군요…… 어쩌면, 그녀가 의미하고자 했던 것이 바로 그런 게 아닐까요? ……딩. 동. 딩…… 만약 우리가 결론을 내리지 않는다면, 그래서 당신이 나름대로 생각하고, 내가 나름대로 생각한다면, 어쩌면 어느 날인가, 다르게 생각하면서, 우리가 동일한 것을 생각하리라는 건가요?

"정겨운 칼팩스 씨네요…… 두 사람 사이에 꼭 끼어도 개의치 않으신다면, 저희가 태워다 드릴까요? 우리는 연극에 대해서 질문을 하고 있었어요, 칼팩스 씨. 그러니까 거울은—그들은 반사된 것이 꿈이라고 의미한 건가요, 그러면 곡조는—바흐, 헨델, 혹은 특별한 누구 것도 아닌가요—진짜인가요? 아니면 그 반대인가요?

"저런, 얼마나 당황스러운가! 누구도 이 차와 저 차를 구별할 수 없을 것 같군요. 제가 원숭이 마스코트를 단 이유가 바로 그래서이지요…… 하지만 그것이 보이지가 않네요…… 기다리는 동안, 제게 말해주세요, 소나기가 내릴 때, 누군가 우리 모두를 위해서 흐느껴 운다고 느끼셨나요? 시가 있어요, **눈물이여, 눈물이여, 눈물이여,** 그렇게 시작해요. 그리고 계속되죠, **아, 그러곤 풀려난 대양**…… 하지만 저는 나머지는 기억할 수 없어요.

"그때, 스트리트필드 씨가 말했을 때, 한 영이 모두에게 생명을 불어넣는다—비행기들이 방해했어요. 그게 야외에서 연극할 때 가장 나쁜 점이에요…… 물론 그녀가 바로 그것을 의미하고자 했던 게 아니라면 말이에요…… 맙소사, 주차 배열은 적절하다고 말할 수 있는 상태가 아니네요…… 제가 그렇게 많은 히스파노 스위자[66]를 기대하지 도 않았거니와…… 저건 롤스[67]…… 저건 벤틀리[68]네요…… 저건 포드 자동차 새 유형이네요…… 의미로 다시 돌아가서—기계가 악마인가요, 아니면 그들은 불협화음을…… 딩. 동. 딩…… 그것에 의해서 우리가 종국에 다다릅니다…… 여기 원숭이가 달린 차가 있네요…… 타세요…… 안녕히 가세요, 파커 부인…… 우리에게 전화 주세요. 다음에 우리가 내려올 때는 잊지 마세요…… 다음에…… 다음에……"

차바퀴들이 자갈길 위를 서둘러 달려갔다.

축음기는 꼴깍꼴깍 소리 내었다, 합체—분열. 그것은 꼴깍꼴깍 소리 내었다, 합…… 분…… 그리고 그쳤다.

66 지금도 롤스로이스에 변속 장치를 공급하는 회사인데, 20세기 초부터 1936년까지 최고급 승용차를 만들었다.

67 롤스로이스: 1904년부터 영국의 찰스 스튜어트 롤스의 자동차 회사와 프레데릭 헨리 로이스의 자동차 회사가 병합한 회사에서 만든 최고의 자동차.

68 월터 오웬 벤틀리가 1919년에 설립한 자동차 회사Bentley Motors Ltd에서 나온 자동차, 주로 스포츠 카로 유명하다.

오찬에 함께 했던 일단의 작은 무리는 테라스에 선 채로 남아 있었다. 순례자들은 잔디 위에 좁은 길을 상처 내었다. 또한, 잔디는 상당량 깨끗이 치워야 할 필요가 있으리라. 내일 전화가 울리리라. "제가 가방을 놓고 갔나요? ……빨간 가죽 케이스의 안경은요? ……저 외에는 아무에게도 가치가 없는 작고 오래된 브로치는요?" 내일 전화가 울리리라.

이제 올리버 씨가 말했다. "친애하는 부인," 그리고 맨레사 부인의 장갑낀 손을 자신의 손으로 잡으면서, 힘주었고, 말하려는 듯했다. "당신은 이제 당신이 제게서 가져가는 것을 주었어요." 그는 마른 랄프 맨레사가 부랑아 시절에 발굴한, 그렇게 사람들이 말했다, 에메랄드와 루비에 한순간 더 매달리고 싶었다. 하지만, 애석하게, 황혼빛은 그녀 화장에는 맞지 않았다, 그것은 도금한 것처럼 보였고, 깊이 스며들지 않았다. 그러자 그는 그녀 손을 놓았다, 그녀는 그에게 교활하고 짓궂은 눈빛을 주었다, 마치 말하려는 듯이, 하지만 그 문장의 끝은 짧게 잘렸다. 그녀가 돌아섰고, 자일스가 앞으로 나섰기 때문이다. 기상학자가 예보했던 가벼운 산들바람이 그녀 치마를 펴덕였다, 그리고 여신처럼, 기운차게, 풍요롭게, 꽃으로 묶인 포로들이 뒤따르게 하며, 그녀는 갔다.

모두가 물러가고, 철수하고 그리고 흩어졌다, 그리고 그는 재가 되어 차갑게, 불꽃도 없이 남겨졌다. 통나무에는 불꽃이 없었다. 자일스가 수행하며, 물러가는 맨레사, 온통 감각적인, 경탄스런 여인이 헝겊 인형을 찢고, 그 가슴에서 톱밥이 흐르게 했을 때, 어떤 말로 그의 마음에서 기운이 빠지는 것을, 혈관에서의 유출을 표현할 수 있을까?

늙은 남자는 쉰 소리를 내었고, 오른쪽으로 돌아섰다. 비틀거리며 계속 가라, 절뚝거리며 계속 가라, 왜냐하면 춤은 끝났으니까 말이다. 그는 혼자서 나무를 지나 어슬렁어슬렁 걸었다. 여기서, 바로 오늘 아침 일찍이, 그가 작은 소년의 세계를 파괴했다. 그는 신문지를 가지고 뛰쳐나왔고, 아이는 울었었다.

아래 작은 골짜기, 나리 연못을 지나서, 배우들이 옷을 벗고 있었다. 그는 가시나무 사이로 그들을 볼 수 있었다. 조끼와 바지를 입고, 호크를 풀고, 단추를 채우고, 네 발로 기고, 옷들을 싸구려 소형 서류 가방에 밀어넣었고, 은으로 된 검, 수염, 에메랄드는 잔디에 널려 있었다. 코트와 스커트를 입은 라 트롭 양은—그녀의 다리가 건장했기에 스커트는 너무 짧았다—크리놀린이 밀치는 바람에 고투했다. 그는 관습을 존중해야만 했다. 그래서 연못 곁에 멈추었다. 물은 진흙 위로 불투명했다.

그때, 뒤에서 올라오면서, "우리가 그녀에게 감사해야 하지 않을까요?" 하고 루시가 그에게 물었다. 그녀는 그의 팔을 가볍게 쳤다.

종교가 그녀를 얼마나 무감각하게 만드는지! 그 향이 피워내는 연무가 인간 마음을 혼란시켰다. 표면을 스쳐 지나가면서 그녀는 진창에서의 싸움을 무시했다. 라 트롭 양이 목사의 해석, 배우들의 혹평과 난도질로 고통당한 뒤에…… "그녀는 우리가 감사하는 것을 원하지 않아, 루시." 그는 퉁명스럽게 말했다. 그녀가 원하는 것은, 저 잉어처럼 (무엇인가 물에서 움직였다) 진흙 속의 어둠이었다, 또한 주막에서의 위스키소다 한 잔, 그리고 물을 통과해서 구더기처럼 내려오는 거친 말들이었다.

"작가가 아니라, 배우들에게 감사해," 그는 말했다, "아니면 우리 자신들, 청중들에게 말이야."

그는 어깨 너머로 보았다. 그 고장 토박이요 옛날 사람인 늙은 부인을 종복이 의자에 태워 밀고 갔다. 그는 아치를 통과해서 그녀를 밀고 갔다. 이제 잔디는 비어 있었다. 지붕의 선, 곧바른 굴뚝들이 저녁 푸른 하늘을 배경으로 견고하고 붉게 솟았다. 집이 나타났다, 흔적이 지워졌던 집이 말이다. 그는 끝나서 전적으로 기뻤다—종종걸음치고 갈팡질팡하는 것, 입술연지에다 반지들 말이다. 그는 몸을 구부려 꽃잎을 다 떨군 모란을 일으켜세웠다. 고독이 다시 밀려왔다. 그리고 이성과 램프로 밝힌 신문…… 그런데 개는 어디에 있지? 개집에 묶여 있나? 관자놀이의 작은 혈관이 분노로 부풀었다. 그는 휘파람을 불었다. 그리고 여기, 캔디시가 풀어줘서, 콧잔등에 거품이 얼룩덜룩한 채, 잔디밭을 가로질러 달려서 개가 왔다.

루시는 여전히 나리 연못을 응시했다. "모두 갔군요," 그녀는 중얼거렸다. 그림자들이 지나가는 것이 두려워, 물고기들은 깊숙이 들어갔다. 그녀는 물을 응시했다. 그녀는 형식적으로 십자가를 어루만졌다. 그러나 눈은 탐색하며, 물고기를 찾으면서 물속으로 향했다. 나리들이 움츠리고 있었다, 빨간 나리, 하얀 나리, 각기 이파리 접시 위에서 말이다. 위에서는 대기가 빠르게 흐르고, 아래에서는 물이 그랬다. 그녀는 두 개의 유동체 사이에서 십자가를 어루만지며 서 있었다. 신앙은 이른 아침 몇 시간이고 무릎 꿇는 것을 요구했다. 종종 눈으로 배회하는 즐거움이 그녀를 유혹했다—햇빛, 그림자. 이제 구석에 톱니같이 들쭉날쭉한 이파리는 그 윤곽이 유럽을 나타내주었다. 다른 이파리들도 있었다. 그녀는 표면 위로 눈시울을 실룩이면서 이파리들을 인도, 아프리카, 미국이라고 이름붙였다. 모양새 좋고 두터운 안전한 섬들이었다.

"바트……" 그녀는 그에게 말했다. 그녀는 잠자리에 관해서 그에게 물을 작정이었다—우리가 여기저기서 그것을 파괴하면 파란 실이 내려앉을까요? 하지만 그는 집으로 들어가버렸다.

그때 무엇인가 물에서 움직였다, 그녀가 제일 좋아하는 부채꼴 꼬리였다. 금빛 비단 잉어가 따라 올라왔다. 그러곤 그녀는 흘끗 보았는데 은색의, 아주 좀처럼 표면으로 올라오지 않는, 커다란 진짜 잉어 녀석이었다. 그들은 미끄러졌다, 줄기들 사이에서 안으로 밖으로, 은빛, 분홍빛, 금빛에, 화려하고, 줄무늬지고, 얼룩덜룩했다.

"우리 자신들," 그녀는 중얼거렸다. 그리고 이성理性으로부터 별 도움을 받지 않고, 희망에 차서, 회색빛 물로부터 신앙의 어떤 섬광을 회복하면서, 그녀는 물고기를 따라갔다, 작은 반점이 있고, 줄무늬지고, 얼룩진 그 비전에서 우리 자신에 대한 아름다움, 힘과 영광을 보았다.

고기들은 신앙이 있다고, 그녀는 추론했다. 그들은 우리가 그들을 결코 잡지 않기 때문에 우리를 신뢰한다. 하지만 오빠는 대답하리라, "그것은 탐욕이다." "그들의 아름다움은요!" 그녀는 항의했다. "성性 때문이야," 그는 말하리라. "누가 성을 아름다움에 민감하게 만들었어요?" 그녀는 논쟁하리라. 그는 어깨를 으쓱하며 "누구냐고?" "왜냐고?" 침묵당하고, 그녀는 혼자만의 비전으로 돌아간다, 선한 아름다움에 관해서, 우리가 그 위에 떠도는 바다에 관해서 말이다. 대체로 스며들지 않지만, 하지만 확실히 모든 보트는 때로는 새지 않는가?

그는 이성의 횃불이 동굴의 어둠 속에서 꺼질 때까지 그것을 들리라. 그녀로 말할 것 같으면, 매일 아침, 무릎을 꿇고, 자신의 비전을 보호했다. 매일밤 그녀는 창문을 열고 하늘을 배경으로 이파리들을 바라보았다. 그러곤 잤다. 그러다가 되는대로 갈라진 새들 소리가 그녀를 깨웠다.

물고기가 표면으로 올라왔다. 그녀는 그들에게 줄 게 아무것도 없었다—빵 부스러기도 없었다. "기다려라, 귀여운 것들," 그녀는 그들에게 말했다. 그녀는 잰걸음으로 집으로 걸어가 샌즈 부인에게 비스킷을 달라고 하리라. 그러곤 그림자가 떨어졌다. 그들은 휙 가버렸다. 얼마나 부아가 나는지! 누구야? 저런, 그녀가 이름을 잊어버린 젊은 남자네, 존스도 아니고! 호지도 아니고……

다지는 맨레사 부인을 급작스럽게 떠났다. 정원 곳곳으로 그는 스위딘 부인을 찾았다. 이제 그는 그녀를 찾았다, 그리고 그녀는 그의 이름을 잊었다.

"윌리엄입니다," 그는 말했다. 이로써 그녀는 생기가 되살아났다, 하얀 옷을 입고 정원의 장미 한가운데 있다가, 그를 만나러 달려온 소녀 같았다—연기하지 않은 역이었다.

"나는 비스킷을 가져오려고 했어요—아니에요, 배우들에게 감사하려고 했어요," 그녀는 처녀처럼 순결하게, 얼굴을 붉히면서, 말을 더듬었다. 그러곤 그녀는 오빠를 기억했다. "오빠는 작가, 라 트롭 양에게 감사해서는 안 된다고 했어요," 그녀는 덧붙였다.

언제나 "오빠…… 오빠"가 그녀의 나리 연못 깊은 곳에서부터 솟아올랐다.

배우들로 말하자면, 하몬드는 구레나룻을 떼었고 이제 코트 단추를 채우고 있었다. 사슬을 단추들 사이에 끼우자 그는 갔다.

라 트롭 양만 풀밭 위 무언가 위에 몸을 구부린 채 남아 있었다.

"연극은 끝났어요," 그는 말했다. "배우들은 떠났어요."

"그리고 우리는 작가에게 감사해서는 안 된대요, 오빠가 말했어요," 스위딘 부인이 라 트롭 양 쪽을 쳐다보면서 반복했다.

"그래서 저는 당신께 감사드려요," 그는 말했다. 그는 그녀 손을 잡고 꽉 쥐었다. 이렇게 저렇게 생각해볼 때, 그들이 언제고 다시 만날 것 같지는 않았다.

교회 종소리는 언제나 질문하게 하고는 멈추었다. 다른 선율이 있지 않을까? 이자는 반쯤 잔디를 가로질러 가며 들었다…… 딩, 동, 딩…… 다른 선율은 없을 것이다. 회중이 모였다. 예배가 시작되었다. 연극은 끝났고, 제비들은 무대였던 잔디 위를 스치듯 난다.

다지였다, 입술을 읽고, 그녀와 닮은 자, 공모자이며, 그녀처럼 숨겨진 얼굴을 찾는 자였다. 앞에 자일스와 함께 가버린 맨레사 부인과 합류하려고 그는 서두르고 있었다. 자일스—"내 아이들의 아버지," 그녀는 중얼거렸다. 육신이 그녀 위로 쏟아져내렸다, 뜨겁고, 신경이 배선되었으며 이제는 밝아졌다, 이제는 무덤처럼 어두워지는 신체였다, 독 있는 창살의 녹슨 화농을 치료할 셈으로 그녀는 하루종일 갈구하던 얼굴을 찾았다. 우쭐대고 응시하면서, 등들 사이로, 어깨 너머로, 그녀는 회색 옷을 입은 남자를 찾았다. 그는 그녀에게 테니스 파티에서 차 한 잔을 주었다, 그녀에게 단 한 번, 라켓을 건넨 적이 있었다. 그것이 전부였다. 하지만, 그녀는 외쳤다, 연어가 은빛 막대처럼 튀어오르기 전에 우리가 만났더라면…… 우리가 만났더라면, 그녀는 외쳤다. 그리고 그녀의 어린 아들이 헛간에서 육체들 사이를 고투하며 왔을 때 "아이가 그의 아들이었으면," 하고 그녀는 중얼거렸다…… 지나가면서, 그녀는 육아실 창문 밖에 우연히 자라는 쓴 이파리를 떼어내었다. 늙은 남자의 수염 이파리였다. 말들이 그곳에 자라지 않았기 때문에, 장미들 또한 자라지 않아, 말들 대신 이파리 파편들을 시들게 하면서, 그녀는 공모자, 그녀와 닮은 자, 사라진 얼굴의 탐색자를 지나 조용히 나아갔다. "그녀의 희생자에게는 비너스 같군……" 그는 대충 해석해내면서 생각했고, 그리고 뒤따라갔다.

코너를 돌자, 맨레사 부인을 따라다니던 자일스가 있었다. 그녀는 차 문앞에 서 있었다. 자일스는 자동차 발판 가장자리에 발을 얹고 있었다. 그들은 자신들을 공격하려는 화살을 인지했나?

"뛰어서 어서 와요, 빌," 맨레사 부인이 그를 놀렸다.

그리고 차바퀴들이 자갈길 위를 서둘러 달려갔다.

마침내, 라 트롭 양은 구부린 자세에서 자신을 일으킬 수 있었다. 주의를 피하기 위해서 오랫동안 그런 자세를 유지하고 있었다. 종소리가 멈추었다, 청중들은 가버렸다, 또한 배우들도 갔다. 그녀는 등을 똑바로 펼 수 있었다. 그녀는 팔을 펼 수 있었다. 그녀는 세상에 대고 말할 수 있었다, 너는 나의 선물을 가져갔어! 영광이 그녀를 사로잡았다—한순간. 하지만 그녀가 무엇을 주었지? 지평선에서 다른 구름으로 녹아드는 한 조각의 구름. 승리는 주는 데 있었다. 그리고 승리감이 희미해졌다. 그녀의 선물은 의미가 없었다. 만약 그들이 그녀의 의미를 이해했다면, 만약 그들이 그들의 역할을 알았다면, 만약 진주가 진짜였고 기금 제한이 없었다면, 그것은 나은 선물이었으리라. 이제 그것은 사라져 다른 것들과 합류했다.

"실패야," 그녀는 신음했다, 그리고 레코드판들을 치우려고 몸을 구부렸다.

그때 갑자기, 그녀가 그 뒤에 숨어 있던 나무를 찌르레기가 공격했다. 한 무리를 지어 그들은 너무도 많은 날개 달린 돌멩이처럼 나무에 쏟아져내렸다. 마치 각 새가 줄을 뜯는 것처럼, 나무 전체가 그들이 내는 윙윙 소리로 노래했다. 새가 와글거리고, 새로 진동하고, 새로 까매진 나무에서 윙윙 소리, 와글와글 소리가 일었다. 나무는 광상곡, 떨리는 불협화음, 윙윙 소리 그리고 울려퍼지는 환희가 되었고, 가지들, 이파리들, 새들은 삶, 삶, 삶 하고 각기 다르게, 운율도 없이, 나무 삼키기를 멈추지 않고 말한다, 그러곤 올라갔다! 그러더니 사라졌다! 무엇이 방해했지? 늙은 챌머즈 부인이 남편 무덤에 있는 꽃병을 채우려고 꽃 한 다발—분명히 분홍색이었다—을 가지고 잔디밭을 통해서 살금살금 걸어오고 있었다. 겨울에는 호랑가시나무나 담쟁이였다. 여름에는 꽃이었다. 그녀가 바로 찌르레기를 놀라게 했다. 이제 그녀는 지나갔다.

라 트롭 양은 자물쇠를 맞히고 축음기 레코드가 들어 있는 무거운 상자를 어깨로 들어올렸다. 그녀는 테라스를 건너서 찌르레기가 모여 있던 나무 곁에 멈추었다. 여기서 그녀는 승리감, 모멸감, 희열, 절망감을 겪었다—이유없이. 그녀 신발 뒤축이 잔디밭에 구멍을 갈아냈다.

어두워지고 있었다. 하늘을 어지럽히는 구름 한 점도 없었기 때문에, 파란색은 더 파랬고, 초록색은 더 초록이었다. 더 이상 전망은 보이지 않았다—폴리도, 볼니 민스터의 첨탑도 보이지 않았다. 단지 땅, 특별할 것 없는 땅이었다. 그녀는 상자를 내려놓고 서서 땅을 바라보았다. 그때 무엇인가가 표면으로 솟아올랐다.

"나는 여기서 그들을 배합시켜야 해," 그녀는 중얼거렸다. 한밤중이리라, 두 인물이, 반은 바위에 가려져 있으리라. 막이 오르리라. 첫 대사는 무엇이 될까? 그녀는 적절한 말이 떠오르지 않았다.

다시 그녀는 무거운 옷가방을 어깨로 올렸다. 그녀는 성큼성큼 잔디밭을 가로질러 갔다. 집은 잠들어 있었고, 한 줄기 연기가 나무를 배경으로 굵어졌다. 눈부신 모든 꽃들—나리들, 장미들, 그리고 하얀 꽃 풀숲과 타는 듯한 초록색의 덤불들—이 있는 땅이 여전히 단단해야만 한다는 것이 이상했다. 땅에서 초록색 물이 그녀 위로 솟구치는 것 같았다. 그녀는 해안에서 멀리 항해를 떠났다, 그리고 손을 들어, 쇠로 된 출입문 걸쇠를 더듬어 찾았다.

그녀는 부엌 창문에 옷가방을 내려놓고, 곧장 주막으로 올라가리라. 침대와 지갑을 같이 썼던 여배우와의 싸움 이후로 그녀가 술을 필요로 하는 것이 점점 더해갔다. 게다가 혼자 있는 것에 대한 공포와 두려움. 조만간에 그녀는 어기리라—마을 법 중에 어느 것을? 절주? 정숙함? 아니면 정당하게 자신에게 속하지 않는 어떤 것을 취한다?

모퉁이에서 그녀는 무덤으로부터 돌아오는 늙은 챌머 부인과 마주쳤다. 늙은 여자는 자신이 들고 가는 죽은 꽃을 내려다보면서 그녀를 무시했다. 빨간색 제라늄이 있는 시골집 여자들은 언제나 그렇게 했다. 그녀는 추방당한 사람이었다. 자연은 어쩐 일인지 그녀를 그녀 부류에서 떼어놓았다. 하지만 그녀는 각본 가장자리에 휘갈겨 썼었다. "나는 청중의 노예이다."

그녀는 싱크대 창문으로 옷가방을 밀어넣고 계속 걸어서, 마침내 모퉁이 술집 창문의 빨간 커튼을 보았다. 피난처가 있으리라, 목소리들, 망각. 그녀는 술집 문의 손잡이를 돌렸다. 김빠진 맥주의 역한 냄새가 그녀를 맞이했다. 목소리들이 말하고 있었다. 그들은 멈추었다. 그들이 그녀를 그렇게 불렀듯이 왕초 행세에 대해서 얘기하고 있었다—상관없었다. 그녀는 자리를 잡고 앉아 연기를 통해서 마구간의 소, 또한 수탉과 암탉 그림이 그려져 있는 투박한 유리잔을 바라보았다. 그녀는 잔을 입술에 대었다. 그리고 마셨다. 그리고 들었다. 한 음절의 말이 진흙으로 가라앉았다. 그녀는 졸았다, 그녀는 꾸벅거렸다. 진흙은 비옥해졌다. 진창에서 끈기있게 일하는, 견딜 수 없게 짐을 실은 말 못하는 수소 위로 말들이 솟아올랐다. 의미가 없는 말들—경이로운 말들.

싸구려 시계가 똑딱거렸다, 연기가 그림들을 흐릿하게 했다.

연기가 그녀 입천장에서 시큼해졌다. 연기는 땅 색깔의 재킷들을 흐릿하게 했다. 그녀는 더 이상 그들을 보지 않았다, 하지만 그들은 잔을 앞에 놓고 손을 허리에 대고 팔꿈치는 옆으로 벌리고 앉아 있는 그녀를 지지했다. 한밤중 높은 지대였다, 바위가 있고 거의 인지할 수 없는 두 명의 인물이 있었다. 갑자기 나무에 찌르레기들이 쏟아져내렸다. 그녀는 잔을 내려놓았다. 그녀는 첫 번째 대사를 들었다.

아래 우묵한 곳, 포인츠 홀에, 나무들 아래, 식당에서 식탁을 치우고 있었다. 캔디시는 굽은 솔을 가지고 빵 부스러기를 쓸었고, 꽃잎은 내버려두었고, 마침내 가족들이 디저트를 즐기게 두었다. 연극은 끝났고, 낯선 이들은 갔고 그리고 그들만이 있었다—가족.

여전히 연극은 마음의 하늘에 걸려 있었다—움직이고, 작아지지만, 여전히 거기에 있었다. 나무딸기를 설탕에 찍으면서, 스위딘 부인은 연극을 쳐다보았다. 나무딸기를 입에 넣으면서, 그녀는 말했다, "그것이 무슨 의미지요?" 그리고 덧붙였다. "농부들, 왕들, 바보 그리고" (그녀는 꿀꺽 삼켰다) "우리 자신들?"

그들 모두 연극을 바라보았다, 이자, 자일스 그리고 올리버 씨. 물론 각기 다른 어떤 것을 보았다. 다음 순간이면 그것은 지평선 아래로, 다른 연극들과 합류하러 가리라. 올리버 씨는 여송연을 내밀며 말했다. "너무 야심찼어." 그리고, 여송연에 불을 붙이면서 덧붙였다. "그녀 수단을 고려해보면 말이야."

그것은 다른 구름들과 합류하기 위해 흘러가서 보이지 않게 되었다. 연기 속에서 이자는 연극이 아니라 흩어지는 청중을 보았다. 누군가는 차를 몰았고, 다른 이들은 오토바이를 탔다. 대문이 활짝 열렸다. 차가 차도를 휙 지나가 옥수수밭의 빨간 빌라로

갔다. 낮게 늘어진 아카시아 가지가 지붕을 스쳤다. 아카시아 꽃잎을 달고 차가 도착했다.

"거울들과 덤불에서의 목소리들," 그녀는 중얼거렸다. "그녀는 무엇을 의미했지요?"

"스트리트필드 씨가 그녀에게 설명해달라고 요청했을 때, 그녀는 그러지 않았어," 스위딘 부인이 말했다.

여기서, 껍질을 네 쪽으로 자르고, 하얀 원뿔형을 드러내면서, 자일스가 아내에게 바나나를 주었다. 그녀는 그것을 거절했다. 그는 접시에 성냥을 비벼 켰다. 그것은 나무딸기 주스에 쉬잇 하는 소리를 내면서 꺼졌다.

"우리는 감사해야만 해요," 냅킨을 접으면서, 스위딘 부인이 말했다. "날씨 말이에요. 소나기가 한차례 온 것 빼고는, 완벽했어요."

여기서 그녀는 일어섰고, 이자는 그녀를 따라 홀을 가로질러 큰 방으로 갔다.

아주 어두워서 보이지 않을 때까지 절대로 커튼을 치지 않았다, 또한 아주 추울 때까지 창문을 닫지도 않았다. 날이 저물기도 전에 왜 몰아내겠는가? 꽃들은 여전히 빛났고, 새들은 지저귄다. 저녁에 아무것도 방해하지 않을 때, 생선을 주문하지 않을 때, 전화를 받을 필요가 없을 때, 종종 더 많이 볼 수 있었다. 스위딘 부인은 베니스의 거대한 그림 곁에 멈추었다—카날레토[69] 학파였다. 어쩌면 곤돌라 지붕에는 작은 형상이 있었다—베일을 쓴 여자 혹은 남자인가?

이자는 테이블에서 바느질감을 휙 들고는, 다리를 꼬고, 창문가에 있는 의자에 주저앉았다. 방이라는 껍데기 속에서 그녀는 여

69 지오반니 안토니오 카날레토(1697~1768), 이탈리아 화가이며, 자세하고 정확하며 균형 잡힌 베니스 그림으로 유명하다.

름밤을 감시했다. 루시는 그림으로의 항해에서 돌아와 조용히 서 있었다. 태양은 창문 유리들 각각을 붉게 빛나게 했다. 은이 그녀의 까만 숄에서 반짝거렸다. 한순간 그녀는 다른 연극에서 비극적인 인물처럼 보였다.

그러곤 그녀는 일상적인 목소리로 말했다. "올해는 작년보다 우리가 더 많이 모았다고, 그가 말했어. 하지만 그때, 작년에는 비가 왔었지."

"올해, 작년, 내년, 절대로……" 이자는 중얼거렸다. 그녀 손이 창턱 태양빛에 타올랐다. 스위딘 부인은 테이블에서 뜨개질감을 들었다.

그녀가 물었다, "그가 말한 것을 느꼈어? 우리가 다른 역할을 하지만 동일하다는 것 말이야?"

"그래요," 그녀가 대답했다. "아니요," 그녀가 덧붙였다. '예'이기도 했다가, '아니요'이기도 했다. 예, 예, 예, 파도가 껴안으면서 달려나갔다. 아니요, 아니요, 아니요, 그것은 수축했다. 낡은 장화가 지붕널에 나타났다.

"부스러기들, 조각들 그리고 파편들," 그녀는 사라져가는 연극에서 그녀가 기억하는 것을 인용했다.

루시가 대답하려고 입술을 막 떼고, 어루만지듯이 손을 십자가에 내려놓았을 때, 그때 신사들이 들어왔다. 그녀는 반기며 작게 혀차는 소리를 내었다. 그녀는 공간을 비워주려고 발을 질질 끌면서 갔다. 하지만 사실 필요로 하는 것보다 공간이 더 많았고, 커다란 두건처럼 감싸주는 의자[70]들도 있었다.

그들은 앉았다, 그들 둘 다 지는 해로 고상해졌다. 둘 다 변하였

70 빅토리아 시대의 의자이다. 앉을 경우 머리 위로 30cm정도 이상 등이 높이 올라오고, 등의 양곁의 귀 또한 같은 정도로 커다란 팔걸이 안락의자이다. 사람이 의자에 앉을 경우 삼면이 완전히 가려지기 때문에 두건처럼 감싸준다고 표현하고 있다.

다. 이제 자일스는 까만 코트에다 전문인 계층의 까만 타이를 매었고, 그 복장은—이자는 그의 발을 내려다보았다—에나멜가죽으로 된 끈 없는 가벼운 신을 필요로 했다. "우리의 대표, 우리의 대변인," 그녀는 냉소했다. 하지만 그는 비범하게 잘생겼다. "내 아이들의 아버지, 나는 그를 사랑하고 미워한다." 사랑과 증오—그것들이 어찌나 그녀를 산산이 찢는지! 확실히 누군가 새로운 플롯을 발명할 때였다, 아니면 작가가 덤불 밖으로 나오든지……

이제 캔디시가 들어왔다. 그는 은쟁반에 두 번째로 온 우편물을 가져왔다. 편지들이 있었고, 청구서들, 그리고 아침 신문—그 전날을 지워버리는 신문. 물고기가 비스킷 부스러기로 떠오르듯이, 바솔러뮤는 신문을 덥석 잡았다. 자일스는 분명한 사무 서류 봉투의 접힌 곳을 세로로 찢었다. 루시는 스카보로에 사는 옛 친구가 보낸 혼란스러운 편지를 읽었다. 이자는 청구서만 있었다.

일상의 소리들이 껍데기를 통해서 울렸다, 샌즈는 불을 피우고, 캔디시는 보일러에 불을 지폈다. 이자는 청구서를 끝냈다. 방이라는 껍데기 속에 앉아서 그녀는 야외극이 희미해지는 것을 지켜보았다. 꽃들은 지기 전에 빛났다. 그녀는 그들이 번득이는 것을 지켜보았다.

신문이 바삭바삭 소리를 내었다. 두 번째 손이 홱 움직였다. 다라디에 씨는 프랑을 안정시켰다. 소녀는 기병들과 장난치러 갔다. 그녀는 고함을 질렀다. 그녀는 그를 쳤다…… 다음엔 뭐지?

이자가 다시 꽃들을 보았을 때, 꽃들은 희미해졌다.

바솔러뮤는 책 읽는 램프를 찰칵 켰다. 하얀 신문에 매달린 독자들 전체가 원을 그리며 밝혀졌다. 햇볕에 바싹 마른 들판 우묵한 곳에는 귀뚜라미들, 개미 그리고 딱정벌레, 햇볕에 바싹 마른 땅의 구르는 자갈이 모여들었다. 햇볕에 바싹 마른 들판의 그 장밋빛 모퉁이에서 바솔러뮤, 자일스와 루시는 품위있었고, 빵 부스러기를 조금씩 베어 먹고 떼어내었다. 이자는 그들을 지켜보았다.

그때 신문이 떨어졌다.

"끝나셨어요?" 아버지에게서 그것을 집어들면서, 자일스가 말했다.

늙은 남자는 신문을 포기했다. 그는 햇볕을 쬐었다. 한 손으로 개의 곱슬곱슬한 주름진 살갗을 목덜미 쪽으로 쓰다듬으면서,

시계가 똑딱거렸다. 집은 아주 부서지기 쉽고 마른 것처럼 조그맣게 딱 하는 소리를 내었다. 창 위의 이자 손이 갑자기 차갑게 느껴졌다. 어둠이 정원을 지웠다. 장미들은 밤 동안 물러갔다.

스위딘 부인은 편지를 접으면서 이자에게 중얼거렸다. "내가 들여다보았는데 아기들이 종이 장미 아래에서 깊이 잠든 것을 보았어."

"대관식에서 남은 것이지," 바솔러뮤가 반쯤은 자면서 중얼거렸다.

"하지만 우리가 그렇게 치장하느라 수고할 필요가 없었어," 루시가 덧붙였다, "왜냐하면 올해는 비가 안 왔잖아."

"올해, 작년, 내년, 절대로," 이자는 중얼거렸다.

"땜장이, 양복쟁이, 군인, 선원," 바솔러뮤가 되풀이했다. 그는 자면서 말하고 있었다.

루시는 편지를 봉투 속에 살짝 넣었다. 이제는 그녀가 역사의 개요를 읽을 시간이었다. 하지만 그녀는 읽던 자리를 놓쳤다. 그녀는 그림을 쳐다보며 페이지를 넘겼다—맘모스, 마스토돈, 유사이전의 새들. 그때 그녀는 읽다 그만두었던 페이지를 찾았다.

어둠이 짙어졌다. 산들바람이 방 주위를 휙 지나갔다. 약간 오한을 느끼며, 스위딘 부인은 어깨 둘레에 세퀸 장식을 단 숄을 잡

아당겼다. 그녀는 이야기에 깊이 몰두해서 창문을 닫아달라고 요청하지도 않았다. 그녀는 읽고 있었다, "영국은 그때 늪지였다. 두터운 숲이 땅을 덮고 있었다. 숲의 엉킨 가지 꼭대기에서 새들이 노래하고……"

열린 창문의 커다란 정사각형에서 이제 단지 하늘만 보였다. 하늘은 빛이 소진되어 엄숙하고, 돌처럼 차가웠다. 어둠이 내려앉았다. 어둠은 바솔러뮤의 높은 앞이마 위에, 그의 커다란 코 위에 살금살금 다가왔다. 그는 잎이 떨어진 것처럼 보였고, 유령 같았고, 의자는 기념비 같았다. 개가 진저리를 치며 가죽을 떨자, 그의 살갗도 떨었다. 그는 일어나서, 몸을 흔들고, 허공을 노려보고, 방에서 성큼성큼 걸어갔다. 그들은 개 앞발이 그의 뒤에서 카펫을 짓밟는 소리를 들을 수 있었다.

루시는 장章을 끝내기 전에 침대에 가서 자라고 잔소리를 들은 어린아이처럼 빨리, 죄책감을 느끼듯이 책장을 넘겼다.

그녀는 읽었다, "유사이전의 사람은 반은 사람이고, 반은 원숭이인데 반쯤 엎드린 자세에서 자신을 일으키며 커다란 돌을 들어올렸다."

그녀는 스카보로에서 온 편지를 장의 끝을 표시하는 책장 사이에 끼워넣고, 일어나서 미소 지으며, 조용히 발끝으로 걸어 방을 나갔다.

노인들은 자러 갔다. 자일스는 신문을 구기고 불을 껐다. 그날 처음으로 둘만이 남아서 그들은 말이 없었다. 증오가 드러나고, 사랑 또한 드러났다. 자기 전에, 그들은 싸워야만 한다, 싸운 뒤에, 그들은 포옹하리라. 그 포옹에서 다른 생명이 태어날 수도 있으리라. 하지만 우선 그들은 싸워야만 했다, 어둠의 한가운데서, 밤의 들판에서, 숫여우가 암여우와 싸우듯이 말이다.

이자는 바느질감이 떨어지게 두었다. 커다란 두건처럼 감싸주는 안락의자들이 거대해졌다. 그리고 자일스도 그렇게 되었다. 그리고 이자 또한 창문을 배경으로 그랬다. 창문은 색조 없이 온통 하늘이었다. 집은 보호하는 기능을 잃어버렸다. 길이나 집들이 만들어지기 이전의 밤이었다. 동굴속 거주자들이 바위 사이 어떤 높은 지대에서 지켜보았던 밤이었다.

그때 막이 올랐다. 그들은 말했다.

해설

침묵으로 잦아드는 언어

현대에 버지니아 울프만큼 논쟁의 쟁점이 되고 있는 작가도 드물다. 그녀를 정의하는 모더니스트, 페미니스트, 엘리트주의자, 그리고 블룸스베리 그룹의 일원과 같은 타이틀들은 아주 극단적으로 대립된 비평들을 불러일으킨다. 물론 이런 현상에는 그녀가 여성 작가라는 사실이 절대적으로 기여했다. 동시에 유동적이고, 극단적으로 양면적인 대립들을 포함하는 그녀의 글쓰기 자체가 그런 경향을 부추기는 것도 사실이다. 그런 중에도 그녀의 마지막 소설 『막간』은 어떤 다른 작품보다도 내용과 형식 모든 면에서 유동적이고 해체적이다. 울프는 이 작품에서 소설과 희곡 사이의 간극을 넘나들어, 작품의 장르를 소설로 정의하는 자체도 논쟁의 여지가 있다. 작품은 선사시대부터 1939년 현재에 이르는 영국 역사를 에피소드 식으로 재현하는 야외극과 야외극의 액자 이야기 역할을 하는 바트와 스위딘 부인, 이자와 자일스를 비롯한 마을 사람들의 이야기로 구성되어 있는데 이런 구성은 장르상의 희곡과 소설의 경계를 허문다. 내용면에서 두 부분으로 나누어진 이야기들은 상대적으로 허구와 실제라는 서로의 영역을 넘나들면서 허구와 실제 간의 경계 자체에 의문을 제기한다. 작품에서 실제 마을 사람들이 야외극을 공연하듯이, 액자를 구성하는 이야기 속 인물들은 연극보다 더 허구적인 공간과 시간을 넘나들며, 마치 연극의 배우들처럼 그들의 삶에 등장한다.

작품의 시작 부분에서 울프는 포인츠 홀에 걸린 두 그림을 묘사한다. 그중 하나는 올리버 가문의 남자 조상을 사실적으로 그린 그림이다. 하지만 다른 또 하나는 단지 그림일 뿐인 여자이다. 그리고 그녀의 시선은 보는 이를 "침묵으로 이끌고," 그림이 있는 "방은 비어 있고," 그 방, "집의 한가운데" 서 있는 꽃병은 "텅 빈 침묵의 고요한, 증류된 본질을 간직하고" 있다. 이 부분에서 울프는 다른 작품들에서도 자주 그랬듯이, 예술에 대한 생각을 작품의 내용과는 전혀 무관한 듯이 제시한다. 울프의 미학은 실제 인물을 사실주의적으로 재현하기보다는, 그림일 뿐인 여자가 제시하는 추상성, 예술이 현실을 초월해서 가질 수 있는 어떤 불변하는 영속성을 추구하는 것 같다. 이런 관점은 윌리엄 다지에 의해서 대변된다. 그는 맨레사 부인이 부과하는 "예술가"라는 호칭에 어울리게 이 낯선 여자 그림을 선호하며, 라 트롭 양의 연극을 보면서 자문한다. "그거면 충분하지 않아?" "아름다움 — 그거면 충분하지 않아?" 이자 또한 자문한다. "플롯이 무슨 소용이야?" "플롯은 단지 감정을 자아내기 위해서만 있는 거야." 하지만 진행되는 연극을 보면서 이자와 관중은 곧 플롯을 파악하는 일에 전념한다. 여기서 울프는 양극화된 대립적인 관점으로 모더니즘의 미학주의를 사실주의에 대립시키지만, 아무런 결론도 제시하지 않는다.

『막간』은 자주 그녀의 작품들이 그랬듯이 언제나 쟁점이 되어왔던 예술과 문학이 현실과 갖는 관계에 대해서 의문을 제기한다. 하지만 울프의 글은 가능한 극단적인 견해들을 모두 포함하고 있다. 마찬가지로 작품이 다루는 인간사의 제반 문제들에 대해서도 울프의 의견은 극히 불분명하다. 작품은 윌리엄 다지와 라 트롭 양의 동성애를 포함하며, 이자와 자일스의 불화어린 이성애적인 결혼 내지는 결혼 제도에 대해서 문제를 제기한다. 자일스와 이자가 각각 다른 상대에게 이끌리는 결혼 제도 밖의 연정은 이성애의 행복한 결혼이 환상임을 분명 보여준다. 하지만 울프는 그렇다고 동성애를 대안으로 제시하지도 않는다. 울프는 동성애나 결혼 제도 안과 밖의 연정 모두가 갖는 절대적인 실재성과 함께, 각각의 사랑이 갖는 허구성을 분명히 한다. 이런 울프의 태도는 작품의 배경이 되고 있는 2차 세계대전에 대해서도 마찬가지이다. 작품에서 뱀이 두꺼비를 삼키려 하지만, 삼키지 못하고 동시에 뱉지도 못하는 "전도된 탄생"은 전쟁의 끔찍한 참상을 극명하게 조명한다. 그리고 자일스는 그런 폭력성을 끝내기 위해서, 다시 폭력을 동원해 그들 둘 다를 짓밟아 죽인다. 비록 자일스가 자신의 폭력으로 울분을 해소하지만, 여기서 울프는 폭력을 없애기 위해서 폭력적이 되는 그 무력한 인간의 한계를 분명히 한다. 울프는 인간의 개인적인 삶과 공적인 삶의 영역 모두에서, 어떤 단순하고 용이한 해결도 가능하지 않은 절망적이고 무력한 현실을 잔인할 정도로 적나라하게 재현한다. 소설의 맨 마지막 장면에서 이자와 자일스는 밤이 다하기 전에 2차 세계대전에 버금가는 피비린내 나는 싸움을 하리라 예견된다. 그들의 싸움은 여우의 싸움에 비견되며, 울프는 이런 비유를 통해서 소위 인간 문화가 당연시하는 인간과 동물 사이의 경계를 지우며, 인간의 야수성을 분명히 한다. 울프는 그들의 상황을 조셉 콘라드의 현대에 대한 비전, "어둠의 한가운데"로 인식하고 있다. 작품에서 유일하게 위안을 주는 긍정적이고 희망적인 메시지가 있다면, 자일스와 이자 간의 싸움 뒤에 가능할 포옹과 그 포옹에서 태어날 수도 있는 생명에 대한 비전이다. 하지만 어떤 문제이든 울프는 결코 결론적인 대답을 제공하지 않는다.

『막간』은 독자들을 작품에서 라 트롭 양의 연극을 지켜보는 청중들처럼, "이것도 저것도" 아니고, "존재도 없이," "지옥과 천국 사이 림보," "막간"에 위치시킨다. 독자들은 연극 관람을 마친 작품 속 인물들처럼, 도대체 이 작품이 전달하려는 메시지는 뭐지, 작가의 의도는 무얼까 질문하게 된다. 하지만 작품은 그런 통상적인 소설에 대한 기대를 만족시키는 어떤 실마리도 주지 않는다. 작품의 끝부분에서 라 트롭 양은 연극 상연을 마치고 다시 새로운 연극을 구상하기 시작한다. "한밤중 높은 지대였다, 바위가 있고 거의 인지할 수 없는 두 명의 인물이 있었다. 갑자기 나무에 찌르레기들이 쏟아져내린다. 그녀는 잔을 내려놓았다. 그녀는 첫 번째 대사를 들었다." 그리고 작품의 맨 마지막 장면에서 이자와 자일스는 바로 이 연극의 주인공이 되어, "그때 막이 올랐다. 그들은 말했다." 이자와 자일스는 라 트롭 양이 마침내 들은 대사를 반복할 것인가? 작품에서 이자와 자일스의 상대적으로 실제인 삶은 결국 허구에 불과한 것인가? 특징적으로 울프는 아무런 답도 하지 않는다. 도대체 이 부분은 작품의 결말인가, 아니면 또 다른 시작인가? 라 트롭 양의 청중처럼, 우리는 묻는다. 이것이 "끝인가?"

1940년 버지니아 울프는 매일매일 독일의 침공을 기대(?)하면서, 폭탄이 바로 곁에 떨어지고 그녀의 런던 집이 불타는 것을 지켜보면서, 『막간』을 쓰고 있었다. 전쟁은 그녀의 정신적 발작들을 불러왔던 염려와 압박감을 자아냈고, 『막간』과 함께 병행했던 로저 프라이의 전기를 마무리 짓는 작업 또한 그녀를 힘겹게 하고 있었다. 울프는 1940년 6월 9일자 일기에 "나는 계속할 것이다—그런데 그럴 수 있을까?" 하고 적고 있다. 전쟁은 그녀가 그렇게 사랑하던 "런던을 꽤 빨리 완전히 파괴하리라." 그리고 그녀에게는 삶과 동일한 "글 쓰는 나"가 사라지고, "청중도, 되받아 울림도 사라지리라." 하지만 11월 23일 일기에 그녀는 1938년 4월 즈음에 시작한 『막간』(당시의 제목은 "포인츠 홀")을 완성했다고 기록한다. 마침내 1941년 2월 26일, 그녀는 "포인츠 홀"이라고 불렀던 작품을 "막간"으로 고치며 끝냈다고 기록한다. 작품을 읽은 남편 레너드와 존 레만의 칭찬, 그리고 봄에 호가스 출판사에서 출판하자는 독려에도 불구하고, 울프는 작품을 완성할 때마다 찾아오는 우울증에 시달렸다. 아마도 자살하기 하루 전날인 3월 27일, 그녀는 작품이 "엉뚱하고 하찮아서," 수정하여 가을에나 출판할 수 있겠다고 레만에게 편지한다. 부분적으로는 이런 연유로 이 작품은 오랫동안 울프의 마지막 교정 작업을 거치지 않은 미완성 유작으로 평가되어 왔고, 그녀가 레만에게 썼듯이 하찮은 작품으로 간주되기도 했다. 하지만 마지막 교정이 이루어지지 않았고, 울프가 자살하지 않았다면 "아주 많은 사소한 수정이나 개정" 작업이 있었겠지만, 레너드는 작품을 출판하면서 "광범위하고 중요한 어떤 수정"도 없었을 것이라고 서두에 썼다.

11월 23일 일기에서 울프는 자신이 끝낸 작품이 "흥미로운 새로운 방법의 시도"라고 적었다. 그러나 이런 울프의 "새로운 방법의 시도"는 작품이 발표된 처음부터 별로 높이 평가되지 않았다. 1941년 말콤 카우리는 이 작품에서 울프가 놀랍게 재현한 전쟁 전의 옛 영국은 현혹적인 환상에 불과하다고 비판했다. 1942년 F. R. 리비스는 울프는 "사적인 의식 세계의 거품"만을 배양한다고 이 작품을 혹평한다. 물론 이들 40년대의 비평가들은 이 작품은 울프의 미학주의의 산물이며, 미학주의는 현실과 무관하다고 가정하고 있다. 마침내 1986년 알렉스 즈얼드링은 『막간』에 대한 리비스 비판에 정면으로 이의를 제기한다. 즈얼드링은 울프가 분명하게 당대 사건을 의식하였고, 그녀의 위기의식은 작품에 "간접적일망정 깊이" 영향을 미쳤다고 지적한다. 그는 울프 사후 울프 비평에 절대적인 권위자였던 포스터를 정면으로 반박하며, 울프 비평의 새로운 지평을 연다. 포스터는 리드 강연에서 울프는 "모든 유미주의자의 특징"을 가진 작가로, "세상을 개선하는" 데는 관심이 없는 인물이었다고 주장했다. 이런 즈얼드링의 비평은 80년대의 페미니즘과 맞물려 울프 비평을 놀랍게 발전시키는데 공헌했다. 하지만 울프가 자신의 역사적 현실에 깨어 있었고 적절하게 반응하였기 때문에 『막간』은 훌륭한 작품이다, 그렇지 않다는 논쟁은 울프는 유미주의자라는 비평만큼이나 편협하다.

1938년 4월 일기에서 울프는 『막간』에 대한 구상을 밝힌다. "하지만 '나'를 버리고, '우리'로 대치하자…… 수많은 서로 다른 것들로 구성된…… '우리'…… 우리 모든 삶, 모든 예술, 모든 잡동사니들—산만하고 변덕스럽지만 어찌하든 모두 통합된—마음의 현 상태?" 그리고 이렇게 통합된 '우리'라는 의식은 양차 대전을 겪는 울프 세대에 절대적으로 필요한 비전이었다. 라 트롭양은 연극 속 현재에서 거울을 관객들에게 들이대면서, 전쟁과 역사라는 것이 어디 다른 곳에서 세계의 지도자들이 결정하는 분리된 문제가 아니라, 바로 우리 자신들이 역사이며 우리 자신들이 현실을 결정해가는 주인공들이라고 책임의식을 불러일으킨다. 우리가 바로 "총으로 죽이는 자이며, 폭탄을 떨어뜨리는 자들"이다. 연극이 끝난 후, 스트리트필드 목사는 "우리가 비록 다른 역할들을 행하지만 똑같다"고 야외극의 메시지를 요약한다.

이런 소설 속 인물들의 도덕적 메시지는 울프의 일기와 함께 엮어져, 2차 세계대전으로 소멸될 위험에 처한 영국인들에게 영원한 영국, 영국의 문화와 역사에 대한 자부심을 고취시키는 그런 작품으로 해석하게 했다. 포스터는 이 작품에서 울프가 "영국의 심장부에 위치한," 조국 영국을 상징하는 목가적 시골을 재현한 것은 "애국적인 역사보다 더 굳건한 무엇, 그것을 위해 목숨을 바칠 만큼 가치있는 무엇에 대한 울프의 마지막 찬가"라고 지적한다. 정말 울프는 이 마지막 작품에서 전쟁의 끔찍함을 대치하며 위안을 줄 수 있는, 비록 순간적이고 허구적일 망정, 영국인을 통합시킬 수 있는 '우리'를 제시한 것인가?

『막간』은 울프의 다른 작품들처럼 라 트롭 양이라는 예술가를 통해서 예술가로서 울프의 고뇌를 고백한다. 라 트롭 양은 작가는 청중의 노예라고 불평한다. 그녀는 연극을 상연하면서 작가와 청중 간의 소통의 문제로 인해 고통받으며, 동시에 마을의 이방인으로 소외된 20세기 작가상을 구현한다. 하지만 이 작품에서 라 트롭 양은 울프와는 달리 미학적인 어떤 소통의 가능성도 믿지 않는 것 같다. 연극의 끝부분에서 비록 모습을 드러내지 않은 익명의 목소리를 가장하지만, 그녀는 메가폰을 들고 연극에서 자신의 의도를 직접 요약하고 매듭지으려 한다. 반면에 울프는 『3기니』와 같은 글들에서 언제나 예술과 정치 간의 분리를 주장했으며, 그녀 당대에 예술을 정치적인 선전 도구로 실제 사용하는 파시즘을 신랄하게 비판하고 경계했다. 『막간』에서도 울프는 예술이 하나의 통합된 비전을 통해서 군중에게 파괴적인 영향을 미칠 수 있는 것을 분명 인식하며, 라 트롭 양이 자신의 극일지라도, 연극의 메시지를 요약해서 청중들에게 강제로 부과하는 태도를 강하게 풍자한다. 울프는 라 트롭 양과 같은 예술의 태도를 파시즘적인 전유와 동일시하며, 작가 개인의 목소리를 "우리"의 목소리로 전환하는 것이 또 하나의 폭력임을 분명히 한다. 그러면 울프가 작품 구상에서 밝힌 '우리'는 무엇을 의미하는 것일까?

『막간』에서 라 트롭 양의 연극은 영국문학 전체를 선택의 대상으로 하고, 그중 소수를 선택해서 그들을 묶고 있는 "중심"을 잘라내고, 그 문학의 파편들로 구성되었다고 제시된다. 그리고 울프의 『막간』은 이런 라 트롭 양의 구성을 반복하며, 라 트롭 양의 인간과 문명에 대한 정의, "잔재들, 부스러기들, 파편들"을 형상화한다. 소설 속 주인공들인 포인츠 홀의 거주자들은 끊임없이 문학 작품에서 인용된 파편들을 암송하고, 그들의 현실 자체가 그런 과거의 문화적인 유산들이 삽입되면서 형성된다. 또한 연극을 지켜보는 마을 사람들의 대화들도 파편적이다. 작품은 울프의 걸작으로 꼽히는 『댈러웨이 부인』이나 『등대로』에서 댈러웨이 부인이나 등대처럼 피상적이고 형식적일지라도 작품을 하나로 묶으며 중심이 되는 상징이 없다. 간혹 "포인츠 홀"을 작품의 중심적인 상징으로 제시하기도 하고, 실제로 울프가 포스터의 『하워즈 엔드』를 표절했다는 시비가 일기도 했었다. 물론 울프의 "포인츠 홀"이 포스터의 "하워즈 엔드"에서 영향을 받은 것은 사실이다. 하지만 포스터가 "하워즈 엔드"를 현대인의 물질주의적인 사고를 치유할 수 있는, 영적인 능력을 가진 영국의 전원으로 신비화하고 우상화한 반면, 울프의 "포인츠 홀"은 "하워즈 엔드"처럼 도시에서 완전하게 분리된 "영국의 심장부"가 아니다. 증권업자인 자일스는 기차를 타고 런던과 포인츠 홀을 오가고, 이자는 포인츠 홀의 가장 중심이 되는 서재에 앉아서 신문을 읽고, 신문이 보고하는 일상의 폭력은 포인츠 홀을 침범한다. 신문에 난 강간 사건이 너무 강력해서, 이자의 눈앞에서 기사의 장면들이 그녀의 실제 공간 위에 겹쳐지고, 그렇게 겹쳐진 문을 통해서 망치를 든 스위딘 부인이 걸어 들어오면서, 그녀의 망치는 폭력의 도구로 인식된다. 또한 그곳에는 분리주의자인 바트와 통합주의자인 스위딘 부인이 대립하고, 이자와 자일스 간의 내재된 불화가 작품 전체에 어두운 그림자를 드리우는 곳이다. 작품은 마치 셰익스피어 시대와도 같이 목가적이고 전원적인 아름다운 여름밤으로 시작하지만, 그 밤에 마을 사람들은 하수도 이야기를 하고 있다. 울프는 "포인츠 홀"이 대변하는 가장 영국적인 전원은 전원과 애국적인 이데올로기에 대한 현대인의 환상이 빚어낸 허구에 불과하다는 것을 분명히 한다.

마리아 디바티스타는 『막간』에서 연극을 보는 관중들의 어려움은 자신들의 눈앞에 전개되는 "장면들의 일직선적인 연속성" 뿐만 아니라 각각의 장면들이 갖는 "허구적인 맥락의 깊이" 또한 이해해야 하기 때문이라고 분석한다. 너무도 해박한 문학적이고 문화적인 울프의 지식은 그녀 작품을 아주 난해하게 만든다. 일찍이 애브롬 프래쉬맨은 여성 작가들에 대한 일반적인 기대에 반해서, 울프가 "학식있는 작가"라는 것을 지적했다. 그녀는 분명 다른 남성 작가 모더니스트들처럼 엘리트주의자라는 비판을 받을 정도로 영국 문학 전반에 대한 박식함을 자랑한다. 하지만 울프는 T. S. 엘리엇과 같은 남성작가들과는 달리 그런 해박한 지식이 내포할 수 있는 어떤 절대적이고 영원한 "전통"을 그녀의 작품에서 주장하지 않는다. 『막간』에서 울프의 문장들은 다른 글들에 비해서 짧고 간략하고, 문장 구조 또한 그렇다. 작품 전체 문맥에서의 의미와는 무관하게, 단어 하나하나, 그들이 어울려내는 리듬이 아름답고, 이미지들이 황홀하다. 울프는 리듬을 맞추듯이 문장들을 대칭적으로 전개한다. "늙은 숙녀들은 은색 버클 구두

신은 까만 다리를 내밀고, 늙은 남자들은 줄무늬 있는 바지를 내밀었다." 울프는 하녀들의 대화를 묘사하면서, 그녀들이 어떤 정보나 소식을 전달하려는 의도 없이, 마치 입속 사탕처럼 말을 굴리면서 그것이 만들어내는 달콤함과 혀를 물들이는 다양한 색깔들로 변형되는 것을 실험하고 즐긴다고 말한다. 자주 울프가 묘사하는 현상들은 장난하듯, 비슷하면서 동일하지 않은 단어들로 꾸며지고, 이렇게 여러 단어들을 통한 작가의 의도를 의심하게 한다. 물론 여기서 울프는 모더니스트답게 인간 문화의 가장 중요한 매체인 언어로 미학적인 유희를 벌이고 있다고 설명할 수도 있다. 하지만 울프가 언어에 역사적으로 당연히 내재된 모방적인 차원의 의미들을 지우려 시도했다면, 그것은 단순한 미학적인 유희를 위한 것은 아니다. 울프는 그녀 당대뿐만 아니라, 거슬러올라가 중세 영어와 프랑스어는 물론이고 그리스 로마 문화에서부터 유래하는 의미의 역사적인 심층을 포함하는 그런 언어 사용법을 구사한다. 작품은 피상적으로 쉽고 평이한, 표면적으로 너무도 단순한 것으로 속기 쉬운 거의 동화와도 같은 형태에도 불구하고, 극단적인 해체성을 드러내며 어떤 간략한 요약이나 편안한 이해도 거부한다.

라 트롭 양의 연극이 보여주듯이, 울프의 작품에서 언어는 그것이 문학 작품의 언어이든, 아니면 일상 삶의 언어이든, 상식적으로 가정되어지는 연속적인 맥락에서 분리되어 의미 전달 기능을 상실하고, "잔재들, 부스러기들, 파편들"로 나열된다. 그러면 이렇게 실험적인 "새롭게 한 노력"을 통해서 울프의 "마음속에는 무슨 생각이 있었던 것일까?" 독자들은 작품 속의 콥스 코너의 코빗처럼 그녀의 의도를 파악하려 머리를 쥐어짤 수도 있다. 혹은 윌리엄이나 이자처럼 플롯의 가치 자체를 부인할 수도 있다.

하지만 그것이 있는 그대로 울프가 작품의 구상에서 밝혔듯이 통합된 '우리'로 대치하기 위한 "흥미로운 새로운 방법의 시도"라면, 우리는 이런 울프의 새로운 내러티브 스타일을 어떻게 이해할 수 있을까? 제임스 내러모어는 울프 작품의 해체성을 인정하면서, 그것을 그녀 작품의 인위적인 특징으로 긍정적으로 분석하였다. 그는 그녀 작품의 파편성은 작품의 실패를 보여주는 것이 아니라, 그것을 통해서 울프는 "사물들 간의 연속성", "삶은 인위적으로 나누어질 수 없다"는 것을 보여주려 의도했다고 분석한다. 그는 『막간』에서 라 트롭 양이 동원하는 영국 문학 작품들의 조각들과 파편들은 청중에게 공동체 의식을 주는 "조화가 창조되는 수단"이라고 지적한다. 질리언 비어 또한 "변덕스러운 것들과 고정되지 않는 것들이 사물들을 같이 유지하는 유일한 방법이라는 울프의 감각"이 작품의 구성 전체에서 드러난다고 평가했다. 이들의 지적은 나누어진 우리 삶의 현실에도 불구하고 조화의 비전을 믿어야 하고 울프의 글은 그런 믿음을 보여준다는 식의 윤리적이고 도덕적인 비평으로 들릴 수 있다. 이들은 과연 울프의 파편적인 글쓰기에 형이상학적인 통합과 조화의 비전을 임의로 부과한 것일까?

연극의 마지막 장면에서 라 트롭 양의 익명을 가장한 목소리가 끝나고, 곡조가 시작된다. 그 곡조를 들으며, "어떤 이들은 표면에서 꽃을 모으고, 다른 이들은 의미와 씨름하느라 내려갔다. 하지만 모두 이해했고, 모두 참가했다. 광대무변한 심오함의 개체들 모두가 떼 지어 몰려왔다." 여기서 울프는 각기 주민들이 아주 다양하게 곡조에 반응하지만, 그 곡조는 동시에 그들이 공유하는 역사적이고 문화적인 코드를 건드려서, 심연에 가라앉은 인간 태초부터의 기억에서 다양한 개체들이 몰려오고, 그런 공통

된 기억 속에서 그들이 "우리"로 순간적으로 통합되는 것을 보여준다. 물론 이 '우리'는 파시즘과 같은 전체주의적인 사고가 표면의 차이를 폭력적으로 부인하며 추출하려 하는 어떤 군중적인 '우리'로 단순화되고, 정치적으로 조작되고 이용될 수도 있다. 하지만 이 '우리'는 본질적으로 비개성적이고, 표면의 차이 아래 깊이 놓인, 인간을 나누는 모든 문화적이고 사회적이고 정치적인 인위적 구분들이 가라앉을 때, 때때로 아주 순간적으로 부상하는, 아주 다치기 쉽고 도망가기 쉬운 그런 '우리'라는 인식이다. 연극 도중, 소의 울음을 들으며 인간과 동물을 함께 엮는 그리움으로, 그리고 갑자기 쏟아지는 소나기를 인간의 고통의 눈물로 공통되게 해석하면서, 이런 '우리'가 표면으로 떠오르고, 라 트롭 양의 청중들은 하나로 통합된다. 물론 이 인식은 다음 장면이 여실히 보여주듯이 영속적이지 않다. 연극이 끝난 뒤 청중들은 그런 '우리'로 인한 어떤 변화도 드러내지 않고, 각기 자신들의 일상으로 흩어진다.

울프는 인간이 서로에게 보이고, 볼 수 있는 표면의 삶과 그 아래 놓여 있는 내적인 삶을 구분하는 "깊이의 메타포"를 자주 썼다. 그리고 그녀는 물속 세계를 격동적인 인간의 일상사와는 달리 고요하고 평정한 세계로 자주 묘사하며 이상화했다. 『막간』에서 나리 연못은 심심찮게 언급되며, 물속 세계가 등장한다. 시체를 찾을 수 없는 귀부인이 뛰어들었다는 나리 연못은 물고기들의 세계를 바라보며 스위딘 부인이 자신의 관점에서 자유롭게 전유할 수 있는 "유동적인 세계"이다. 그리고 귀부인은 바로 그 세계, "깊은 중심, 까만 심장부"로 뛰어들었고, 라 트롭 양은 그곳으로 내려가, 그 깊은 비옥한 진흙벌 속에서 조용히 떠오를 새로운 연극을 기다린다. 물론 이 세계는 울프가 작품에서 보여주듯이, 스위딘 부인의 극단적인 유동성처럼 전혀 표면을 인식하지 못하는 어리석음으로 표출될 수 있다. 많은 비평가들은 스위딘 부인의 유동성을 울프의 것으로 해석하며 자주 그녀의 미학주의를 비판해왔다. 하지만 『막간』은 스위딘 부인을 풍자하면서, 바트와 스위딘 부인을 통해서 양극화된 표면의 단단함과 대기와 물로 대변되는 유동성의 세계를 동시에 아우르는 비전을 제시한다.

작품에서 바트와 루시 간에 매년 반복되는, 순차적으로 이어지는 극단적으로 대립된 대화, 이자와 자일스 간의 불화, 남편과 신사 농부 사이에 분리된 이자의 사랑. 루시의 이럴까 저절까 하는 망설임! 시간의 흐름만을 알리는 듯한 반복적인 기계의 똑딱 똑딱 하는 리듬, '통합'과 '해체'를 반복하는 축음기의 리듬은 불연속적으로 작품을 해체하지 않는다. 마치 음악에서 도, 레, 미 같은 음계처럼, 언어에서 A, B, C와 같은 알파벳처럼, 연속적이고 반복적으로 나열되면서 작품을 온전한 하나로 엮는다. 울프가 다루는 다양한 문학, 정치, 인간 삶의 관심사들은 그들 각각에 문화적으로 부여된 의미들로 자주 대립되지만, 그 의미와 무관하게, 그 의미를 벗어나, 변형되고, 반복되면서, 연속적으로 나열된다. 그리고 울프의 양면적인 태도는 이런 대립들을 씨줄과 날줄로 사용하여 연속적인 내러티브로 엮고, 이런 새로운 울프의 내러티브는 내러모어가 지적한 "최면을 거는 리듬"을 형성한다. "첫 번째 음은 두 번째 음을 의미했고, 두 번째는 셋째 음을 의미했다. 그러곤 저 아래에서 하나의 힘이 대립에서 태어났고, 그러다가 다른 것이 태어났다." 분명 다른 차원에서 분리되어 있지만, 그들의 대립은 연속성 속에서 하나의 힘으로 다시 태어나고, 그러곤 또 다시 갈라진다. 『막간』은 인간이 살아가는 현상 세계를 언제나 나누는 다양한 변별들과 어찌할 수 없는 차이들이 가라앉아, 흐르는 물처럼 반복되는 리듬으로 느려진 유동적인 세계, 그 유동적인 물속 세계가 상징할 수 있는 '우리'를 떠오르게 하려 시도한다. 울프의 언어들은 인간 사고의 지고한 지점에서 스스로 정화되고 승화되어 표면의 차이 위로 부상하고, 지금까지 문학에서 재현된 적이 없는 새로운 세계를 가리킨다. 당연히 이런 울프의 새로운 시도는 독자 또한 대립적인 차원들을 동시에 아우르는 연속적인 리듬에 젖어들 것을 요구한다. 그래서 울프의 글에서 쉽게 정리되거나 이해되지 않는 불편함(?)은 마음의 리듬을 늦추고 내면으로 가라앉는 데 절대적으로 필요한 수순이다.

울프의 글을 번역하면서, 깊이깊이 그녀 글 속에 침잠하면 할수록, 그녀의 글은 의미가 사라지고, 잦아들던 리듬마저도 정지하면서, 깊은 내면의 세계, 침묵의 세계로 인도했다. 아마도 울프가 그렇게 여러 단어들을 평생 거의 목숨을 걸고 썼던 것도 바로 이런 세계를 만나기 위해서가 아니었을까? 확연하고 확정된 의미를 거부하는 그녀의 언어들은 반복적으로, 연속적으로 내리치면서, 홀연히 모든 형상이 사라진 희끄무레한 은회색의 세계를 떠오르게 한다. 그리고 그 세계는 우리가 이자와 자일스처럼 태초의 부모가 되어 새로운 연극을 상연할 공간으로 열린다. 그 공간으로 성긴 허공 그물을 엮는 울프의 언어들, 그리고 서투른 이해가 덧들인 필자의 말들이 오로지 읽는 이를 고요한 본연의 "깊이"에 이르게 하기만을 간절히 기원한다.

2004년 가을 녘,

정명희

버지니아 울프 연보

1882년	1월 25일, 런던 켄싱턴에서 출생.
1895년	5월 5일, 어머니 사망, 이해 여름에 신경증 증세 보임.
1899년	'한밤중의 모임Midnight Society'을 통해 리튼 스트레이치, 레너드 울프, 클라이브 벨 등과 친교를 맺음.
1904년	아버지, 레슬리 스티븐 사망. 5월 10일, 두 번째 신경증 증세 보임. 이 층 창문에서 투신자살을 시도하나 미수에 그침. 10월, 스티븐 가의 네 남매, 토비, 바네사, 버지니아, 에이드리안은 아버지의 빅토리아 시대를 상징하는 하이드 파크 게이트를 떠나 블룸즈버리로 이사함. 12월 14일, 서평이 『가디언*The Guardian*』에 무명으로 실림.
1905년	3월 1일, 네 남매가 블룸즈버리에서 파티를 열면서 이후 '블룸즈버리 그룹Bloomsbury Group'이라는 예술가들의 사교적인 모임을 탄생시킴. 정신 질환 앓음. 네 남매가 함께 대륙 여행을 함. 근로자들을 위한 야간 대학에서 가르침. 『타임스*The Times*』의 문예 부록에 글을 실음.
1906년	오빠인 토비가 함께했던 그리스 여행에서 돌아온 후 장티푸스로 사망.
1907년	블룸즈버리 그룹을 통해 덩컨 그랜트, J. M. 케인스, 데스몬드 매카시 등과 친교를 맺음.

1908년	후에 『출항*The Voyage Out*』으로 개명된 『멜림브로지어』를 백 장가량 씀.
1909년	리튼 스트레이치가 구혼했으나, 결혼이 성사되지 않음.
1910년	1월 10일, 변장을 하고 에티오피아 황제 일행이라 사칭하고 전함 드래드노트 호에 탔다가 신문 기삿거리가 됨. 7~8월, 요양소에서 휴양. 11~12월, 여성 해방 운동에 참가.
1911년	4월, 『멜림브로지어』를 8장까지 씀.
1912년	1월 11일, 레너드 울프가 구혼함. 5월 29일, 구혼을 받아들여 8월 10일 결혼.
1913년	1월, 전문가로부터 아기를 낳는 것이 건강에 좋지 않다는 진단 결과를 들음. 7월, 『출항』 완성. 9월 9일, 수면제 백 알을 먹고 자살 기도.
1914년	8월 4일, 제1차 세계대전 발발. 리치몬드의 호가스 하우스로 이사.
1915년	최초의 장편소설 『출항』을 이복 오빠가 경영하는 덕워스 출판사에서 출간.
1917년	수동 인쇄기를 구입하여 7월에 부부가 각기 이야기 한 편씩을 실은 『두 편의 이야기*Two Stories*』를 출간.
1918년	3월, 두 번째 장편 『밤과 낮*Night and Day*』 탈고. 몽크스 하우스를 빌려 서재로 사용.
1920년	7월, 단편 「씌어지지 않은 소설An Unwritten Novel」 발표. 10월, 단편 「단단한 물체들Solid Objects」 발표, 『제이콥의 방*Jacob's Room*』 집필.
1921년	3월, 실험적 단편집 『월요일 아니면 화요일*Monday or Tuesday*』을 호가스 출판사에서 출간. 「유령의 집A Haunted House」, 「현악 사중주The String Quartet」, 「어떤 연구회A Society」, 「청색과 녹색Blue and Green」

	등이 수록됨. 11월 14일, 세 번째 장편 『제이콥의 방』 완성.
1922년	심장병과 결핵 진단을 받음. 9월에 단편 「본드 가의 댈러웨이 부인Mrs Dalloway in Bond Street」을 씀. 10월 27일, 『제이콥의 방』 출간.
1923년	진행 중인 장편 『댈러웨이 부인*Mrs Dalloway*』을 『시간들*The Hours*』로 가칭함.
1924년	5월, 케임브리지의 '이단자회'에서 현대 소설에 대해 강연. 그 원고를 정리한 『베넷 씨와 브라운 부인*Mr Bennet and Mrs Brown*』을 10월 30일에 출간. 『댈러웨이 부인』 완성.
1925년	5월, 『댈러웨이 부인』 출간. 장편 『등대로*To the Lighthouse*』 구상, 장편 『올랜도*Orlando*』 계획.
1927년	1월 14일, 『등대로』 출간. 5월에 단편 「새 옷The New Dress」 발표.
1928년	1월, 단편 「슬레이터네 핀은 끝이 무뎌Slater's Pins Have No Points」 발표. 3월, 『올랜도』 탈고. 4월에 페미나Femina상 수상 소식 들음.
1929년	3월, 강연 내용을 보필한 『여성과 소설*Woman and Fiction*』 완성. 10월에 『여성과 소설』을 『자기만의 방*A Room of One's Own*』으로 개명하여 출간. 12월에 단편 「거울 속의 여인: 반영The Lady in the Looking-Glass: A Reflection」 발표.
1931년	『파도*The Waves*』 출간.
1933년	1월, 『플러쉬*Flush*』 탈고.
1937년	3월 15일, 장편 『세월*The Years*』 출간.
1938년	1월 9일, 『3기니*Three Guineas*』 완성. 4월, 단편 「공작부인과 보석상The Dutchess and the Jeweller」 발표, 20년

전의 단편 「라뺑과 라삐노바Lappin and Lapinova」 개필.

1939년 리버풀 대학에서 명예박사 학위를 수여하려 했으나 사양함. 9월, 독일의 침공, 런던에 첫 공습이 있었음.

1940년 8~9월, 런던에 거의 매일 공습이 있었음. 10월 7일, 런던 집이 불탐.

1941년 2월, 『막간*Between the Acts*』 완성. 3월 28일 오전 11시경, 우즈 강가의 둑으로 산책을 나간 채 돌아오지 않음. 강가에 지팡이가, 진흙 바닥에 신발 자국이 있었음. 이틀 뒤에 시체 발견. 오랫동안의 정신 집중에서 갑자기 해방된 데서 오는 허탈감과 재차 신경 발작과 환청이 올 것에 대한 공포 등이 자살 원인이라고 추측함. 7월 17일, 유작 『막간』 출간.

옮긴이 **정명희**

연세대학교 영문과를 졸업하고 미국 New York University에서 박사학위를 받았다. 논문으로 「『제이콥의 방』—버지니아 울프와 월터 페이터」「다시 쓰는 댈러웨이 부인」「Mediating Virginia Woolf for Korean Readers」 등이 있고, 역서로 『댈러웨이 부인』『버지니어 울프: 존재의 순간들, 광기를 넘어서』 등이 있다. 현재 국민대학교 영어영문학부 교수로 재직하고 있다.

버지니아 울프 전집 6

막간 Between the Acts

1판 1쇄 발행　2019년 5월 31일
1판 2쇄 발행　2022년 5월 15일

지은이　버지니아 울프
옮긴이　정명희
펴낸이　임양묵
펴낸곳　솔출판사

편집장　윤진희
편집　최찬미 김현지
디자인　이지수
경영관리　이슬비

주소　서울시 마포구 와우산로29가길 80(서교동)
전화　02-332-1526
팩시밀리　02-332-1529
블로그　blog.naver.com/sol_book
이메일　solbook@solbook.co.kr
출판등록　1990년 9월 15일 제10-420호

ISBN　979-11-6020-079-9　(04840)
　979-11-6020-072-0　(세트)

• 잘못된 책은 구입한 곳에서 바꿔드립니다.
• 책값은 뒤표지에 표시되어 있습니다.